CHRESTIEN DE TROYES · PERCEVAL

EDITION PERCEVAL · BAND 4

CHRESTIEN DE TROYES

PERCEVAL ODER DIE GESCHICHTE VOM GRAL

AUS DEM ALTFRANZÖSISCHEN ÜBERSETZT VON
KONRAD SANDKÜHLER

OGHAM VERLAG STUTTGART

Einband, Schutzumschlag
und Initialen von
Walther Roggenkamp

Dem Andenken meiner Mutter
Frau Ida Bex-Sandkühler

6. Auflage 1980

Satz: Hermann Weyhing, Stuttgart
Druck: Greiserdruck, Rastatt
ISBN 3-88455-701-7
(2.–5. Auflage ISBN 3-7725-0479-5)

INHALT

Wer wenig sät, der erntet wenig; wer aber etwas ernten will, der streue seine Saat in einen solchen Boden, der ihm hundertfältige Frucht bringen kann; denn in einem Acker, der nichts taugt, vertrocknet und versagt die gute Saat. Chrestien sät und streut den Samen eines Romans, den er beginnt, und er streut ihn in einen so guten Boden, daß es ihm nur zu großem Nutzen sein kann; tut er es doch für den edelsten Mann, der im Römischen Reiche lebt, für den Grafen Philipp von Flandern, der mehr wert ist als selbst Alexander, von welchem doch alle Welt so viel Gutes spricht. Ich aber will beweisen, daß der Graf besser ist, als Alexander jemals war; denn Alexander hatte in sich all die Laster und Übel angesammelt, von denen der Graf rein und frei ist.

Der Graf ist so beschaffen, daß er gemeinen Spott und listige Worte nicht anhört, und wenn er über andere Böses reden hört, so kränkt es ihn, wen es auch betreffen mag. Der Graf liebt das gerade Recht, die Pflicht und die heilige Kirche, und er haßt jede Schurkerei. Er ist viel freigebiger als man ahnt; denn er gibt ohne Heuchelei und Arglist nach dem Evangelium, das da spricht: »Deine Linke wisse nichts von dem Guten, wenn es deine Rechte tut.« Nur der soll es wissen, der das Gute empfängt, und Gott, der alle Geheimnisse sieht und die verborgensten Falten kennt, die in Herzen und Nieren sind.

Warum spricht das Evangelium: »Verheimliche deiner Linken deine Wohltaten«? Die Linke bedeutet nach der Geschichte den eitlen Ruhm, der aus falscher Heuchelei stammt. Und was bedeutet die Rechte? Sie bedeutet die göttliche Liebe, die sich ihres guten Werkes nicht rühmt, sondern es verhehlt, so daß kein anderer es weiß als der, der Gott und Liebe heißt. Gott ist die Liebe, und wer in dieser Liebe lebt, der wohnt in Gott und Gott in ihm nach der Heiligen Schrift: so spricht der heilige Paulus, und ich habe es selbst gelesen. So wisset denn in aller Wahrheit, daß die Gaben aus christlicher Liebe kommen, die der gute Graf Philipp schenkt; daß er niemals mit einem Menschen darüber spricht, außer mit seinem frommen freien Herzen, das ihm rät, das Gute zu tun. Ist er darum nicht viel besser als Alexander, der sich um Nächstenliebe und Wohltun niemals kümmerte? Ja, gewiß, zweifelt nur ja nicht daran. So wird also Chrestien seine Mühe nicht umsonst gehabt haben, wenn er auf Geheiß des Grafen sich müht und strebt, die beste Geschichte zu reimen, die je an einem Königshof erzählt wurde: das ist die Erzählung vom Gral, zu der der Graf ihm das Buch übergab. So hört denn, wie er es ausführt.

DAS BUCH PERCEVAL

1. WIE DER JUNKER IM WALDE DIE FÜNF RITTER TRAF

Es war zur Zeit, da alle Bäume blühen, die Wälder sich belauben, die Wiesen in frischem Grün prangen, und die Vögel in ihrem Latein am Morgen süß singen, und jedes Ding vor Freude flammt, da erhob sich der Sohn der Witwe im öden, einsamen Walde, und er legte ohne Mühe den Sattel auf sein Jagdroß und nahm drei Wurfspeere zur Hand. So verließ er das Haus seiner Mutter und dachte, er würde die Feldarbeiter aufsuchen, die seine Mutter hatte und die ihr eben den Hafer eggten; sie hatten wohl zwölf Ochsen und sechs Eggen.

So tritt er in den Wald ein, und jetzt freut sich sein Herz im Leibe ob des schönen Wetters und der Gesänge der Vögel, die ihre Freude kundtaten; dies alles gefiel ihm über alle Maßen. Wegen der Milde des heiteren Wetters nahm er dem Pferde die Zügel ab und ließ es im frischen, grünen Grase weiden. Und er, der mit den Speeren, die er trug, gut zu werfen verstand, ging umher und warf bald nach rückwärts, bald nach vorwärts, bald nach unten und bald nach oben, bis er durch den Wald fünf Bewaffnete, in voller Rüstung gekleidete Ritter kommen hörte. Die Waffen der Ankommenden machten großen Lärm; denn oft stießen die Äste der Eichen und der Eschen daran, alle Panzerhemden klirrten, und die Lanzen stießen an die Schilde. Es klang der Schaft, es klang das Eisen, wohl von den Schilden wie den Panzern.

Der Junker hört, aber er sieht nicht die Ritter, die da in schnellem Gange ankommen. Er wundert sich über die Maßen darob und spricht: «Bei meiner Seele, die Wahrheit sagte mir meine Frau Mutter, daß die Teufel fürchterlicher seien als irgend etwas auf der Welt; und sie sprach es, um mich zu belehren, daß man sich gegen sie bekreuzigen muß; aber diese Lehre will ich verachten, denn wahrlich, ich will nicht das Kreuz schlagen, sondern ich will den Stärksten so mit einem meiner Spieße treffen, daß mir keiner der anderen mehr nahe kommen soll.»

So sprach der Junker bei sich selbst, bevor er sie sah. Als er sie jedoch offen aus dem Walde heraustreten sah und die klirrenden Panzer erblickte, und die helleuchtenden Helme, und die Lanzen und die Schilder, deren er doch nie vorher gesehen hatte; wie er das Grün und das Purpurrot gegen die Sonne leuchten sah, und das Gold und Azur und das Silber, da wurde ihm gar wohl und freudig zumute, und er sprach: «Ach, Herr Gott, Erbarmen! Das sind Engel, die ich hier sehe! Wahrlich, nun habe ich schwer gesündigt, nun habe ich gar schlecht gehandelt, da ich sagte, es seien Teufel; und meine Mutter erzählte mir keine Lügen, als sie mir sagte, die Engel seien die schönsten Wesen der Welt außer Gott, der schöner ist als alle. Hier sehe ich Gott den Herrn, dünkt mich; denn einen so schönen sehe ich darunter, daß die anderen, so Gott mich schütze, nicht den zehnten Teil an Schönheit haben. Und das sagte meine Mutter selbst, daß man an Gott glauben, ihn anbeten und kniefällig ehren müsse; und ich werde diesen anbeten und alle anderen mit ihm.»

Nun wirft er sich zu Boden und spricht sein ganzes Glaubensbekenntnis und alle Gebete, die er wußte, die seine Mutter ihn gelehrt hatte. Und der Anführer der Ritter sieht ihn und spricht: «Bleibt Ihr zurück; denn dieser Junker, der uns gesehen hat, ist aus Furcht zu Boden gefallen; wenn wir alle zusammen zu ihm hingingen, würde er, glaube ich, allzu große Angst haben, so daß er sterben würde und mir nicht antworten könnte auf alle meine Fragen.» – Die anderen bleiben stehen, er aber geht in großer Eile auf den Junker zu; er grüßte ihn und spricht ihn freundlich an: «Junker, habt keine Furcht!» – «Beim Heiland, an den ich glaube», entgegnete der Junker, «ich habe keine! Seit Ihr nicht Gott?» – «Nein, bei meiner Treu!» – «Wer seid Ihr dann?» – «Ein Ritter bin ich!» – «Niemals kannte ich einen Ritter», sprach der Junker, «niemals sah ich einen noch hörte ich von einem sprechen. Ihr aber seid schöner als Gott; o wäre ich doch ebenso glänzend und so gestaltet!»

Bei diesem Worte trat der Ritter dicht zu ihm hin und fragte ihn: «Hast du heute auf dieser Heide fünf Ritter und drei Jungfrauen gesehen?» – Der Junker begehrt andere Kunde zu hören, und andere Fragen liegen ihm im Sinn. Er legt die Hand an des Ritters Lanze, faßt sie an und spricht: «Guter teurer Herr, Ihr, der Ihr Ritter heißt, was ist das, was Ihr da haltet?» – «Da bin ich gut angekommen», meinte der Ritter, «das ist mir klar; ich glaubte, lieber guter Freund, Kunde von dir zu erfahren, und du willst etwas von mir hören! Doch will ich es dir sagen: das ist meine Lanze.» – «Meint Ihr, daß man mit der Lanze ebenso umgeht wie mit meinen Spießen?» – «O nein, Junker, du bist ja dumm, man stößt damit sofort tüchtig zu!» – «Dann ist einer der drei Spieße, die Ihr hier seht, viel besser; denn sooft ich will, töte ich damit Vögel und Tiere, wenn ich sie brauche, und ich töte sie von fern, von so fern, wie man einen Pfeil schießen könnte.» – «Junker, das will ich ja gar nicht wissen; aber antworte mir über die Ritter: sag mir, ob du weißt, wo sie sind, und ob du die Jungfrauen gesehen hast?»

Der Junker packt ihn am Rand des Schildes und spricht ganz unbekümmert: »Was ist das und wozu dient es Euch?« – »Junker«, sprach der Ritter, »das ist nicht recht von dir, daß du mir mit anderen Fragen antwortest, als ich dich frage; ich glaube, so Gott mir helfe, daß du mir Nachricht geben solltest, bevor du von mir etwas hörst, und du willst, daß ich dich belehre! Doch ich will es dir sagen, wie es auch gehen mag, denn ich will mich mit dir vertragen: Schild heißt das Ding, das ich trage.» – «Schild heißt das?» – «So ist es! Ich darf ihn nicht schlecht halten; denn er dient mir so gut, daß er alle Schläge abwehrt, wenn einer gegen mich wirft oder schießt; das ist der Dienst, den er mir tut.»

Nun kamen die Ritter, die zurückgeblieben waren, in vollem Lauf zu ihrem Herrn und sprachen auf der Stelle: «Herr, was sagt Euch dieser Walliser?» – «Er weiß gar nichts von unseren Gesetzen», sprach der Herr, «so Gott mir helfe; denn auf keine meiner Fragen antwortet er richtig, sondern er fragt bei allem, was er sieht, wie es heiße und was man damit mache.» – «Herr, Ihr wißt doch sicherlich, daß die Walliser alle ihrer Natur nach dümmer sind als die Tiere auf der Weide. Der ist auch wie ein Tier; ein Narr, wer sich bei ihm aufhält, wenn er nicht ganz und gar seine Zeit verdudeln oder mit Torheit vergeuden will.» – «Ich weiß nicht, was das ist», antwortete der Herr, «aber so Gott mir helfe, bevor ich mich auf den Weg mache, will ich ihm alles sagen, was er möchte; anders werde ich nicht von ihm scheiden.»

Dann fragte er ihn wiederum: «Junker», sprach er, «sei nicht böse, aber sage mir doch, ob du die fünf Ritter und Jungfrauen getroffen oder gesehen hast.» – Und der Junker hielt ihn fest am Zipfel des Panzerhemdes und zieht daran: «Nun sagt mir, guter Herr, was ist das, womit Ihr da bekleidet seid?» – «Junker», entgegnet er, «weißt du denn das nicht?» – «Ich nicht.» – «Junker, das ist mein Panzerhemd, das ist ebenso schwer wie Eisen.» – «Aus Eisen ist es?» – «Das siehst du doch wohl!» – «Davon», antwortet er, «verstehe ich gar nichts. Aber es ist gar schön, so Gott mich schütze. Was macht Ihr damit, und was nützt es Euch?» – «Junker, das ist leicht zu sagen: wenn du einen Wurfspieß gegen mich schleudern oder einen Pfeil schießen wolltest, so könntest du mir nichts Schlimmes zufügen.» – «Herr Ritter, vor solchen Panzerhemden bewahre Gott die Hirschkühe und die Hirsche! Denn ich könnte keine mehr töten und ihnen nicht mehr nachjagen.» – Und der Ritter entgegnete darauf wiederum: «Junker, so Gott dir helfe, kannst du mir Kunde geben von den Rittern und den Jungfrauen?» Und der Junker, der von geringem Verstand war, sprach: «Seid Ihr so geboren worden?» – «O nein, Junker, das kann nicht sein, daß ein Wesen so geboren würde.» – «Wer hat Euch denn so hergerichtet?» – «Junker, das will ich dir gar wohl sagen.» – «So sagt es doch!» – «Recht gerne: es sind noch keine ganzen fünf Tage her, daß König Artus, der mich zum Ritter schlug, mir diese Rüstung verlieh. Aber nun sage mir doch, was wurde aus den Rittern, die hier vorüberkamen und drei Jungfrauen führten? Gehen Sie im Schritt oder fliehen sie rasch dahin?» – Der antwortete ihm: «Herr, nun schaut nach dem höchsten Wald, den Ihr da seht, der diesen Berg krönt: dort sind die Pässe von Valdone.» – «Und was ist damit, lieber Bruder?» – «Dort sind die Pflüger meiner Mutter, die ihre Felder eggen und pflügen, und wenn jene Leute dort vorüberkamen, so haben die sie gesehen und werden es Euch sagen.» – Da sprachen die Ritter, sie würden mit ihm gehen, wenn er sie bis zu jenen Männern führe, die die Haferfelder eggten.

Der Junker holt sein Roß und geht dahin, wo die Männer die bestellten Felder eggten, worein der Hafer gesät war. Und als diese ihren Herren sahen, zitterten sie alle vor Furcht. Und wißt ihr warum? Wegen der Ritter, die sie sahen, die da in Waffen mit ihm kamen. Wußten sie doch wohl, wenn diese ihm von ihrem Beruf und ihrem Stand gesprochen hatten, dann würde er Ritter sein wollen, und seine Mutter würde darüber ganz von Sinnen kommen. Denn sie wollte ihn davor bewahren, daß er je einen Ritter sähe und sein Handwerk lernte. Und der Junker sprach zu den Knechten: «Habt ihr fünf Ritter und drei Jungfrauen hier vorüberziehen sehen?» – «Sie sind heute unablässig durch jene Engpässe geritten», entgegneten die Knechte.

Da sprach der Junker zu dem Ritter, der so viel mit ihm gesprochen hatte: «Herr, hier sind die Ritter und die Jungfrauen vorübergekommen. Aber nun gebt mir wiederum Kunde von dem König, der die Ritter macht, und von dem Ort, wo er sich meistens aufhält.» – «Junker», antwortete dieser, «ich will dir sagen, daß der König in Carduel wohnt. Vor noch nicht fünf Tagen weilte der König dort, und ich war bei ihm und sah ihn. Und wenn du ihn dort nicht findest, wird jemand da sein, der dich weisen wird. Und niemand wird dort so unberaten sein, daß du nicht Kunde darüber bekämest. Nun aber bitte ich dich, daß du mir sagest, mit welchem Namen ich dich nennen soll?» – «Herr», sprach er, «das will ich Euch wohl sagen. Ich heiße: ›Lieber Sohn‹.» – «›Lieber Sohn‹ und sonst nichts? Ich denke doch du hast noch einen anderen Namen!» – «Herr, meiner Treu, ich heiße auch ›lieber Bruder‹.» – «Das glaube ich dir gern; wenn du mir aber die

Wahrheit sagen willst, so möchte ich gerne deinen rechten Namen wissen.» – «Herr», sprach er, «ich kann Euch wohl genau sagen, ich heiße ›lieber Herr‹ mit meinen rechten Namen.» – «So wahr mir Gott helfe, da hast du einen schönen Namen. Hast du noch einen dazu?» – «Herr, gewiß nicht, und ich hörte wahrlich niemals einen anderen.» – «So wahr mir Gott helfe, da höre ich Wunder, wie ich niemals größere hörte, dünkt mich, und niemals werde ich wohl größere hören.»

Alsbald brach der Ritter in vollem Galopp auf, denn es trieb ihn sehr, daß er die anderen erreichte.

2. WIE DER JUNKER VON SEINER MUTTER ABSCHIED NAHM

Der Junker aber säumte nicht länger, in sein Haus zurückzukehren, wo seine Mutter bekümmert und düster wegen seines langen Ausbleibens trauerte. Aber große Freude hatte sie zur selben Stunde, als sie ihn sah. Und sie konnte nicht die Freude verhehlen, die sie darüber hatte; denn in ihrer großen Mutterliebe lief sie ihm entgegen und nannte ihn «lieber Sohn», mehr als hundertmal: «Lieber Sohn, mir hat sich das Herz zusammengeschnürt ob deines Ausbleibens; fast wäre ich vor Schmerz vergangen, fast wäre ich gestorben. Wo bist du nur heute so lange gewesen?» – «Wo ich gewesen, Herrin? Das will ich Euch gar gerne sagen und nicht lügen; denn ich habe eine große Freude über etwas erlebt, was ich gesehen habe. Ihr habt mir doch immer erzählt, die Engel Gottes, unseres Herrn, seien so schön, wie nie die Natur schönere Geschöpfe gemacht hat, und es gäbe nichts Schöneres auf der Welt?» – «Lieber Sohn, das sage ich noch immer; denn es ist die Wahrheit.» – «Schweigt stille, Mutter, habe ich denn nicht heute die schönsten Wesen gesehen, die es gibt, wie sie durch den Öden Wald reiten? Sie sind schöner, dünkt mich, als Gott und all seine Engel.»

Die Mutter schließt ihn in die Arme und spricht: «Lieber Sohn, in Gottes Hand empfehle ich dich, denn große Furcht habe ich um dich: du hast wohl, glaube ich, die Engel gesehen, über die die Leute klagen, und die alles töten, was sie erreichen.» – «Nein wirklich, Mutter, nein, nein! Sie sagen, sie heißen Ritter.» Bei diesem Wort «Ritter», das sie ihn sagen hörte, fällt die Mutter in Ohnmacht; und als sie wieder zu sich kam, da klagte sie in tiefer Trauer: «Weh mir! Wie bin ich vernichtet! Lieber guter Sohn, vor der Ritterschaft gedachte ich dich so zu schützen, daß du nie davon hören noch je einen Ritter sehen solltest. Lieber Sohn, du hättest ein Ritter werden sollen, wenn es Gott dem Herrn gefallen hätte, daß dein Vater dich und deine anderen Freunde beschützt hätten. Es gab auf allen Inseln des Meeres keinen anderen Ritter von so hohem Preis, der so geachtet und gefürchtet war als dein Vater, lieber Sohn. Dessen kannst du dich wohl rühmen, daß du durch sein Geschlecht und das meinige keinem nachstehst; denn ich bin die Tochter der besten Ritter dieses Landes: auf den Inseln des Meeres lebte zu meiner Zeit kein besseres Geschlecht als das meinige. Aber die Besten sind dahingegangen; ist es doch an vielen Orten bekannt, daß Unglück die Edlen trifft, die auf große Ehre und Tüchtigkeit halten. Feigheit, Schande und Trägheit kommen nie zu Fall, denn das ist unmöglich; die Guten aber müssen fallen. Dein Vater, sollst du wissen, wurde zwischen den Beinen verwundet, so daß er an seinem Körper Schaden litt; seiner weiten Länder, seiner großen Schätze, die er als Edler besaß, ging er ganz verlustig, und er fiel in große Armut. Verarmt und verlassen und verbannt waren zu Unrecht die Edlen nach dem Tode von Uter Pendragon, der König war und Vater des guten Königs Artus. Die Länder wurden zugrunde gerichtet, und die armen Menschen gerieten ins Elend, und so floh, wer fliehen konnte. Dein Vater besaß dieses Waldschloß hier in diesem Öden Walde. Er konnte nicht fliehen, aber in großer Eile ließ er sich in der

Sänfte hierher tragen; denn anderswohin konnte er sich nicht wenden. Und du warst noch ganz klein und ein Säugling und kaum mehr als zwei Jahre alt; doch hattest du zwei gar schöne Brüder.

Als deine zwei Brüder herangewachsen waren, zogen sie auf Wunsch und Rat ihres Vaters an zwei Königshöfe, um Waffen und Pferde zu gewinnen. Der ältere zog zum König von Escavalon und diente ihm dort so lange, bis er zum Ritter geschlagen wurde; und der jüngere ging zum König Ban von Gomeret. Am selben Tage wurden beide zu Rittern geschlagen und erhielten ihre Waffen, und am selben Tage brachen sie auf, um zu ihrem Vaterhaus zurückzukehren; denn sie wollten mir und ihrem Vater Freude bereiten. Dieser aber sah sie nie mehr: sie wurden beide im Waffengange besiegt. Durch Waffen starben sie beide, und darob ist meine Trauer und mein Schmerz so überaus groß. Von dem Ältesten kam wundertraurige Kunde, daß die Raben und Krähen ihm beide Augen ausgehackt hätten. So fanden die Menschen beide Brüder tot. Aus Schmerz über die Söhne starb der Vater, und ich führe ein bitteres Leben, seit er tot ist. Du warst mein ganzer Trost und mein ganzes Gut; denn sonst war keiner von den Meinigen übriggeblieben, und Gott hatte mir nichts gelassen, worüber ich fröhlich und guten Mutes sein könnte.»

Der Junker hörte gar wenig auf diese Worte seiner Mutter: «Laßt mir zu essen geben», sprach er, «ich weiß nicht, was Ihr mir da vorredet; aber gerne würde ich zu dem König gehen, der die Ritter macht, und ich werde auch gehen, wen es auch quäle!» Die Mutter hält ihn zurück und läßt ihn im Hause, so lange es ihm noch paßt. Sie richtet ihn her und kleidet ihn in ein derbes Hemd aus Hanf; und eine Hose nach der Art von Wales, wo man, glaube ich, Hosen und Strümpfe zusammenwirkt, machte sie ihm, und einen Kittel und eine ringsum geschlossene Hirschledermütze.

So richtete ihn die Mutter her und konnte ihn nicht länger als drei Tage im Hause halten; denn auf ihr gütliches Zureden wollte er nicht mehr hören. Da empfand die Mutter einen seltsam ahnungsvollen Schmerz. Sie küßt ihn und umarmt ihn weinend und spricht: «Nun habe ich so großen

Kummer, lieber Sohn, da ich dich fortgehen sehe! Du wirst an den Hof des Königs gehen und ihm sagen, er solle dir Waffen geben. Niemand wird etwas dagegen sagen, und ich weiß wohl, daß er sie dir geben wird. Aber wenn es zur Waffenprobe kommt, wie wird es dir dann ergehen? Was du niemals getan noch andere hast tun sehen, wie wirst du das zu Ende bringen? Wahrlich, ich fürchte, es wird dir schlecht gehen. Ganz unbeholfen wirst du sein. Es ist auch kein Wunder, meine ich, wenn man das nicht kann, was man nicht gelernt hat; aber ein Wunder ist es, wenn man das nicht lernt, was man häufig hört und sieht.

Lieber Sohn, einen guten Rat will ich dir geben, und es wird gut sein, daß du ihn genau hörst; und wenn es dir gefällt, ihn im Gedächtnis zu behalten, wird dir großer Nutzen daraus erwachsen. Du wirst in kurzer Zeit ein Ritter sein, so es Gott gefällt; und mir ist es gleichfalls recht. Wenn du nah oder fern eine Edelfrau findest, die der Hilfe bedarf, oder eine trostlose Jungfrau, so gewähre ihnen deine Hilfe, wenn sie dich darum bitten; denn darauf beruhen alle Ehren. Wer den Frauen keine Ehre erweist, dessen Ehre muß ganz dahin sein. Diene also Frauen und Jungfrauen, so wirst du überall geehrt werden; und wenn eine dich um etwas bittet, so hüte dich, daß du sie beleidigst und tue nichts, was ihr mißfalle. Ein Kuß von einer Jungfrau ist ein reicher Lohn; wenn sie dir einen Kuß erlaubt, so verbiete ich dir alles andere, wenn du es um meinetwillen lassen willst. Und wenn sie einen Ring an ihrem Finger oder eine Tasche am Gürtel trägt, so mag es mir schön und gut sein, daß du ihren Ring annimmst, wenn sie ihn dir aus Liebe oder auf deine Bitte gibt: ich will dir gerne erlauben, den Ring zu nehmen und die Tasche. Lieber Sohn, noch etwas will ich dir sagen: du sollst weder auf der Fahrt noch in den Herbergen lange Zeit einen Gefährten haben, ohne ihn nach seinem Namen zu fragen; den Namen mußt du erfahren, denn am Namen erkennt man den Menschen. Lieber Sohn, sprich mit den Edelleuten, halte dich mit den Edelleuten; ein Edelmann gibt denen niemals schlechten Rat, die in seiner Gesellschaft weilen. Vor allen Dingen will ich dich bitten, daß du in Kirche und Münster zu unserem Herrn betest, damit er in dieser Zeit dir Ehre gebe und dich so führen lasse, daß du zu gutem Ende kommst.»

«Mutter», sprach er, «was ist eine Kirche?» – «Sohn, es ist ein Ort, wo man den Gottesdienst für den verrichtet, der Himmel und Erde schuf und Menschen und Tiere hineinsetzte.» – «Und ein Münster, was ist das?» – «Sohn, das nämlich: ein gar heiliges und schönes Haus, das durch heilige Körper, Reliquien und Schätze geweiht ist; dort betet man den Leichnam Jesu Christi an, des heiligen Propheten, dem die Juden manche Schande antaten. Er wurde verraten und zu Unrecht gerichtet, und er duldete Todesangst für Männer und Frauen. In die Hölle gingen die Seelen, wenn sie sich von den Körpern trennten, er aber führte sie wieder heraus. Er wurde an den Pfahl gebunden, geschlagen und dann gekreuzigt, und er trug die Dornenkrone. Drum rate ich dir, ins Münster zu gehen, um Messen und Morgenandachten zu hören und diesen unseren Herrn anzubeten.» – «Also will ich von nun an gerne in Kirchen und Münster gehen», sprach der Junker, «das verspreche ich Euch feierlich.»

Nun gab es kein Säumen mehr; er nimmt Abschied, und die Mutter weint, aber sein Sattel war schon aufgelegt. Er war nach Art und Weise der Walliser gekleidet: an den Beinen trug er grobe Lederstiefel, und wo er ging und stand, pflegte er drei Spieße zu tragen. Seine drei Spieße wollte er auch diesmal mitnehmen, jedoch ließ ihm die Mutter zwei davon wegnehmen, weil er zu sehr wie ein Walliser aussah. Sehr gerne hätte sie ihm alle drei weggenommen, wenn es hätte sein können. Er trug eine Gerte in der rechten Hand, um damit sein Pferd anzutreiben. Weinend küßt ihn beim Abschied die Mutter, die ihn so innig liebte, und sie fleht zu Gott, er möge ihn geleiten. «Lieber Sohn», spricht sie, «Gott führe dich! Mehr Freude als mir verbleibt, gebe er dir, wohin du auch gehest!» – Als der Junker einen kleinen Steinwurf entfernt war, wandte er sich um und sah seine Mutter am Brückenkopf hinter ihm hinstürzen; und sie lag ohnmächtig, wie wenn sie tot hingefallen wäre. Er aber schlägt mit der Gerte sein Jagdroß über das Kreuz; es trabt fort und strauchelt nicht, trägt ihn in großer Eile durch den weiten, dunklen Wald, und er ritt den ganzen Morgen, bis der Tag sich neigte. Er verbrachte diese Nacht schlafend im Walde, bis der helle Tag erschien.

3. WIE DER JUNKER EIN FRÄULEIN AUF DER HEIDE IM ZELT SCHLAFEND FAND

Am Morgen, beim Gesang der Vögel, erhebt sich der Junker und steigt zu Pferde. Er reitet immer weiter und weiter, bis er ein Zelt erblickte, das auf einem schönen Anger am Rande einer sprudelnden Quelle aufgespannt war. Das Zelt war wunderschön: ein Teil war rot, der andere grün und mit Brokat besetzt; darauf saß ein goldener Adler; den Adler beleuchtete die Sonne, die schon hell und rot schien: es leuchteten alle Wiesen ringsumher von dem Glanze des Zeltes. Rings um das Zelt, das wohl das schönste der ganzen Welt war, waren zwei Hütten aus belaubten Ästen und wallisische Lauben aufgerichtet. Der Junker ritt auf das Zelt zu und sprach, sobald er dorthin kam: «Gott! Da sehe ich nun Euer Haus! Nun würde ich sündigen, wenn ich nicht hinginge, Euch anzubeten. Wahr sprach meine Mutter allerwege, als sie mir sagte, das Münster sei das Schönste auf der Welt, und ich solle jedes Münster, das ich fände, betreten, um den Schöpfer anzubeten, an den ich glaube. Meine Treu, ich will hingehen und ihn bitten, daß er mir etwas zu essen bereite, denn wahrlich, das täte mir not.»

Dann kommt er an das Zelt und findet es offen; mitten im Zelt ein Lager mit einer seidenen Decke: auf dem Lager ruht ein schlafendes Fräulein ganz allein; denn ihre Begleitung war weit weg. Ihre Jungfrauen waren gegangen, um frische Blumen zu pflücken, die sie in das Zelt streuen wollten, wie sie es zu tun pflegten. Als der Junker in das Zelt eintrat, stolperte sein Pferd so stark, daß das Edelfräulein es hörte; es erwachte und erbebte. Und der Junker, der recht einfältig war, sprach: «Jungfer, ich grüße Euch, wie meine Mutter es mich lehrte. Meine Mutter unterrichtete mich und sagte, ich solle die Jungfern grüßen, an jedem Orte, wo ich sie auch fände.»

Die Jungfrau zitterte aus Furcht vor dem Junker, der ihr närrisch zu sein scheint; und sich selbst hält sie für eine rechte Törin, da er sie so einsam und allein fand. «Junker», sprach sie, «geh deines Wegs! Flieh, damit mein Freund dich nicht sehe!» – «Vorher will ich Euch küssen, bei meinem Haupte», sagte der Junker, «wem es auch leid tue; denn so lehrte es mich meine Mutter.» – «Ich werde dich wahrlich nicht küssen», entgegnete die Jungfrau, «so lange ich kann. Flieh, daß mein Freund dich nicht findet; denn wenn er dich findet, bist du tot.» – Der Junker hatte starke Arme; er umarmte sie gar linkisch, denn er verstand es nicht besser: aber er streckte sie heftig unter sich, und sie verteidigte sich und sträubte sich, so lange sie konnte. Aber verteidigen nützte ihr nichts; denn der Junker küßte sie in einem Zuge, sie mochte wollen oder nicht, wohl zwanzig Male, wie die Erzählung berichtet. Da sah er einen Ring mit einem hellen Smaragd an ihrem Finger. «Weiter sagte mir meine Mutter», sprach er, «daß ich von Eurem Finger den Ring nehmen müßte, aber mehr sollte ich Euch nicht tun: auf denn, her damit, den Ring, den will ich haben!» – «Meinen Ring wirst du wahrlich nie bekommen», erwiderte die Junfrau, «das laß dir sagen, wenn du ihn mir nicht mit Gewalt vom Finger reißest.» Der Junker faßte sie an der Hand, streckt ihr den Finger mit Gewalt, reißt ihr den Ring vom Finger und steckt ihn an seinen eigenen. Dann spricht er: «Jungfer, möge es Euch gut ergehen: nun will ich wohl belohnt weitergehen, und viel besser hat es geschmeckt, Euch zu küssen, als die Kammerfrauen im ganzen Hause meiner Mutter; denn Ihr habt gar keinen bitteren Mund.»

Sie weinte und sprach zum Junker: «Nimm nicht meinen Ring mit; denn es würde mir darob schlimm ergehen, und du würdest das Leben darüber verlieren, wie lange es auch dauern mag, das verspreche ich dir.» Der Junker nimmt sich nicht im geringsten die Worte zu Herzen, die er da hört, aber da er so lange gefastet hatte, starb er fast vor Hunger. Da findet er ein Fäßchen voll Wein und einen Becher aus reinem Silber daneben. Und auf einem Bund Binsen erblickt er ein weißes, neues Tischtuch. Er hebt es auf und findet darunter drei gute, frische Rehpasteten: diese Speise kam ihm gerade recht, und in dem Hunger, der ihn so stark peinigt, zerbricht er eine der Pasteten und ißt sie in großer Gier, gießt sich von dem Wein, der gar nicht schlecht war, in den silbernen Becher, trinkt immer wieder in großen Zügen davon und spricht: «Jungfer, diese Pasteten kann ich heute nicht alle bewältigen. Kommt zum Essen, sie sind sehr gut! Jeder wird sich daran gütlich tun können, und es wird noch eine ganze übrigbleiben.» Die Jungfrau indessen weint in einem fort, so sehr er sie bittet und auffordert. Und sie antwortet ihm nicht ein Wort, sondern weint bitterlich und heftig und ringt gar hart die Hände. Er dagegen aß weiter, so viel ihm gefiel und er trank, bis er genug hatte. Den Rest deckte er wieder zu. Dann nahm er Abschied auf der Stelle und empfahl die Jungfrau, der sein Gruß kaum zu Dank war, in Gottes Huld. «Gott schütze Euch», sprach er, «schöne Freundin! Aber bei Gott, grämt Euch nicht so sehr über den Ring, den ich mitnehme! Denn bevor ich des Todes sterbe, will ich ihn Euch lohnen. Nun gehe ich fort mit Eurem Verlaub.» Die Jungfrau weint und entgegnet, sie könne ihn nicht in Gottes Gnade empfehlen; denn seinetwegen werde sie so viel Schande und Unbill erleiden müssen wie niemals eine andere unglückliche Frau; und bei ihm werde sie schwerlich zeit seines Lebens darob Hilfe noch Schutz finden; er möge wissen, daß er sie verraten habe.

So blieb sie weinend zurück. Nun säumte ihr Freund nicht lange, bis er aus dem Walde zurückkam. Er sah noch die Pferdespuren des Junkers, der seines Weges ritt, und das machte ihn sehr betroffen. Er fand seine Freundin weinend und sprach: «Fräulein, ich glaube, nach den Zeichen, die ich sehe, daß ein Ritter hier gewesen ist.» – «Nein, Herr, das versichere ich

Euch, sondern ein wallisischer Junker war da, er war zudringlich und grob und dumm; er hat von Eurem Wein getrunken, so viel er Lust hatte, und er aß von Euren drei Pasteten.» – «Und deshalb, meine Schöne, weint Ihr so sehr? Wenn er alles getrunken und gegessen hätte, wäre es mir auch recht.» – «Es geschah noch mehr, Herr», sprach sie. «Mein Ring ist verloren bei dem Streit! Er hat ihn mir entrissen und trägt ihn jetzt fort – ich wollte lieber, ich wäre tot, als daß er ihn so mitgenommen.» Da ward der Ritter ganz bekümmert und zornig in seinem Gemüt: «Meine Treu», rief er aus, «das ist ein Schimpf! Da er aber den Ring davonträgt, möge er ihn haben! Ich aber glaube, er tat noch mehr: wenn mehr geschah, verhehlt es mir nicht!» – «Herr», sprach sie, «er küßte mich.» – «Er küßte Euch?» – «Wahrhaftig, das habe ich gesagt; aber es geschah ganz gegen meinen Willen.» – «Nein, vielmehr wolltet Ihr es, und es gefiel Euch; Ihr habt Euch nicht gesträubt!» sprach der Ritter, den die Eifersucht quälte. «Glaubt Ihr, daß ich Euch nicht kenne? Ja, wahrlich und gewiß, gut kenne ich Euch, und ich bin nicht so kurzsichtig und scheel, daß ich Eure Falschheit sehe. Ihr seid auf einen schlechten Weg geraten, und nun soll Euch die schlimme Not treffen; denn Euer Pferd soll keinen Hafer mehr fressen, niemals soll es geschröpft werden, solange ich mich nicht gerächt habe; und wo es ein Hufeisen verlieren wird, da soll es nie wieder beschlagen werden. Wenn es stirbt, sollt Ihr mir zu Fuß folgen, und niemals sollen die Kleider gewechselt werden, in die Ihr jetzt gekleidet seid, sondern Ihr sollt mir zu Fuß und nackt folgen, bis ich ihm den Kopf abgeschlagen habe; eine andere Strafe will ich nicht an ihm vollziehen!»

Darauf setzte er sich und aß.

4. WIE DER JUNKER ZUM ERSTEN MALE AN DEN ARTUSHOF KAM

Der Junker aber ritt so lange, bis er einen Köhler kommen sah, der einen Esel vor sich hertrieb. Er sprach ihn an: «Du, Bauer, der du einen Esel vor dir hertreibst, zeige mir den kürzesten Weg nach Carduel. Der König Artus, den ich sehen will, soll dort Ritter machen, wie man sagt.» – «Junker», erwiderte der, «in dieser Richtung liegt ein Schloß am Meer. Den König Artus, lieber guter Freund, wirst du dort fröhlich und traurig finden, wenn du hinkommst.» – «Nun kannst du mir wohl sagen, wieso der König Freude und Trauer hat?» – «Das will ich dir gar bald sagen», entgegegnete er. «König Artus mit seinem ganzen Heer hat mit dem König Rion gekämpft. Der König der Inseln wurde besiegt, und darob ist der König Artus froh; ob seiner Gefährten aber betrübt, da sie in ihre Schlösser hinwegzogen, wo sie ihren besten Wohnsitz hatten; nun aber weiß er nicht, wie es ihnen ergeht: darüber die Trauer, die der König hat.»

Der Junker schätzte diese Kunde des Köhlers nicht einen roten Heller, wohl aber schlug er den Weg in der Richtung ein, die jener ihm zeigte, bis er am Meere ein Schloß erblickte, das schön und stark dastand. Und er sah einen bewaffneten Ritter aus dem Tore reiten, der einen goldenen Becher in der Hand trug. Seine Lanze, seinen Zügel und seinen Schild hielt er mit der Linken und den goldenen Becher in der Rechten. Seine Waffen, die ganz rot waren, standen ihm wohl zu Kleide. Der Junker sah die schönen Waffen, die frisch und neu waren; sie gefielen ihm überaus, und er sprach: «Meiner Treu, dies will ich vom König verlangen. Wenn er sie mir gibt, wird es mir gut ergehen, und verflucht sei, wer andere verlangt!» Es drängt ihn, rasch zu Hofe zu kommen, und so eilt er auf das Schloß zu, bis er nahe bei dem Ritter ist. Und der Ritter hielt ihn ein wenig auf und fragte ihn: «Wohin willst du, Junker? Wohlan, sag rasch!» – «Ich will», sprach er «zu Hofe gehen und Eure Waffen von dem König verlangen.» – «Junker», erwidert der Ritter, «da wirst du gut daran tun! Geh nur bald und komm zurück, und so viel kannst du dem schlechten König dazu sagen: wenn er nicht sein Land von mir zu Lehen empfangen will, soll er es mir zurückgeben, oder er möge einen schicken, der es gegen mich verteidige; denn ich sage, daß es mein ist. Und an diesem Zeichen soll er dir glauben, daß ich vor seinen Augen eben vor kurzem mitsamt dem Wein, von dem er trank, diesen Becher raubte, den ich hier trage.»

Nun kann er sich einen anderen suchen, der diese Botschaft ausrichtet, denn der Junker hat kein Wort davon vernommen. Er säumte nicht, bis er zu Hofe kam, wo der König und seine Ritter beim Mahle saßen. Der Saal war zu ebener Erde, und der Junker reitet hoch zu Roß in den Saal ein, der mit Fliesen gepflastert und ebenso breit wie lang war. König Artus saß in Gedanken versunken zu Häupten einer Tafel. Alle Ritter jedoch sprachen miteinander und tauschten fröhliche Worte, außer ihm, der nachdenklich und stumm war. Der Junker ritt vor und wußte nicht, wen er grüßen solle, da er den König nicht kannte. Alsbald kam Yonet, der ein Messer in der Hand hielt, auf ihn zu. «Du Junker», sprach der Jüngling, «du, der da kommt und das Messer in der Hand hält, zeige mir, welches der König ist.» Yonet, der überaus höflich war, entgegnete ihm: «Freund, dort seht Ihr ihn!» Nun ritt er gleich zu ihm hin und grüßte ihn, wie er es verstand; der König aber war in Gedanken versponnen und sprach kein Wort. Der Junker redet ihn zum zweiten Male an: der König träumt und läßt kein Wort hören.

«Bei Gott», sprach da der Junker, «dieser König hat noch nie einen Ritter gemacht. Wenn man kein Wort aus ihm herausbringt, wie könnte er Ritter machen?» Sofort schickt er sich an umzukehren. Er reißt den Kopf seines Jagdrosses herum, führte es aber so nahe beim König vorbei, wie ein Mensch, der schlecht bei Sinnen ist, daß er ihm – das ist die reine Wahrheit – den Hut vom Kopfe auf den Tisch warf. Da wendet der König sein Haupt, das er gesenkt hielt, dem Junker zu. Er läßt ab von seinen Gedanken und spricht: «Lieber Bruder, seid willkommen! Ich bitte Euch, Ihr möget mir nicht schlecht auslegen, daß ich auf Euren Gruß hin schwieg. Vor Zorn konnte ich Euch nicht antworten; denn der schlimmste Feind, den ich habe, der mich am meisten haßt und schreckt, hat mir hier mein Land aufgesagt, und er ist so grimmig, daß er sagt, er werde es ganz unbestritten bekommen, ob ich wolle oder nicht. Der Rote Ritter aus dem Walde von Quinkeroi heißt er. Und die Königin war hierhergekommen und saß hier vor mir, um jene Ritter, die verwundet sind, zu besuchen und zu trösten. Der Rote Ritter hätte mich kaum mit all seinen wilden Worten erzürnt, aber er nahm den Becher, der vor mir stand, und riß ihn so wild hinweg, daß er den ganzen Wein, dessen er voll war, über die Königin ergoß. Dies war eine häßliche und schmähliche Tat; denn die Königin ging von Trauer und Zorn entflammt auf ihr Zimmer, wo sie dem Tode nahe ist; ich glaube nicht, so Gott mir helfe, daß sie mit dem Leben davonkommen wird.» Den Junker kümmerte keinen Deut, was der König ihm da sagte und erzählte, und nichts lag ihm an seiner Trauer noch an der Schande der Königin: «Herr König», sprach er, «macht mich zum Ritter, denn ich will wieder gehen.» Hell und lachend waren die Augen im Kopfe des wilden Junkers. Keiner, der ihn sieht, hält ihn für klug, doch alle, die ihn sahen, hielten ihn für schön und edel.

«Freund», spricht der König, «steigt ab und übergebt Euer Jagdroß diesem Knappen; er wird es Euch hüten und Euch zu Diensten sein. Es soll geschehen nach Gottes Willen zu meiner Ehre und zu Eurem Heil.» Und der Junker antwortete ihm: «Die waren nicht abgestiegen, die ich auf der Heide traf, und Ihr wollt, daß ich absteige? Bei meinem Haupte, ich werde nicht absteigen; aber handelt rasch, sonst werde ich fortreiten.» – «Ha», sprach der König, «lieber, teurer Freund, ich werde es sehr gerne tun zu Eurem Heil und zu meiner Ehre.» «Bei dem Glauben, den ich meinem Schöpfer schulde», sprach der Junker, «guter Herr König, ich will noch lange nicht Ritter sein, wenn ich nicht Roter Ritter werde. Gebt mir die Waffen dessen, den ich vor dem Tore traf, der Euren Becher fortträgt.»

Der Seneschall, der verwundet war, geriet in Zorn über die Worte, die er hörte, und sprach: «Freund, Ihr habt ganz recht: geht nur gleich hin und nehmt ihm die Waffen weg, denn sie sind Euer; Ihr habt nicht als Tor gehandelt, wenn Ihr deshalb hierhergekommen seid.» – «Keu», sprach der König, «um Gottes willen, haltet ein! Zu gerne sprecht Ihr Schmähungen und kümmert Euch nicht darum, wen sie treffen. Eine schändliche Haltung für einen Edelmann! Wenn auch dieser Junker einfältig ist, so ist er doch hoffe ich, ein rechter Edelmann; und wenn er es bisher so gelernt hat, da er bei einem schlechten Meister war, so kann er doch noch tüchtig und weise werden. Schändlich ist es, andere zu verspotten und zu versprechen, ohne zu geben. Ein Edelmann darf sich nicht unterfangen, einem anderen etwas zu versprechen, das er nicht geben kann noch will; denn sonst zieht er sich den Ärger des Mannes zu, der ohne dieses Versprechen sein Freund ist; sobald er ihm aber etwas versprochen hat, begehrt er das Versprochene zu erhalten. Und daraus könnt Ihr entnehmen, daß es viel besser wäre, einem Manne etwas zu verwehren, als Begierde in ihm zu wecken; denn, wenn man ihm die Wahrheit sagen soll: der verspottet und betrügt sich selbst, der ein Versprechen gibt und es nicht löst; das Herz seines Freundes raubt er sich damit.»

So sprach der König zu Keu. Der Junker aber, der im Begriff war fortzugehen, erblickte da eine schöne und edle Jungfrau. Er grüßte sie und sie grüßte ihn und lachte ihm zu, und mit lachendem Munde sprach sie folgende Worte: «Junker, so du am Leben bleibst, denke und glaube ich in meinem Gemüt, daß es auf der ganzen Welt keinen besseren Ritter geben wird, als du es bist, und es wird auch nie einen besseren geben, so weit man es erfahren kann. So denke ich und wähne ich und glaube ich.» Die Jungfrau aber hatte seit mehr als sechs Jahren niemals gelacht, und sie sprach diese Worte ganz laut, so daß alle es hörten. Und Keu, den dieses Wort gewaltig ärgerte, springt auf und gibt ihr einen so kräftigen Schlag mit der Handfläche in das zarte Gesicht, daß er sie der Länge nach zu Boden warf. Als er die Jungfrau geschlagen hatte, wandte er sich um und traf auf einen Narren, der an einem Kamin stand. Diesen stieß er mit dem Fuß in das brennende Feuer aus Zorn und Wut, weil der Narr immerfort zu sagen pflegte: «Diese Jungfrau wird nicht lachen, bis sie den sehen wird, der den höchsten Preis aller Ritterschaft erlangen soll!» Da schrie der Narr, und die Jungfrau weinte. Der Junker aber verweilte nicht länger, sondern kehrt ohne weiteren Rat zu dem Roten Ritter zurück.

5. WIE DER JUNKER DIE WAFFEN DES ROTEN RITTERS GEWANN

Yonet, der alle geraden Pfade kannte und gerne neue Kunde zu Hofe brachte, verläßt ganz heimlich ohne Begleiter den Saal durch einen Obstgarten neben dem Saale, steigt durch ein Pförtchen hinunter, bis er stracks zu dem Wege kam, wo der Ritter auf Kampf und Abenteuer wartete. Da kam der Junker in großer Hast auf den Ritter zu, um ihm die Waffen abzunehmen. Der Ritter hatte unterdessen den goldenen Becher auf eine Rampe von grauem Stein abgestellt. Als der Junker ihm so nahe gekommen war, daß sie einander hören konnten, rief er ihm zu: «Legt ab die Waffen, tragt sie nicht länger, denn der König Artus befiehlt es Euch!» Und der Ritter fragte ihn: «Junker, wagt es keiner, hierher zu kommen, um das Recht des Königs zu wahren? Wenn keiner kommt, so verhehlt es nicht. – «Wie, zum Teufel, ist das nun ein Spott, Herr Ritter, den Ihr mir antut, daß Ihr noch nicht meine Waffen abgelegt habt? Rasch zieht sie aus, befehl ich Euch!» – «Junker», meinte der Ritter, «ich frage dich, ob keiner im Namen des Königs kommt, der sich mit mir messen will?» – «Herr Ritter, nun zieht aber rasch die Waffen aus, sonst nehme ich sie Euch weg; nicht länger will ich das dulden. Wisset nur, daß ich Euch schlagen würde, wenn Ihr mich länger reden ließet.» Da geriet der Ritter in Zorn, hob seine Lanze mit beiden Händen und versetzte ihm einen solchen Schlag quer über die Schultern mit dem Schaft, da wo das Eisen nicht war, daß er ihn bis tief auf den Hals des Pferdes beugte. Der Junker aber geriet in Wut, als er fühlte, daß er von dem Schlag, den er empfangen, verwundet war. So gut er kann, zielt er in das Auge und läßt einen Spieß sausen; dem Ritter vergeht Hören und Sehen, da er ihn durch das Auge in das Gehirn trifft, daß Blut und Hirn über den Nacken nach hinten herausfloß. Vor Schmerz versagte ihm das Herz, er schwankte und fällt der Länge nach zu Boden. Der Junker steigt ab, legt die Lanze auf die Seite und löst ihm den Schild vom Halse; jedoch mit dem Helme, den der Ritter auf dem Haupte hat, wird er nicht fertig, da er nicht weiß, wie er ihn abnehmen soll; dann fällt ihm ein, ihm das Schwert abzugürten, aber dies versteht er ebenfalls nicht, noch kann er es aus der Scheide ziehen; denn er faßt die Scheide und reißt und zerrt daran.

Yonet beginnt darüber zu lachen, da er den Junker so beschäftigt sieht. «Was ist das», spricht er, «lieber Freund, was macht Ihr da?» – «Ich weiß nicht was. Ich glaubte, Euer König hätte mir diese Waffen gegeben, aber eher könnte ich den ganzen Leichnam zu Hackfleisch zerhacken, bevor ich eine der Waffen mitnehmen kann; kleben sie doch so fest am Körper, daß das Innere und das Äußere ganz eines ist, wie mir scheint, so fest halten sie zusammen.» – «Nun, habt nur keine Angst; denn ich will sie Euch schon gerne lösen, wenn Ihr wollt», spricht Yonet. – «Macht also rasch!» spricht der Junker, «und gebt sie mir ohne Zögern!» Bald hat Yonet den Ritter entkleidet; bis auf die Zehen zieht er ihm alles aus, er läßt ihm weder Panzerhemd noch Schuhe noch Helm auf dem Haupte noch andere Waffen. Der Junker aber will seine Kleider nicht ablegen, so sehr ihm Yonet zuredet; er will auch nicht das bequemere Wams aus gefütterter Seide anziehen, das der Ritter unter seinem Panzerhemd trug, solange er noch lebte. Der Junker wollte auch die derben Schuhe nicht von den Füßen ziehen, die er anhatte, sondern er sprach: «Zum Teufel, ist mir das ein Spaß, daß ich meine guten Kleider, die meine Mutter mir erst jüngst gemacht hat, gegen die Kleider dieses Ritters tauschen soll? Mein derbes Hanfhemd gegen das weiche und dünne da? Wolltet Ihr, daß ich mein Wämschen, durch das kein Wasser dringt, gegen dieses eintausche, das nicht einen Tropfen halten könnte? In seinen Hals sei der verflucht, der seine guten Kleider gegen andere schlechte austauschen mag!» – Gar schwer ist es, einen Toren zu belehren. Er wollte nichts als die Waffen nehmen, so sehr man ihn auch bat. Yonet schnürte ihm die Schuhe zu und legte ihm an die Stiefel die Sporen über die Panzerschuhe; dann zieht er ihm das Panzerhemd an, und keines war je stattlicher als dieses. Und auf die Haube setzt er ihm den Helm, der ihm so gut steht, und belehrt ihn, das Schwert locker und lose zu gürten. Dann setzt er ihm die Füße in den Steigbügel und läßt ihn das Kampfroß besteigen. Er hatte niemals vorher einen Steigbügel gesehen, noch wußte er etwas von Sporen, sondern er kannte nur die Rute oder Gerte. Yonet bringt ihm den Schild und die Lanze und gibt sie ihm in die Hand. Bevor Yonet weggeht, spricht der Junker: «Freund, nehmt mein Jagdpferd, wenn Ihr wollt, und führt es weg; denn es ist gar gut, und ich schenke es Euch, weil ich seiner nicht mehr bedarf. Und bringt dem König seinen Becher, grüßt ihn von mir, und dann sollt Ihr der Jungfrau sagen, die Keu auf die Wange schlug, daß ich nach meinen Kräften, bevor ich sterbe, ihm die Hölle so zu heizen gedenke, daß sie sich für gerächt halten kann.» Yonet antwortet, er werde dem König den Becher übergeben und die Botschaft ausrichten nach dem Brauch, wie es rechtens ist.

Dann scheiden sie und gehen auseinander. Yonet tritt durch die Türe in den Saal, wo die Barone sind, und bringt dem König seinen Becher zurück. Er spricht: «Herr, nun freuet Euch! Denn Euren Becher schickt Euch Euer Ritter, der hier war, zurück.» – «Von welchem Ritter sprichst du mir da?» spricht der König, der noch immer in großer Trauer war. – «Beim Namen Gottes, Herr», spricht Yonet, «von dem Junker spreche ich, der eben erst von hier wegritt.» – «Sprichst du denn von dem Walliser Junker, der die zinnoberrot gefärbten Waffen des Ritters von mir forderte, der mir Schmach und Schimpf angetan hat, so viel er nur konnte?» – «Herr, von ihm spreche ich in Wahrheit.» – «Und meinen Becher, wie bekam er ihn? Liebt oder schätzt jener ihn so, daß er ihn ihm freiwillig wiedergegeben hat?» – «O nein, sondern der Junker hat ihn ihm so teuer abgekauft, daß er ihn getötet hat.» – «Und wie geschah dies, lieber Freund?» – «Herr, ich weiß nicht mehr, als daß ich sah, daß der Ritter ihn mit seiner Lanze schlug und ihm großen Schmerz zufügte, und daß der Junker seinerseits ihn mit einem Spieß in die Augenhöhle traf, so daß er ihm über den Nakken das Blut und das Hirn verspritzte und ihn tot zu Boden streckte.» Da sprach der König zum Seneschall: «Ach, Keu, wie habt Ihr mir heute geschadet! Durch Eure lästerliche Zunge, die schon so manches Böse gesagt hat, habt Ihr mir einen Ritter vertrieben, der mir heute an diesem Tage großen Nutzen brachte.» «Herr», spricht Yonet zum König, «bei meinem Haupte, er bestellt durch mich der Jungfrau der Königin, die Keu an die Wange schlug aus Bosheit und Verdruß, daß er sie rächen werde, wenn er lebe, sobald er es vollbringen könne.» Der Narr, der neben dem Feuer sitzt, vernimmt das Wort, springt auf die Füße und tritt gar fröhlich vor den König. Er hat solche Freude, daß er hüpft und springt. Er spricht: «Herr König, so Gott mich rette, nun kommen Euch Abenteuer: schlimme und harte Abenteuer werdet Ihr oft daraus entstehen sehen, und ich stehe Euch dafür, daß Keu ganz sicher sein kann, daß es seinen Füßen und Händen und seiner tollen, gemeinen Zunge schlecht gehen wird; denn bevor noch vierzig Tage verstrichen sind, wird der Ritter den Tritt gerächt haben, den Keu mir mit dem Fuße gab. Und der Schlag wird teuer bezahlt und vergolten und wiedergegeben werden, den er der Jungfrau gab; denn zwischen dem Ellenbogen und der Achsel wird jener ihm den rechten Arm zerbrechen: ein halbes Jahr wird er ihn in der Schlinge tragen! Und wohl bekomm's! Dem kann er ebenso wenig entgehen wie dem Tode!»

Dieses Wort erboste Keu so sehr, daß er fast vor Ärger und Zorn geplatzt wäre. Es fehlte wenig, so hätte er ihn vor aller Augen so zugerichtet, daß er gestorben wäre. Um aber dem König nicht zu mißfallen, unterließ er es, ihn anzugreifen, und der König sprach: «Weh, weh! Keu, wie habt Ihr mich heute erzürnt! Wenn einer den Junker in den Waffen abgerichtet und gelehrt hätte, so daß er sich ihrer bedienen könnte, sowohl des Schildes als der Lanze, dann würde er ohne Zweifel ein guter Ritter werden; aber er versteht gar nichts von den Waffen noch von anderen Dingen, so daß er nicht einmal das Schwert ziehen könnte, wenn er seiner bedürfte. Nun sitzt er bewaffnet auf seinem Roß, und wenn ihm irgendein Vasall begegnet, mag dieser ihn, um sein Pferd zu gewinnen, ohne Zweifel schlimm zurichten: er wird ihn rasch getötet oder verstümmelt haben, denn der Junker wird sich nicht verteidigen können, so töricht und dumm wie er ist. Sein Neider wird darum leichtes Spiel mit ihm haben.»

So klagt der König und bedauert den Junker und senkt traurig das Haupt; jedoch kann er daran nichts ändern und schweigt darob und spricht kein weiteres Wort.

6. WIE DER JUNKER ZU DEM ALTEN EDELMANN KAM, DER IHN ZUM RITTER SCHLUG

Der Junker reitet ohne weiteren Aufenthalt und spornt sein Pferd durch den Wald, bis er zu einer offenen Ebene an einem Fluße kam, der mehr als einen Armbrustschuß breit war, als habe er das Wasser des ganzen Landes in seinen geraden Lauf aufgenommen. Über eine Wiese ritt er auf den großen, rauschenden Strom zu. Jedoch trat er nicht in das Wasser ein, da er sah, daß es sehr tief und schwarz und viel reißender als die Loire war, sondern er ritt an dem Ufer entlang gegenüber einem hohen felsigen Hügel, der auf der anderen Seite des Ufers stand, so daß das Wasser seinen Fuß bespült. Auf diesem Felsen stand an einem Hang, der zum Meere hin abfiel, ein reiches und starkes Schloß. Da, wo das Wasser in eine Bucht auslief, wandte sich der Junker nach links und sah die Türme des Schlosses aufragen, und es dünkte ihn, als ob sie gerade entstünden und aus dem Felsen herauswüchsen. Inmitten der Burg ragte ein starker, hoher Turm; nach der Schlucht zu war ein gewaltiges Vorwerk gerichtet, das das Meer beherrschte und vom Meer bespült wurde. An den vier Ecken der Mauer, deren Quadern fest und hart waren, hatte es vier niedrige Türmchen, die waren überaus stark und schön. Das Schloß war stattlich anzusehen und im Innern behaglich eingerichtet. Vor dem runden Vorwerk war eine Brücke aus Stein, Sand und Kalk über dem Wasser aufgebaut; die Brücke war ebenso stark wie hoch und ringsum befestigt. Mitten auf der Brücke stand ein Turm und davor eine Zugbrücke, die so gebaut und eingerichtet war, wie es ihre Bestimmung verlangte: bei Tag war es eine Brücke und bei Nacht ein Tor.

Der Junker reitet auf die Brücke zu. In ein Hermelingewand gekleidet, kam da ein Edelmann über die Brücke gewandelt und erwartete den, der da auf die Brücke zuritt. Der Edelmann hielt zu seiner Stütze einen Stab in der Hand, und hinter ihm standen zwei Jünglinge ohne Mantel. Der Ankömmling erinnert sich wohl der Lehre seiner Mutter, denn er grüßte und sprach: «Herr, dies lehrte mich meine Mutter.» – «Gott segne dich, lieber Bruder!» sprach der Edelmann, der ihn am Sprechen wohl als einfältig und dumm erkannte. Dann fuhr er fort: «Lieber Bruder, woher kommst du?» – «Woher? Von dem Hof des Königs Artus!» – «Was tatest du dort?» – «Zum Ritter hat mich der König gemacht, dem es gut ergehen möge.» – «Zum Ritter? So Gott mir helfe, ich hätte nicht gedacht, daß ihm zu solcher Zeit so etwas in den Sinn kommen könnte: glaubte ich doch, es läge dem König anderes am Herzen, als Ritter zu machen. Nun sage mir, guter Bruder, wer verlieh dir diese Waffen?» – «Der König», erwiderte er, «gab sie mir.» – «Er gab sie dir? Wie denn?» – Da erzählte ihm der Junker, was ihr in der

Geschichte gehört habt. Wer es noch einmal berichtete, wäre langweilig und töricht; denn keine Geschichte wird dadurch besser. Und der Edelmann fragte ihn wiederum, was er mit seinem Roß zu machen verstehe. «Ich reite es wohl auf und ab, genau so, wie ich mein Jagdpferd laufen ließ, seit ich es im Hause meiner Mutter bestiegen hatte.» – «Nun sagt mir wiederum, lieber Freund, was versteht Ihr mit Euren Waffen zu machen?» – «Ich kann sie gut anziehen und ausziehen, so wie der Knappe mich damit rüstete, der vor meinen Augen den Ritter entwaffnete, den ich getötet hatte; und so leicht trage ich sie, daß sie mich keineswegs beschweren.» – «Bei Gottes Seele! Das schätze ich wohl!» sprach der Edelmann, «und es gefällt mir gut. Nun sagt mir, wenn es Euch nicht kränkt, welches Vorhaben führt Euch hierher?» – «Herr, meine Mutter lehrte mich, daß ich zu den Edlen gehen solle und mich von ihnen beraten lasse und auch glaube, was sie sagen würden; denn Nutzen haben davon alle, die ihnen glauben.» Da entgegnete der Edelmann: «Lieber Bruder, gesegnet sei Eure Mutter, die Euch so gut beriet. Aber wollt Ihr sonst nichts sagen?» – «O doch!» – «Und was denn?» – «Nicht mehr und nicht weniger, als daß Ihr mich heute beherbergen möget.» – «Gar gerne», sprach der Edelmann, «aber Ihr sollt mir auch etwas gewähren, wovon Euch großer Gewinn kommen könnte.» – «Und was ist das?» fragte er. – «Daß Ihr dem Rat Eurer Mutter und dem meinigen glauben sollt.» – «Meine Treu», sprach er, «das gewähre ich.» – «So steigt denn ab!»

Und er steigt ab. Einer der beiden Knappen, die dazugekommen waren, nimmt das Pferd, der andere entwaffnet ihn; und so steht er da in dem einfältigen Gewand, den derben Stiefeln und seinem Kittel, den seine Mutter ihm gegeben hatte, der schlecht und recht aus Hirschleder zugeschnitten und gemacht war. Der Edelmann jedoch ließ sich die scharfen Stahlsporen anlegen, die der Knappe gebracht hatte. Er steigt zu Pferde, nimmt den Schild an der Schlinge um den Hals, greift zur Lanze und spricht: «Freund, nun lernt die Waffenführung und gebt gut acht, wie man die Lanze halten muß und wie man das Pferd spornt und zügelt.» Da hat er den Lanzenwimpel entfaltet und er zeigt ihm und lehrt ihn, wie man seinen Schild fassen muß: ein wenig läßt er ihn nach vorne hängen, bis er an den Hals des Pferdes stößt. Dann stemmt er die Lanze in den Halter und spornt das Pferd, das wohl hundert Mark wert war; denn keines war stärker und ließ sich lieber lenken, war schneller und hatte größere Kraft. Der Edelmann war ein guter Meister mit Schild und Pferd und Lanze; hatte er es doch schon in der Kindheit gelernt. Alles, was der Edelmann tat, gefiel dem Junker gar sehr und sagte ihm über alle Maßen zu.

Als er in so vortrefflicher Art sein ganzes Kampfspiel vor dem Junker ausgeführt und dieser wohl achtgegeben hatte, da kam er mit erhobener Lanze zum Junker zurück und fragt ihn: «Freund, könntet Ihr es ebenso mit der Lanze und dem Schilde ausführen und das Pferd spornen und lenken?» Und dieser entgegnete ihm ganz unverhohlen, er wolle keinen Tag länger leben noch Land und Gut besitzen, bevor er nicht dieses zu tun verstünde. «Was man nicht versteht, kann man lernen, so man sich Mühe geben und hören will, lieber guter Freund», spricht der Edelmann. «In allen Werken kann man alles lernen. Und wenn Ihr es nie getan habt, noch andere habt tun sehen, so werdet Ihr weder Schande noch Tadel davon haben, wenn Ihr es nicht zu tun versteht.»

Darauf ließ ihn der Edelmann zu Pferde steigen, und er begann, seine Lanze und seinen Schild so richtig zu tragen, wie wenn er alle Tage in Turnieren und Kriegen gelebt und die ganze Erde nach Abenteuern und Schlachten befahren hätte; denn es kam ihm von Natur aus ganz von selbst. Und wenn die Natur einen lehrt und das Herz ganz darauf bedacht ist, so kann nichts beschwerlich sein, da wo Natur und Herz sich mühen. Durch diese beiden machte er es so gut, daß es dem Edelmann sehr wohl gefiel, und er sagte sich in seinem Gemüt, daß der Jüngling nicht tüchtiger sein könnte, wenn er sich schon sein ganzes Leben in Waffen bemüht und geübt hätte. Als der Junker seine Runde gemacht hatte, wandte er sich mit erhobener Lanze zu dem Edelmann zurück, so wie er es ihn hatte machen sehen. Er sprach: «Herr, habe ich es gut gemacht? Glaubt Ihr, daß mir dies

Handwerk die Mühe lohnt, wenn ich mich recht daran machen will? Nie sahen meine Augen etwas, wonach ich größere Lust gehabt hätte. Gerne möchte ich ebensoviel davon verstehen, wie Ihr davon versteht.» Da sprach der Edelmann: «Freund, Ihr werdet es verstehen, wenn Ihr das Herz dazu habt; darum braucht Ihr Euch nicht zu sorgen.»

Der Edelmann stieg dreimal auf, dreimal unterrichtete er ihn in Waffen, soviel er ihm zu zeigen vermochte, bis er ihm genug gezeigt hatte. Und dreimal ließ er ihn aufsteigen, und beim letzten Male sprach er zu ihm: «Freund, wenn Ihr einem Ritter begegnet, was würdet Ihr tun, wenn er Euch schlüge?» ... «Ich würde ihn wieder schlagen.» ... «Und wenn Eure Lanze bräche?» – «Danach wäre nichts mehr zu machen, als mit den Fäusten auf ihn loszurennen!» – «Freund, das dürftet Ihr keinesfalls tun!» – «Was soll ich dann tun?» – «Durch Fechtkunst solltet Ihr mit dem Schwert gegen ihn angehen.» Dann stößt er die Lanze gerade vor sich in die Erde, so daß die Lanze aufrecht vor ihm stand; denn es lockt den Edelmann überaus, ihn in Waffen zu unterweisen und zu lehren, damit er sich gut mit dem Schwert verteidigen könne, wenn es nötig wäre, oder angreifen, wenn er dieses bräuchte. Dann legte er die Hand an das Schwert. «Freund», spricht er, «auf solche Weise würdet Ihr euch verteidigen, so man Euch angreift.» – «Von diesem», erwiderte er schnell, «weiß keiner so viel wie ich, so Gott mich rette; denn darin lernte ich gegen Polster und Schilde bei meiner Mutter so viel, daß ich oft ganz abgekämpft war.» – «Also gehen wir heute zur Herberge», erwiderte der Edelmann, «damit sind wir am Ende und Ihr sollt, wem es auch lästig wäre, heute nacht ohne Schande Herberge bekommen.»

Hierauf gingen beide Seite an Seite hinweg, und der Junker sprach zu seinem Wirt: «Herr, meine Mutter lehrte mich, daß ich mit keinem Menschen lange gehen noch in seiner Gesellschaft weilen solle, ohne seinen Namen zu erfahren; und wenn sie mich richtig belehrte, so will ich nun Euren Namen wissen.» – «Lieber guter Freund», sprach der Edelmann, «Gornemant von Goort heiße ich.» So kommen sie zur Herberge und halten sich Hand an Hand. Am Fuße einer Treppe kam ganz ungerufen ein Knappe, der einen kurzen Mantel brachte. Er beeilte sich, den Junker damit zu bekleiden, damit nach der Wärme ihn nicht Kälte fasse, die ihm schaden könnte. Der Edelmann hatte reiche, schöne und weite Gemächer und tüchtige Diener. Das Essen war gut und schön zubereitet und wurde vortrefflich aufgetragen. Es wuschen sich die Ritter und setzten sich dann zum Mahle, und der Edelmann setzte den Junker neben sich und ließ ihn aus seiner Schüssel mit sich essen. Ich berichte nicht weiter, wieviele Speisen es waren und welcher Art sie waren; jedoch aßen und tranken sie genug. Davon kann ich schweigen.

Als sie sich von der Tafel erhoben hatten, da bat der Edelmann, der gar höflich war, den Junker, der neben ihm saß, er möge einen Monat verweilen: ein ganzes Jahr, wenn er wolle, würde er ihn gerne zurückhalten, und er würde während dieser Zeit solche Dinge lernen, wenn sie ihm gefielen, die in der Not ihm von Nutzen wären. Darauf erwiderte der Junker: «Herr, ich weiß nicht, ob ich nahe bei dem Schlosse bin, wo meine Mutter wohnt, aber ich bitte Gott, er möge mich hinführen, damit ich sie noch einmal sehen könne; denn ohnmächtig sah ich sie am Brückenkopf vor dem Tore fallen, und ich weiß nicht, ob sie lebt oder tot ist. Aus Schmerz über mich, da ich sie verließ, fiel sie ohnmächtig zu Boden, das weiß ich wohl, und deshalb könnte es nicht sein, daß ich lange verweile, ehe ich nicht ihren Zustand kenne; also werde ich morgen bei Tag aufbrechen.»

Der Edelmann begriff, daß bitten nichts nützte, und ließ es denn dabei bewenden. Ohne weitere Gespräche gingen sie zu Bett; denn schon waren die Betten gerichtet.

Der Edelmann erhob sich am Morgen, trat an das Bett des Junkers, wo er ihn liegen fand, und ließ ihm sogleich als Geschenk ein Hemd und Hosen aus feinem Leinen und rot gefärbte Strümpfe bringen und ein Wams aus blauer Seide, die in Indien gewebt und bereitet war. All dies ließ er ihm bringen, damit er sich kleide, und sprach zu ihm: «Freund, diese Kleider, die Ihr hier sehet, sollt Ihr anlegen, so Ihr mir vertraut.» Und der Junker antwortet: «Lieber Herr, Ihr könntet noch viel bessere Dinge sagen; sind denn die Kleider, die meine Mutter mir machte, nicht besser als diese? Und Ihr wollt, daß ich sie anziehe?» – «Junker, bei dem Glauben, den ich meinem Haupte schulde», erwiderte der Edelmann, «sie sind viel weniger wert. Ihr sagtet mir, lieber Freund, als ich Euch hier hereinführte, daß Ihr nach allen meinen Geboten handeln würdet.» – «Und das werde ich tun«, sprach der Junker, «denn in keiner Sache will ich gegen Euch sein.» Er widersetzt sich nun nicht länger, die Kleider anzulegen, und läßt die seiner Mutter liegen. Der Edelmann beugte sich nieder und schnallte ihm den rechten Sporen an; denn die Sitte pflegte so zu sein, daß der, der einen zum Ritter schlug, ihm den Sporen anlegen mußte. Es waren da genug andere Knappen, und jeder, der dazukommen konnte, legte Hand an, ihn zu wappnen. Der Edelmann ergriff das Schwert, gürtet es ihm um, gab ihm den Ritterkuß und sprach, daß er ihm nun mit dem Schwert den höchsten Orden verliehen habe, den Gott gestiftet und anbefohlen habe: das ist der Orden der Ritterschaft, der keine Unehre leiden darf. Dann sprach er weiter: «Lieber Bruder, nun gedenket stets: so es Euch zustößt, daß Ihr mit irgendeinem Ritter kämpfen müßt, so will ich Euch um dieses bitten und Euch dies raten: so Ihr die Oberhand habt, so daß er sich nicht mehr gegen Euch verteidigen noch Widerpart halten kann, sondern um Gnade flehen muß, dann hütet Euch, ihn absichtlich zu töten. Und hütet Euch, daß Ihr zu viel sprecht und zu neugierig seid. Keiner kann so beredt sein, daß er nicht häufig etwas sagt, das man ihm schlecht auslegen könnte. Der Weise spricht und wiederholt: ›Wer zuviel spricht, der sündiget.‹ Deshalb, lieber Bruder, warne ich Euch, zu viel zu sprechen. Und ich bitte Euch: wenn Ihr einen Mann oder eine Frau, sei es Fräulein oder Edelfrau, findet, die irgendwie in Not sind, so beratet sie; Ihr handelt gut, wenn Ihr sie beraten könnt und das Vermögen dazu habt.»

«Etwas anderes lehre ich Euch, und haltet es ja nicht für verächtlich; denn es ist nicht zu verachten: tretet gerne in ein Münster, betet zu dem, der alles geschaffen hat, daß er sich Eurer Seele erbarme und in dieser irdischen Zeit Euch als seinen Christen schütze.» Und der Junker entgegnete dem Edelmann: «Seid gesegnet von allen Aposteln von Rom, lieber Herr; denn eben dies hörte ich auch meine Mutter sagen.» – «Nun sagt mir niemals mehr, lieber Bruder», erwiderte der Edelmann, «daß Eure Mutter Euch belehrt und beraten habe. Nicht tadeln will ich Euch darob, wenn Ihr es bisher gesagt habt, aber von nun an bitte ich Euch um Eures Heiles willen, daß Ihr Euch dessen enthaltet. Wenn Ihr es weiter sagtet, würde man es Euch als Torheit auslegen; deshalb bitte ich Euch, hütet Euch davor!» – «Was soll ich dann sagen, lieber Herr?» antwortete er. «Der Vasall, könnt Ihr sagen, der Euch den Sporen anlegte, lehrte es Euch und beriet Euch.» Und er gab ihm das Versprechen, daß er nie mehr ein Wort davon verlauten lasse, solange er lebe, und daß er sich auf keinen anderen berufen wolle als auf ihn; denn es dünke ihm, daß es gut sei, was er ihn lehrte. Nun macht der Edelmann das Kreuzzeichen über ihn, er hebt die Hand hoch und spricht: «Lieber Bruder, Gott segne Euch! Geht mit Gott, der Euch geleiten möge; denn schon verdrießt es Euch, länger zu säumen.»

7. WIE DER JUNGE RITTER ZU BLANCHEFLEUR GELANGT UND SIE AUS GROSSER NOT BEFREIT

Der neue Ritter nimmt Abschied von seinem Wirt, und es drängt ihn heftig, zu seiner Mutter zu kommen und sie gesund und lebend wiederzufinden. Er begibt sich in die öden Wälder, denn viel besser als auf flachem Lande fand er sich in den Wäldern zurecht. Er reitet immerzu, bis er eine starke und stattliche Burg erblickt; aber außerhalb der Mauer war nichts als Meer und Wasser und ödes Land. Eilig reitet er auf die Burg zu, bis er vor das Tor kommt. Jedoch muß er eine so schwache Brücke überschreiten, bevor er zum Tore kommt, daß er kaum glaubt, sie halte ihn aus. Der Ritter reitet über die Brücke; er kam hinüber, ohne daß ihm Schaden oder Schande oder Hindernis zustieß. Er kam vor das Tor und fand es mit dem Schlüssel verschlossen. Wahrlich, da klopft er gar nicht sanft und rief auch nicht mit leiser Stimme. So lange hämmerte er, bis eiligen Schritts eine bleiche, abgezehrte Jungfrau oben an die Fenster des Saales kam und sprach: «Wer ruft da unten?» Er schaut hinauf zu der Jungfrau, blickte sie an und spricht: «Liebe Freundin, ein Ritter bin ich, der Euch bittet, mich einzulassen und mir Herberge für diese Nacht zu gewähren.» – «Herr», spricht sie, «Ihr sollt sie bekommen, aber Dank werdet Ihr uns darob nicht wissen; jedoch wollen wir Euch trotzdem eine so gute Herberge richten, wie wir es vermögen.»

Darauf zog sich die Jungfau zurück, und er, der an der Pforte lauert, fürchtet, man lasse ihn zu lange warten, und so begann er wiederum zu hämmern. Alsbald kamen vier Diener, die große Äxte am Halse trugen und jeder hatte ein Schwert umgegürtet. Sie schlossen die Türe auf und sprachen: «Herr, tretet ein!» Wenn es den Dienern gut gegangen wäre, so wären sie gar schön gewesen, jedoch hatten sie so viel Not gelitten, daß sie vor Fasten und Wachen erbarmungswürdig aussahen. Und wenn er draußen das Land verheert und verwüstet gefunden hatte, so war es drinnen nicht besser; denn überall, wo er ging, fand er die Gassen verödet und die Häuser verfallen. Weder Männer noch Frauen waren da zu sehen. Zwei Münster waren in der Stadt, die Abteien waren: die eine war von verängstigten Nonnen bewohnt, die andere von hilflosen Mönchen. Er fand die Münster weder gut geschmückt noch gut gehalten, denn er sah die Mauern geborsten und verfallen und die Türme abgedeckt. Die Häuser standen bei Tag und Nacht offen. Es mahlte da keine Mühle, kein Ofen in der ganzen Burg war irgendwo im Gang; nirgends gab es Brot oder Kuchen und nichts war zu verkaufen, nicht einmal um eines Groschen Wert.

So fand er die Burg verödet; denn es gab da weder Brot noch Pasteten, weder Wein noch Apfelmost noch Bier darin. Die vier Diener führten ihn zu einem mit Schiefer gedeckten Ritterhaus. Sie halfen ihm vom Pferde und entwaffneten ihn. Alsbald steigt ein Knappe, der einen grauen Mantel brachte, die Stufen zum Saale hinab. Er legte ihn dem Ritter um den Hals; ein anderer brachte sein Pferd in den Stall, wo es nur ganz wenig Weizen, Heu oder sonstiges Futter gab; denn es war nichts in dem Hause vorhanden. Die anderen heißen ihn vor ihnen her die Stufen hinaufschreiten. In dem Saale, der überaus schön war, traten ihm zwei Edelleute und eine Jungfrau entgegen. Die Edelleute waren grau behaart, jedoch noch nicht ganz weiß: sie wären in schönem Alter, in vollem Blut und Manneskraft gewesen, wenn sie nicht Kummer und Not gelitten hätten. Und die Jungfrau kam ihm entgegen, anmutiger, schmucker und schöner als ein Sperber oder Papagei. Mantel und Kleid waren von dunklem, mit Sternen bunt besätem Purpur, und der Hermelinbesatz daran war kaum abgeschabt. Ein schwarzhaariger Zobelpelz, weder zu lang noch zu breit, säumte den Mantel am Kragen. Wenn ich jemals die Schönheit beschrieb, die Gott in den Körper oder das Antlitz einer Frau gelegt hat, so beschreibe ich diese nun mit Wohlgefallen und will mit keinem Worte lügen: sie trug kein Haargebände, und man konnte glauben, die Haare wären aus feinem Golde, so leuchtend und rotblond waren sie. Ihre Stirne war weiß, hoch und glatt, wie wenn sie mit der Hand geformt wäre, ja, als wäre sie von Menschenhand aus Stein oder Elfenbein oder Holz gebildet. Die Brauen waren braun und breit zwischen den Augen wohl gezogen. Die Augen standen ihr bunt und hell und feingeschnitten im Kopfe. Ihre Nase war gerade und fein und gar schön saß in ihrem Gesichte das Rote auf dem Weißen wie Zinnober auf dem Silber. Um Herz und Sinne der Menschen zu betören, schuf Gott in ihr ein unvergleichliches Wunder, und niemals wieder schuf er ihresgleichen noch hatte er vorher ähnliches geschaffen.

Und wie der Ritter sie erblickt, begrüßt er sie und sie ihn, und die beiden Ritter grüßen ihn ebenfalls. Das Fräulein nimmt ihn züchtig an der Hand und spricht: «Lieber Herr, unsere Herberge wird gewiß heute Nacht nicht so sein, wie sie einem Edelmanne geziemte. Wenn ich Euch unsere ganze Lage und unseren Zustand gleich auf der Stelle schilderte, dann möchtet Ihr vielleicht wähnen, ich sagte es in böser Absicht, um Euch zum Gehen zu veranlassen. Jedoch so es Euch gefällt, kommt nur herein; nehmt die Herberge, so wie sie ist, und Gott gebe Euch morgen eine bessere!» So führte sie ihn an der Hand in ein getäfeltes Gemach, das gar schön und lang und breit war. Auf eine Brokatdecke, die über ein Bett gebreitet war, ließen sich beide nieder. Zu vieren, fünfen oder sechsen kamen Ritter herein und setzten sich in Gruppen, sprachen aber kein Wort. Sie sahen nur ihn an, wie er neben der Jungfrau saß und kein Wort von sich gab: er enthielt sich der Rede, weil er sich der Warnung erinnerte, die der Edelmann ihm gegeben hatte. Da sprachen alle Ritter und beratschlagten untereinander: «Gott!» so sprach ein jeder, «ich wundere mich gar sehr, ob wohl dieser Ritter stumm ist? Das wäre überaus traurig; denn nie ward ein schönerer Ritter von einer Frau geboren. Gar stattlich sitzt er neben unserer Herrin und unsere Herrin ebenso neben ihm, wenn sie nur nicht beide stumm wären! So schön ist er, so schön ist sie, daß niemals Ritter oder Jungfrauen zusammenkamen, die so gut wie diese beiden zusammenpaßten. Scheint es doch, als ob Gott sie beide für einander geschaffen habe, da er sie zusammenführte.» Und alle, die da drinnen saßen, sprachen eifrig untereinander weiter darüber. Das Fräulein wartete, daß er sie mit irgend einem Worte anrede, bis sie wohl einsah, daß er nie ein Wort sagen würde, wenn sie ihn nicht vorher anredete. Deshalb sprach sie freundlich zu ihm: «Herr, woher seid Ihr heute gekommen?» – «Fräulein», entgegenet er, «ich wohnte heute bei einem Edelmann in einem Schloß, wo ich gute und schöne Herberge hatte. Das Schloß hat fünf starke, stattliche Türme, einen großen und vier kleine. Ich kann wohl nicht das ganze Werk beschreiben, noch vermag ich das Schloß zu nennen, doch weiß ich wohl, daß der Edelmann Gornemant von Goort heißt.»

«Ach, lieber Freund», sprach die Jungfrau, «gar schön ist Euer Wort und gar höflich habt Ihr gsprochen. Gott, der König, danke Euch, daß Ihr Euren

Wirt Edelmann genannt habt. Nie habt Ihr ein wahreres Wort gesprochen; denn beim Heiligen Richerius, daß er ein Edelmann ist, kann ich gut bezeugen. Und wisset, daß ich seine Nichte bin. Ich sah ihn jedoch lange Zeit nicht mehr. Gewiß, seit Ihr von Eurer Herberge geschieden seid, habt Ihr wohl keinen besseren Edelmann kennengelernt. Er machte Euch die Herberge fröhlich und angenehm; denn das versteht er als gütiger, mächtiger, wohlhabender und reicher Edelmann. Hier im Hause jedoch gibt es kaum mehr als sechs Brote, die mir ein anderer Oheim, ein heiliger und gottesfürchtiger Prior, heute Nacht zum Abendmahle schickte und dazu ein Fäßchen voll feurigen Weines. An anderen Lebensmitteln hat es hier drinnen nichts außer einem Reh, das heute morgen einer meiner Diener mit dem Pfeil erlegte.» Hierauf befiehlt sie, daß man die Tische richte, und sie wurden gedeckt, und die Leute setzten sich zum Mahle nieder.

Sie blieben nur kurze Zeit beim Mahle sitzen, nahmen es aber mit Wohlbehagen ein. Nach dem Essen gingen sie auseinander. Die einen, die die vergangene Nacht gewacht hatten, blieben, um zu schlafen. Die anderen gingen hinaus, da sie diese Nacht die Wache im Schlosse hatten. Es waren Diener und Schildknappen, wohl fünfzig an der Zahl, die die Nachtwache halten mußten.

Die anderen mühten sich, es ihrem Gast bequem zu machen. Die Diener, die das Amt hatten, das Lager zu bereiten, legten ihm schöne Leintücher und kostbare Decken auf und ein Kopfkissen unter das Haupt. Alle Bequemlichkeit und Freude, die man für ein Bett ersinnen kann, bekam der Ritter diese Nacht, außer der Wonne an einer Jungfrau oder einer edlen Frau, wenn es ihm gefiele oder erlaubt wäre. Jedoch wußte er davon nichts, und er dachte nicht im geringsten daran, sondern er schlief kurze Zeit danach ein ohne Sorge und Kummer.

Seine Wirtin dagegen, einsam in ihrem Gemach eingeschlossen, findet keine Ruhe. Er schläft voll Behagen, sie jedoch, die keine Verteidigung findet gegen einen Kampf, der sich in ihr erhebt, ist in Gedanken versunken: Sie wirft sich hin und her, sie springt auf, sie dreht sich und wendet sich. Sie legt einen scharlachroten seidenen Mantel über ihr Hemd an und begibt sich kühn und mutig in ein Abenteuer; doch ist es nicht um törichter Dinge willen; denn sie nimmt sich vor, sie wolle zu ihrem Gaste gehen und etwas von ihrer bedrängten Lage berichten. So verließ sie nun ihr Bett und trat aus ihrem Gemach; sie hat solche Angst, daß alle ihre Glieder zittern und ihr Körper mit Schweiß bedeckt ist. Weinend tritt sie aus ihrem Zimmer und kommt an das Bett, wo er schläft. Sie weint und seufzt gar heftig, sie beugt sich, kniet nieder und weint so sehr, daß sie ihm mit ihren Tränen das ganze Angesicht benetzt: zu weiterem jedoch hat sie keinen Mut.

So sehr weint sie, daß er erwacht und heftig staunt und sich verwundert, daß er sein Gesicht so benetzt fühlt. Er sieht sie vor seinem Bette knien und sie hielt ihn am Halse eng umarmt. Nun handelte er voll Höfischkeit, indem er sie in seine beiden Arme faßte und an sich zog. Er sprach zu ihr: «Schöne, was ist Euer Begehren? Weshalb seit Ihr hierher gekommen?» – «Ach, edler Ritter, habt Gnade mit mir! Um Gottes und seines Sohnes willen flehe ich Euch an, Ihr möget mich deshalb nicht für schlechter halten, da ich hierher gekommen und kaum bekleidet bin. Ich dachte nie an etwas Arges noch Unehrliches noch Schlimmes; denn ach! es gibt kein lebendes Wesen auf der Welt und wenn es noch so viel Kummer hätte und so elend daran wäre, daß ich nicht noch mehr Kummer hätte. Nichts von alldem, was ich besitze, macht mein Herz froh; denn keinen Tag bin ich ohne Fährnis. So unglücklich bin ich, daß ich keine Nacht länger leben will als nur die heutige und keinen Tag länger als den morgigen, denn ich will mich mit eigener Hand töten. Von dreihundertzehn Rittern, mit denen dieses Schloß besetzt war, sind nur fünfzig übrig geblieben, und zwei und zehn weniger als sechzig hat ein gar böser und mißgünstiger Ritter, Anguingueron, der Seneschall des Clamadeu von den Inseln, weggeschleppt, getötet und eingekerkert. Um die, welche ins Gefängnis kamen, gräme ich mich ebenso wie um die Ermordeten; denn ich weiß wohl, daß sie dort sterben werden und niemals mehr herauskommen können. Für mich sind so viele Edle gestorben, recht ist es, daß ich darum klage und jammere.

Anguingueron hat einen ganzen Winter und Sommer hier dieses Schloß belagert und niemals zog er ab. Täglich wuchs seine Macht und die unsrige wurde geringer. Unsere Lebensmittel sind erschöpft, so daß es hier nicht so viel gibt, um auch nur eine Biene damit zu ernähren. Wir sind so eng umlagert, daß wir morgen, so Gott es nicht verhütet, jenem Feind dieses Schloß übergeben müssen; denn es kann nicht mehr verteidigt werden, und ich werde als Gefangene ausgeliefert. Aber wahrlich, bevor er mich lebend bekommt, will ich mich töten und er wird mich nur als Tote bekommen. Dann liegt mir nichts mehr daran, wenn mich Clamadeu, der mich in seinen Besitz bringen will, wegschleppt. Er soll mich nur nicht anders als ohne Leben und Seele bekommen. Ich hüte in einem Schrein ein Messer aus ganz feinem Stahl, das ich mir in den Leib stoßen will. Dies ist alles, was ich Euch zu sagen hatte. Nun will ich mich wieder auf den Weg machen und Euch der Ruhe überlassen.»

Nun wird sich der Ritter mit Ruhm bedecken können, wenn er es zu tun wagt; denn, was sie ihm auch sagte, sie kam doch nicht zu dem Zweck, um an seinem Angesicht zu weinen, sondern wollte ihm ins Gemüt legen, daß er den Kampf unternehme, wenn er ihn wage, zur Verteidigung ihres Landes und ihrer selbst. So sprach er denn zu ihr: «Liebe Freundin, seid diese Nacht guten Mutes, tröstet Euch und weint nicht länger. Kommt hier herauf an meine Seite und trocknet die Tränen von Euren Augen. Wenn es Gott gefällt, wird er Euch morgen ein besseres Leben bescheren als Ihr mir eben erzählt habt. Legt Euch neben mich in dieses Bett, es ist breit genug für uns beide; heute sollt Ihr mich nicht mehr verlassen.» Und sie sprach: «Wenn es Euch gefällt, so will ich es tun.» Und er küßte sie und hielt sie in seinen Armen; er bettete sie ganz sanft und bequem unter die Decke; und sie duldete, daß er sie küßte, und ich glaube nicht, daß es ihr leid tat. So lagen sie die ganze Nacht Seite an Seite, Mund an Mund, bis zum Morgen, da der Tag anbrach.

So viel Trost schenkte ihnen die Nacht, daß sie Mund an Mund und Arm an Arm schliefen, bis es tagte. Bei Tagesanbruch kehrte die Jungfrau in ihr Gemach zurück. Ohne Zofe und ohne Kammerfrau kleidete sie sich an und schmückte sich, und weckte niemand dabei auf.

8. WIE DER JUNKER DEN SENESCHALL ANGUINGUERON BESIEGTE

Und die Mannen, die die Nacht gewacht hatten, weckten die Schläfer, sobald sie das Tageslicht sehen konnten, und hießen sie von ihren Lagern sich erheben; diese sprangen unverweilt auf. Die Jungfrau kehrt zur gleichen Stunde zu ihrem Ritter zurück und spricht ihn freundlich an: «Herr, Gott gebe Euch heute einen guten Tag, und ich glaube wohl, daß Ihr hier keinen langen Aufenthalt mehr nehmen werdet. Verweilen würde Euch nicht frommen. Ihr werdet fortziehen, und es soll mich nicht grämen. Wäre es doch nicht höfisch, wenn es mich irgendwie beschwerte; denn wenig Ehre und wenig Gutes haben wir Euch hier bereiten können. Aber ich bitte Gott, daß er Euch bessere Herberge bereiten möge, wo es mehr Brot und Wein und Salz und anderes Gutes als in dieser hier gebe.» Er aber sprach: «Schöne, es wird nicht heute sein, daß ich eine andere Herberge suche. Vorher will ich Eurem ganzen Land den Frieden bringen, wenn ich nur ein wenig dazu tun kann. Treffe ich Euren Feind dort draußen, so soll es mir zur Last fallen, wenn er länger die Belagerung hält; es soll Euch darob nichts grämen. Wenn ich ihn jedoch töte und besiege, so erbitte ich Eure Minne als Pfand; sie soll mein sein und anderen Lohn würde ich nicht nehmen.»

Sie aber entgegnete in listiger Verstellung: «Herr, da habt Ihr mich um etwas Ärmliches und Geringes gebeten! Würde es Euch jedoch verweigert, so würdet Ihr es mir als Hochmut auslegen; darum will ich es Euch nicht versagen. Nun sagt nur nicht, daß ich unter solchen Bedingungen und solchem Gesetz Eure Freundin werde, daß Ihr hinginget, um für mich zu sterben; das wäre ein allzu großer Schaden. Euer Körper und Euer Alter ist wahrlich nicht so, dessen seid sicher, daß Ihr mit einem so harten, starken und gewaltigen Ritter wie der da draußen wartet, streiten oder Fehde und Kampf wagen könnt.» – «Das werdet Ihr», entgegnet er, «noch heute sehen; denn zum Kampfe will ich mit ihm ausziehen und es um keiner Warnung willen unterlassen.» Nun stellt sie ihre Worte so gewandt, daß sie ihm abrät und es doch so gerne wünscht! Wie häufig geschieht es, wenn wir einen Menschen eifrig bedacht sehen, uns zu Willen zu sein, daß wir unseren Wunsch zu verstecken suchen, damit es ihm um so mehr dazu dränge! So spielt sie denn dies kluge Spiel: in Worten rät sie ihm heftig ab, wozu sie seinen Mut antreiben will.

Er befahl nun, daß man ihm seine Waffen bringe. Man bringt sie herbei. Die Pforte ward ihm aufgetan, man waffnet ihn und hilft ihm auf das Streitroß, das sie ihm dort gerüstet haben. Da ist keiner, der nicht zeigt, daß er sich sorgt und der nicht sagt: «Herr, Gott helfe Euch an diesem Tage und bringe Unheil über den Seneschall Anguingueron, der dieses ganze Land verwüstet hat!» So weinen alle Männer und Frauen. Sie geleiteten ihn bis zum Tore, und wie sie ihn außerhalb der Burg sehen, rufen sie alle mit einer Stimme: «Guter Herr, das wahre Kreuz, an dem Gott seinen Sohn leiden ließ, schütze Euch heute vor tödlicher Gefahr, vor Niederlage und Gefängnis und führe Euch unversehrt zurück an einen Ort, der Euch erquickt und Euch gefällt und Euch entzückt!»

So beteten alle für ihn, und die Belagerer sahen ihn kommen und zeigten ihn dem Anguingueron, der vor seinem Zelte saß und wohl wähnte, daß man ihm das Schloß übergeben müsse, bevor die Nacht hereinbrach, oder daß einer herauskäme, um Mann gegen Mann mit ihm zu kämpfen. Schon hatte er seine Beinschienen angeschnürt, und seine Mannen waren gar fröhlich; glaubten sie doch, sie hätten das Schloß und das ganze Land schon im Besitz und erobert. Als Anguingueron den Ritter gewahrte, ließ er sich in aller Eile waffnen, ritt in gestrecktem Lauf auf einem starken, kräftigen Pferd gegen ihn an und rief: «Junker, wer schickt dich her? Sage mir den Grund deiner Fahrt! Kommst du, um Frieden oder Kampf zu verlangen?» – «Aber du, was hast du in diesem Lande zu tun?» antwortete er, «das sollst du mir zuerst sagen. Warum hast du die Ritter getötet und dieses ganze Land zerstört?» – Da antwortete ihm jener hochmütig und anmaßend: «Ich will, daß mir heute das Schloß geräumt und der Turm übergeben werde, der sich allzu lange schon gegen mich gehalten hat. Und mein Herr soll die Jungfrau bekommen.» – «Verflucht sei dieses Wort!» rief der Junker, «und wer es gesagt hat! Besser wäre es für dich, alles zu widerrufen, was du da gefordert hast.» – «Nun dient Ihr mir mit Lügen», sprach Anguingueron, «beim Heiligen Petrus! Oft trifft es sich, daß ein Mensch die Schuld bezahlt, der keine Schuld hat.»

Da verlor der Junker die Geduld, er legt die Lanze ein, und sie rennen aufeinander los, ohne Herausforderung und Begründung. Ein scharfes Schwert und eine starke Eschenlanze hatte jeder kampfbereit. Es ritten rasch die Pferde, und voll Kraft waren die Ritter, die sich bis auf den Tod haßten. Sie stießen so heftig gegeneinander, daß die Schäfte krachten, die Schilde klirrten und die Lanzen splitterten. Einer wirft den anderen vom Pferde. Bald aber waren sie wieder aufgesessen und sprengten ohne Verzug gegeneinander, viel grimmiger als zwei Eber. Sie schlugen sich über die Schilde und die kleinmaschigen Panzerhemden, solange die Pferde sie tragen konnten. In dem Zorn und der Wut, die sie hatten, und durch die Kraft der Arme flogen ihnen in Stücken und Splittern die Lanzen entzwei. Anguingueron allein stürzte und wurde am ganzen Leib verwundet, so daß ihm Arme und Rippen heftig schmerzten. Der Junker steigt ab, denn nun kann er nicht weiter mit dem Pferde gegen ihn kämpfen; vom Pferde steigt er ab, zieht sein Schwert und greift ihn von neuem an. Ich weiß nicht, was ich mehr erzählen sollte, noch wie es jedem einzelnen erging, noch wie viele Schläge folgten; aber der Kampf dauerte lange und gar hart waren die Hiebe, bis Anguingueron fiel. Der Junker drang grimmig gegen ihn an, bis jener um Gnade flehte. Der Junker antwortete ihm, Gnade gebe es keineswegs für ihn. Jedoch erinnerte er sich der Worte des Edelmanns, der ihn belehrt hatte; er dürfe mit Wissen und Absicht keinen Ritter töten, sobald er ihn besiegt habe und in der Übermacht sei. Jener sprach von neuem: «Lieber guter Freund, nun seid nicht so grausam, daß Ihr keine Gnade mit mir habet. Ich versichere Euch und gebe zu, daß Ihr die Oberhand habt, und wahrlich, du bist ein wackerer Ritter. Doch bist du es noch nicht so sehr, daß ein Mann, der es nicht gesehen hätte und uns beide kennt, glauben würde, daß du durch deine Waffen ganz allein mich im Kampfe getötet hast. Wenn ich es dir jedoch bezeuge, daß du mich angesichts meiner Mannen vor meinem Zelt im Waffengange hingestreckt hast, dann wird mein Wort geglaubt werden und deine Ehre wird bekannt; denn niemals hat ein Ritter größere Ehre gewonnen als du. Besinne dich, ob du einen Herrn hast, der dir Gutes getan und einen Dienst erwiesen hat, wofür er noch keinen Gegendienst erhielt: schicke mich dorthin und ich werde in deinem Namen gehen und ihm künden, wie du mich in Waffen besiegt hast und werde mich ihm als Gefangener stellen, damit er tue, was ihm gut dünke.» – «Wehe dem, der Besseres verlangt!» entgegnet der Junker. «Und weißt du dann, wohin du gehen sollst? In dieses Schloß sollst du gehen und der Schönen, die meine Freundin ist, beschwören, daß du nie in deinem ganzen Leben ihr mehr schaden werdest. Du sollst dich ohne Bedingung ganz und gar unter ihre Gnade stellen.» Und dieser antwortet: «Dann töte du mich lieber, denn sonst würde sie mich töten lassen, da sie nichts so sehr wünscht als meinen Tod und meine Vernichtung, denn ich war beim Tode ihres Vaters beteiligt und habe ihr außerdem so viel Zorn bereitet, da ich alle ihre Ritter in diesem Jahre getötet oder gefangen habe. Der würde mir ein schlimmes Gefängnis bereiten, der mich zu ihr schickt. Schlimmeres könnte er mir nicht antun. Hast du aber einen anderen Freund oder eine Freundin, so schicke mich zu denen, die nicht darauf aus sind, mir Böses zuzufügen. Diese jedoch würde mir ohne

Zweifel das Leben nehmen, wenn sie mich in ihrer Gewalt hätte.» Dann verlangte der Junker, er solle in ein Schloß zu einem Edelmann gehen. Er nannte ihm den Namen des Edelmannes und es hätte kein Steinmetz auf der ganzen Welt besser die Art des Schlosses beschrieben, als er sie ihm beschrieb. Das Wasser und die Brücke rühmte er ihm genau, und die Türmchen und den Turm und die starken Mauern ringsumher, bis der Seneschall genau versteht und erkennt, daß er ihn an den Ort, wo man ihn am meisten haßte, in Gewahrsam schicken wollte. «Dort, wohin du mich schickst, weiß ich mir keine Sicherheit, lieber Bruder», sprach er, «so wahr mir Gott helfe, du willst mich auf schlimme Wege bringen und in schlimme Hände; denn ich tötete ihm einen seiner leiblichen Brüder in diesem Kriege. Lieber töte du mich, lieber guter Freund, bevor du mich zu ihm gehen heißest. Dort wird es mein Tod sein, wenn du mich hinjagst.» Der Junker antwortete ihm: «Dann sollst du in Gefangenschaft zu König Artus gehen. Du sollst von mir den König grüßen und ihm in meinem Namen sagen, er möge dir die Jungfrau zeigen lassen, die Keu, der Seneschall, schlug, weil sie mir zugelacht hatte, als sie mich sah. Dieser Jungfrau sollst du dich gefangen geben und ihr sagen, so es dir gefällt, daß Gott mich nicht sterben lassen möge, ehe ich sie nicht gerächt hätte.» Der Ritter antwortete, er werde ihm diesen Dienst gewiß schön und gut leisten.

Hierauf kehrte der Ritter, der ihn besiegt hatte, in das Schloß zurück. Der Seneschall aber begab sich in Gefangenschaft hinweg. Er ließ sein Banner wegtragen und hob die Belagerung auf. Es blieb weder Braun noch Blond zurück.

9. WIE DER JUNKER DEN KÖNIG CLAMADEU ÜBERWAND

Die Ritter des Schlosses strömten heraus, dem entgegen, der da zurückkehrte; aber es gereichte ihnen zu großem Kummer, daß er dem Ritter, den er besiegt hatte, nicht das Haupt abgeschlagen und ihnen überantwortet hatte. Unter großem Jubel hoben sie ihn vom Pferde, entwaffneten ihn an einer Rampe und sprachen: «Herr, da Ihr Anguingueron schon nicht hierher brachtet, warum habt Ihr ihm nicht den Kopf abgeschlagen?» Er aber entgegnete: «Ihr Herren, bei meiner Treue, damit hätte ich nicht gut gehandelt, glaube ich; er hat Euch die Verwandten getötet und es wäre keine Sicherheit gewesen, sondern Ihr hättet ihn wider meinen Willen getötet. Es wäre wenig Gutes in mir gewesen, wenn ich ihn nicht begnadigt hätte, nachdem ich ihn überwältigt hatte. Wisset, welche Gnade ich ihm gewährte: er wird sich zu König Artus in das Gefängnis begeben, wofern er mir den Vertrag hält.»

Nun kommt die Jungfrau heraus und bezeigt ihm überaus große Freude. Sie führt ihn in ihre Gemächer, um dort zu ruhen und es sich bequem zu machen. Sie widerstrebt ihm keineswegs, daß er sie umarmt und küßt. Statt zu trinken und zu essen, spielen sie und küssen sich und umarmen sich und tauschen zärtliche Worte miteinander.

Clamadeu jedoch hegt den Wahngedanken, daß er nur zu kommen braucht und nun das Schloß ohne Verteidigung in die Hand bekommt. Da trat ihm auf dem Wege ein Knappe entgegen, der sich ganz trostlos gebärdet und ihm die Kunde berichtet von Anguingueron, seinem Seneschall: «Beim Namen Gottes, Herr! Nun geht es gar schlecht», sprach der Knappe, der so traurig war, daß er mit den Händen seine Haare zerrauft. Und

Clamadeu antwortete: «Weshalb und womit?» – «Herr», sprach der Knappe, «wahrlich, Euer Seneschall ist im Waffengang besiegt und wird sich als Gefangener bei König Artus stellen: er ist bereits dorthin unterwegs.» – «Wer hat das getan, Knappe, auf, sprich rasch? Wie konnte dies geschehen? Woher konnte wohl der Ritter kommen, der einen so tapferen Edelmann im Kampf besiegt?» Dieser erwiderte: «Lieber, teurer Herr, ich weiß nicht, wer der Ritter war, doch soviel weiß ich, daß ich ihn in roter Rüstung aus Belrepeire ausreiten sah.» – «Und du, Knappe, was rätst du mir?» spricht Clamadeu, der fast von Sinnen war. «Was ich rate, Herr? Kehrt um auf Eurem Wege, denn wenn Ihr vorwärtsrückt, würdet Ihr doch nichts ausrichten.»

Bei diesem Wort trat ein schon grauhaariger Ritter vor, der der Meister des Clamadeu war. «Knappe», sprach er, «du sprichst nicht edel; einem weiseren und besseren Rat als dem deinigen muß er folgen. Wenn er dir glaubt, wird er töricht handeln; aber auf meinen Rat hin soll er vorwärts ziehen.» Dann sprach er weiter: «Herr, wollt Ihr wissen, wie Ihr den Ritter und das Schloß in die Hand bekommen könnt? Ich will es Euch gut und recht sagen, und es wird gar leicht auszuführen sein; in den Mauern von Belrepeire haben sie nichts zu trinken noch zu essen; schwach sind dort die Ritter, wir dagegen sind stark und gesund, wir haben weder Durst noch Hunger, wir können harte Fehde aushalten. Wenn die von drinnen es wagen, auszufallen und draußen vor dem Tor mit uns handgemein zu werden, so wollen wir zwanzig Ritter zum Scheinkampf vor das Schloßtor schicken. Der Ritter, der sich mit Blanchefleur, seiner schönen Freundin, vergnügt, wird Heldentaten tun wollen, mehr als er aushalten kann: dann wird er gefangengenommen oder dabei fallen; denn die anderen, die schwach sind, werden ihm wenig Hilfe leisten. Unsere zwanzig sollen nichts anderes tun als die Gegner hinhalten, bis wir unversehens durch diesen Hohlweg auf sie stoßen und schließlich über sie herfallen und sie umringen können.» – «Wahrlich, bei meiner Treu, das lobe ich mir, was Ihr mir ratet», sprach Clamadeu. «Wir haben hier auserwählte Leute; vierhundert wohlbewaffnete Ritter und tausend ausgerüstete Knappen; somit werden wir jene schon als Tote betrachten können.»

Nun sandte Clamadeu zwanzig Ritter vor das Tor, die Fähnlein und Banner verschiedenster Art im Wind entfalteten. Und als die Besatzung des Schlosses dies sah, da öffneten sie die Tore weit; denn der Junker wollte es so, der allen anderen vorausritt, um mit den Rittern handgemein zu werden; kühn und stark und stolz, wie er war, tritt er allen zusammen entgegen. Denen, die er erreicht, erscheint er keineswegs als Neuling in Waffen. An diesem Tage wurde ein Lanzeneisen in manchem Leibe verspürt: dem einen durchbohrt es die Brust, dem anderen die Seite, dem bricht es den Arm und dem den Schulterknochen; den einen tötet er, den anderen versehrt er, den schlägt er nieder, jenen nimmt er gefangen. Die Gefangenen und die Pferde übergibt er den Dienern, die dazu das Amt hatten. So ging es zu, bis sie die große Heerschar erblickten, die den Hohlweg heraufgestiegen war. Es wurden vierhundert Ritter gezählt neben den tausend Knappen, die da kamen. Die Bürger hielten sich nahe bei ihrem offenen Tor, die Feinde aber gewahrten den Verlust ihrer Verwundeten und Toten und kamen alle aufgelöst und ungeordnet vor das Tor gezogen. Die Schloßmannen dagegen hielten sich alle in guter Ordnung und geschlossen an ihrem Tore und hielten den Gegnern wacker stand, jedoch waren es wenige und schwache Kämpfer. Die Kräfte der Gegner jedoch wuchsen durch die Knappen, die hinterdrein zogen, so daß die Bürger ihnen nicht standhalten konnten, sondern sich in ihre Burg zurückzogen. Über dem Tore stehen Bogenschützen, die in die große Masse und das wilde Gewühl schießen, das da heiß entbrannt tobt und durch das Tor hineindrängt, bis eine Schar von Feinden stürmisch in das geöffnete Tor eindringt und sich mit Gewalt hineinwirft. Von drinnen warfen sie mit großer Gewalt ein Tor über die Untenstehenden herab, das alle zerschmettert und tötet, die es im Fallen trifft. Clamadeu hatte nie Kummervolleres erlebt; denn das fallende Tor hatte viele seiner Leute um das Leben gebracht und ihn ausgeschlossen. Darum war es nötig, daß er Ruhe hielt; denn ein so gehetzter Sturm wäre für ihn auf jeden Fall verlorene Mühe gewesen.

Und der Meister, der ihn berät, spricht zu ihm: «Herr, es ist kein Wunder für einen Edelmann, wenn es ihm einmal mißrät: so wie es Gott dem Herrn gefällt und beliebt, so fällt es jedem Menschen gut oder schlecht aus. Verloren habt Ihr, das ist gewiß. Aber jedem Heiligen sein Fest! Diesmal ist über Euch der Sturm hergebraust, die Eurigen sind besiegt, und die von drinnen haben gewonnen, jedoch werden sie wieder verlieren, des sei gewiß. Ihr möget mir beide Augen ausreißen, wenn sie auch nur zwei Tage noch dort drinnen bleiben. Euer wird das Schloß und der Turm werden, und sie werden sich alle in Eure Gnade ergeben. Wenn Ihr nur noch heute und morgen hier ausharren könnt, wird das Schloß in Eurer Hand sein; und diejenige, die sich Euch so oft verweigert hat, wird Euch um Gottes Willen bitten, daß Ihr sie hinzunehmen geruhet.» Nun ließen alle, die große und kleine Zelte mitgebracht hatten, diese aufstellen, und die übrigen zelteten und lagerten da, wie sie eben konnten. In der Burg entwaffnete man die Ritter, die man gefangen hatte. Sie legten sie nicht in Turm und Eisen, sondern ließen sie nur auf Ritterwort schwören, daß sie ehrliche Gefangenschaft halten und nie mehr ihnen Böses zufügen wollten.

So ging es im Inneren der Burg zu. An diesem gleichen Tage hatte ein Sturmwind eine Barke übers Meer verschlagen, die eine Last Getreide und eine Fülle anderer Lebensmittel trug. So wie es Gott gefiel, kam sie heil und wohlbehalten vor das Schloß gefahren. Wie nun die Ritter im Schloß die Barke bemerkten, schicken sie Boten aus, um zu erfragen und zu erkunden, wer sie seien und was sie suchten. Rasch stiegen die, welche zu der Barke gingen, vom Schlosse hernieder und fragten, was für Menschen sie seien, woher sie kämen, wohin sie gingen. Und diese erwiderten: «Kaufleute sind wir und bringen Lebensmittel zu verkaufen, Brot und Wein und gesalzenen Speck; Ochsen und Schweine haben wir genug zum Schlachten, wenn es nötig wäre.» Und die Boten sprechen: «Gesegnet sei Gott, der dem Winde die Kraft gab, Euch mit Gewalt hierher zu führen! Und Ihr seid uns willkommen! Steigt aus Eurem Schiff und verweilet, bis alles so teuer verkauft ist, wie Ihr es verkaufen möchtet, und kommt nur bald, Euren Lohn zu empfangen; denn Ihr werdet nicht damit fertig werden, die Gold- und Silberplatten entgegenzunehmen und zu zählen, die wir Euch für das Getreide geben wollen; und für den Wein und das Fleisch sollt Ihr eines Wagens Last voll Habe bekommen und noch mehr dazu, wenn es nötig ist.» Schon haben sie ihr Geschäft begonnen, die da kaufen und verkaufen: sie machen sich daran, das Schiff auszuladen und lassen alles forttragen in das Schloß zum Trost seiner Einwohner.

Als die Bürger im Schloß die Träger der Lebensmittel erblickten, da könnt ihr glauben, daß sie einen lauten Freudenjubel erhoben. Und so rasch sie nur konnten, ließen sie das Mahl zurichten. Nun kann Clamadeu, der draußen lagert, lange weilen; denn die da drinnen haben Ochsen und Schweine und gepökeltes Fleisch in großer Fülle, und Getreide bis zur Erntezeit. Und die Köche sind nicht faul: ihre Gehilfen zünden die Feuer in den Küchen an, um das Essen zu kochen.

Nun kann der Junker sich in schöner Muße neben seiner Freundin ergötzen. Sie umarmt ihn, und er küßt sie, und sie bereiten einander Freude. Im Saale herrscht keine Ruhe, sondern da ist viel Freude und Getümmel. Auf das Mahl freuen sich alle, denn sie hatten es gar heftig begehrt. Und die Köche waren so lange bemüht, bis sie alle zum Mahle sich setzen ließen, die der Speise so sehr bedurften. Als sie gespeist hatten, erheben sie sich. Clamadeu jedoch und seine Leute bersten vor Zorn, denn schon haben sie die Nachricht von dem Gut erhalten, das sie da drinnen besaßen. Nun meinten sie, daß sie abziehen müßten; denn das Schloß kann auf keine Weise ausgehungert werden. Umsonst haben sie die Stadt belagert. Und Clamadeu, der da wütet, schickt zum Schlosse einen Boten, ohne andere zu fragen und zu Rate zu ziehen, und entbietet dem Roten Ritter, daß er ihn bis zum Mittag des nächsten Tages allein im Felde finden könne, um mit ihm zu kämpfen, wenn er es wage. Als die Jungfrau hörte, was ihrem Freunde da entboten wurde, ward sie betrübt und zornentbrannt. Er jedoch entbietet dem Feinde wiederum zurück, daß er, so wie er es fordere, den Kampf haben werde, wie es auch ausgehe. Da wird die Trauer, die die Jungfrau darüber hegt, stärker und stärker. Doch wird er trotz dem Schmerz, den sie darüber hat, bei seinem Willen bleiben, dünkt mich. Alle Frauen und Männer bitten ihn, er möge nicht ausziehen zum Kampfe mit jenem Ritter, gegen den noch keiner je Gewalt hatte. «Ihr Herren, nun schweiget nur!» spricht der Junker, «dann handelt Ihr gut; denn ich möchte es um keines Menschen der Welt willen unterlassen.» So schneidet er ihnen das Wort ab, daß sie nicht weiter zu sprechen wagen, sondern sie gehen schlafen und ruhen bis zum Morgen, da die Sonne sich erhebt. Aber sie haben großen Kummer um ihren Herrn, da sie ihn nicht so bitten konnten, daß sie ihn mit Worten überredeten. Dazu bat ihn seine Freundin die ganze Nacht gar inständig, er möge doch nicht zum Kampfe ausziehen, sondern Frieden halten; denn nun fürchteten sie sich nicht mehr vor Clamadeu und seinen Leuten. Aber alles dies galt nichts, und das war wohl seltsam und wunderbar; war doch in ihrem Schmeicheln solche Süßigkeit, die sie ihm bereitete; denn bei jedem Worte küßte sie ihn so süß und mild, daß sie ihm den Schlüssel der Liebe tief in das Schloß des Herzens drückte. Und dennoch sollte es ihr gar nichts frommen, um ihn davon abzuhalten, zum Kampfe auszuziehen, sondern er verlangt seine Waffen. Der Knappe, dem er es befohlen, brachte sie ihm so rasch er konnte, jedoch hatte er großen Schmerz, als er seinen Herrn waffnete; denn es grämte alle Männer und Frauen. Er empfahl alle Männer und Frauen dem König der Könige und bestieg das norwegische Pferd, das man ihm gebracht hatte. Sodann wollte er nicht länger unter ihnen weilen, sondern schied auf der Stelle und ließ sie in ihrer Trauer allein zurück.

Als Clamadeu den Junker kommen sah, der mit ihm kämpfen sollte, da war in ihm ein so toller Sinn, daß er wähnte, er werde ihn bald aus dem Sattel heben. Die Heide war eben und schön, weit und breit war niemand da außer ihnen beiden; denn Clamadeu hatte alle seine Leute verabschiedet und weggeschickt. Jeder hatte die Lanze vor dem Sattelknopf eingelegt: ohne ein Wort der Herausforderung rennen sie gegeneinander an. Jeder hatte das scharfe Schwert und die Eschenlanze stark und faustkräftig bereit. Rasch galoppierten die Pferde, und die Ritter waren tapfer und haßten sich auf den Tod. Sie schlagen sich so, daß die Ränder der Schilde bersten und die Lanzen brechen. Einer wirft den anderen vom Pferd, doch waren sie ohne Verzug wieder aufgesprungen und sofort gehen sie sich wieder an. Lange Zeit sind sie einander im Schwertkampf ebenbürtig. Ich könnte euch genugsam schildern, wie es zuging, wenn ich mich damit abgeben möchte. Aber darob will ich mir keine Mühe geben, denn dazu taugt ein Wort so gut wie zwanzig. Am Ende mußte Clamadeu, er möchte wollen oder nicht, um Gnade bitten. Er schwor ihm aus ganzem Herzen, so wie der Seneschall es getan hatte, daß er sich um keinen Preis in Gefangenschaft nach Belrepeire begeben würde, so wie sein Seneschall es nicht wollte. Auch wollte er um das ganze Römische Reich nicht zu dem Edelmann ziehen, der das stattliche Schloß innehatte. Wohl aber verpflichtete er sich, daß er sich in Gefangenschaft zu König Artus begeben und der Jungfrau, die Keu so schimpflich geschlagen hatte, seine Botschaft bestellen wolle: der Junker werde seinen ganzen Willen daransetzen, sie zu rächen, wem es auch Gram und Kummer bereite, so Gott ihm Kraft dazu gebe. Hierauf läßt er ihn schwören, daß er am nächsten Morgen, sobald es tage, alle Gefangenen, die in seinen Türmen lägen, gesund und frei ausliefere. Weiterhin solle er, solang er lebe, keinen Heerbann mehr vor dem Schlosse dulden, sondern wenn je ein Heer das Schloß berenne, solle er es so schnell wie möglich zum Abzug zwingen, und weder durch seine Leute noch durch ihn solle das Fräulein je wieder Schaden haben.

So ritt denn Clamadeu hin in sein Gebiet, und als er anlangte, befahl er, daß alle Gefangenen aus dem Verließ geholt würden und alle frei abziehen sollten. Kaum hatte er das Wort gesprochen, wurden seine Befehle ausgeführt. Siehe, schon waren die Gefangenen herausgebracht und machten sich ohne Verzug auf mit ihrem ganzen Troß, so daß nichts dort zurückbehalten wurde. Clamadeu aber schlug nun seinen Weg ein und machte sich ganz allein auf die Fahrt. Sitte war es in jener Zeit, so finden wir in der Schrift vermeldet, daß ein Ritter sich mit seiner ganzen Rüstung in Gefangenschaft begeben mußte, so, wie er aus dem Getümmel schied, worin er besiegt worden war, und er durfte nichts davon wegnehmen, und nichts durfte er hinzufügen. In dieser Weise fährt Clamadeu seine Straße hinter Anguingueron her, der nach Dinasdaron fortzieht, wo der König Hof halten sollte.

Im Schloß dagegen, wohin alle Ritter zurückkehrten, die lange in so schlechtem Gefängnis geweilt hatten, herrschte große Freude. Im Jubel dröhnt der ganze Saal und die Herberge der Ritter. In den Kapellen und Münstern läuten in heller Freude alle Glocken, und da war kein Mönch noch Nonne, die nicht Gott dafür Dank sagten. Auf den Straßen und öffentlichen Plätzen tanzen im Reigen alle Männer und Frauen. Nun herrscht große Freude im Schlosse, denn keiner mehr belagert oder berennt sie im Kriege.

10. WIE ANGUINGUERON UND CLAMADEU ZU HOFE KOMMEN UND BERICHTEN

Anguingueron jedoch reitet den ganzen Weg dahin und Clamadeu hinter ihm drein, und der eine schlief drei Nächte nacheinander in den nämlichen Herbergen, wo der andere gelegen hatte; denn wohl erkannte er das an den Spuren des Pferdes, bis nach Dinasdaron in Wales, wo König Artus in seinen Sälen großen Hoftag hielt. Sie erblickten Clamadeu, der da ganz bewaffnet, wie es seine Pflicht war, heranritt, und Anguingueron erkannte ihn. Anguingueron hatte seine Botschaft schon bei Hofe ausgerichtet und mitgeteilt am gleichen Abend, als er angekommen war. Er wurde bei Hofe gehalten im Gefolge und im Rat. Er sah seinen Herrn mit rotem Blut befleckt, er erkannte ihn wohl und rief ganz erregt: «Ihr Herren, seht das Wunder! Der Junker mit den roten Waffen sendet diesen Ritter, den Ihr seht, hierher, glaubt es wohl! Er hat ihn besiegt, dessen bin ich ganz sicher, weil er mit Blut befleckt ist. Ich erkenne wohl von hier aus das Blut und auch ihn selbst, da er mein Herr ist und ich sein Vasall. Clamadeu von den Inseln heißt er. Und ich wähnte, es wäre kein besserer Ritter im Römischen Reiche als er; doch oft hat ein Edelmann Unglück.» So sprach Anguingueron, bis Clamadeu dorthin kam. Sie laufen aufeinander zu und begegnen sich im Hofe.

Es war an einem Pfingsten, da saß die Königin zur Seite des Königs Artus zu Häupten eines Tisches; da waren Grafen und Herzöge und Könige, gar viele Königinnen und Gräfinnen anwesend, und es war nach allen Messen, als die Edelfrauen und Ritter vom Münster zurückgekehrt waren. Und Keu kam ohne Mantel durch den Saal geschritten und hielt in seiner rechten Hand einen Stab; auf dem Kopfe trug er einen Stoffhut, und sein Haar war blond und zu einer Flechte gewunden. Es lebte kein schönerer Ritter auf der Welt; aber seine Schönheit und Ritterlichkeit wurden durch seine böse Zunge beeinträchtigt. Sein Rock war von kostbarem Tuch aus bunter Seide. Er war mit einem gewirkten Gürtel gegürtet, dessen Schnalle und alle Glieder aus Gold waren; dessen erinnere ich mich gut, denn die Geschichte bezeugt es also. Jedermann geht ihm aus dem Wege, sowie er durch den Saal kam, denn seine böse Zunge und seine häßlichen Reden fürchten sie alle, und deshalb machen sie ihm Platz. Der ist nicht weise, der unverhüllte Bosheit nicht fürchtet, sei es im Scherz oder im Ernst. Seine bösen Spöttereien fürchteten alle, die im Saale waren, gar sehr und keiner von ihnen sprach mit ihm. So trat er denn vor allen anderen zum Sitze des Königs und sprach: «Herr, wenn es Euch gefiele, so könntet Ihr nun speisen.» – «Keu», sprach der König, «laßt mich in Frieden, denn bei den Augen in meinem Haupte, an einem so hohen Feste, da ich stattlichen Hof halte, werde ich nicht speisen, ehe denn ein neues Abenteuer an meinen Hof kommt.»

Während sie so sprachen, trat Clamadeu in den Hof ein, der sich bei Hofe als Gefangener stellen sollte, bewaffnet wie er kommen mußte. Er sprach: «Gott schütze und segne den besten König, der da lebt, den freiesten und edelsten, wie es bezeugen alle diejenigen, vor denen die großen Heldentaten berichtet wurden, die er getan hat! Nun vernehmt, lieber Herr!» spricht er weiter, «denn ich muß Euch meine Botschaft künden. Es grämt mich wohl, doch immerhin muß ich anerkennen, daß ein Ritter mich schickt, der mich besiegt hat. Auf sein Geheiß muß ich mich Euch als Gefangener ergeben und kann das nicht ändern. Doch wer mich fragen wollte, ob ich seinen Namen weiß, dem müßte ich antworten: nein! Das aber erzähle ich Euch von ihm, daß seine Waffen rot sind, und Ihr habt sie ihm verliehen, wie er sagt.» – «Freund, so Gott der Herr dir helfe», sprach der König, «sprich mir die Wahrheit, ob er in voller Kraft ist, frei und fröhlich und gesund?» – «Ja, dessen seid gewiß», erwidert Clamadeu, «lieber teurer Herr, er ist der beste Ritter, mit dem ich je bekannt wurde. Er hieß mich auch mit der Jungfrau sprechen, die ihm zulachte und der Keu so große Schande zufügte, da er ihr einen Backenstreich versetzte. Er aber versichert, er werde sie rächen, so Gott ihm die Kraft dazu gewähre.»

Der Narr, der das Wort vernommen hat, springt vor Freude auf und ruft aus: «Herr König, so Gott mich segne, dieser Schlag wird ihr gerächt werden. Das haltet nicht für einen Trug; denn man wird ihm den Arm darob zerbrechen und die Schulter verrenken, und er wird sich nicht davor hüten können.» Keu, der dieses Wort vernimmt, hält es für eine überaus große Frechheit, und wisset wohl, in seinem Jähzorn fehlte wenig, daß er ihm den Schädel zerschlug, wären nicht der König und seine Schande gewesen.

Der König schüttelt darüber das Haupt und spricht: «Ha, Keu! Es geht mir sehr nahe, daß er nicht hier bei mir ist. Durch deine tolle Zunge und um deinetwillen ging er fort, und das kränkt mich sehr.» Bei diesem Worte erhebt sich Girflet, dem der König es befiehlt, und Herr Yvain, der all denen hilft, die sich zu ihm gesellen. Und der König heißt sie den Ritter hinnehmen und in die Gemächer führen, wo sich die Frauen der Königin ergötzen, und der Ritter verbeugt sich vor ihm. Die beiden Ritter, denen der König dies befohlen hat, führen ihn zu den Gemächern und zeigen ihm dort die Jungfrau. Und er gibt ihr die Kunde, die sie so gerne hörte; denn immer noch war sie über den Schlag traurig, der ihr auf die Wange gegeben ward. Den Schlag, den sie empfangen, hatte sie wohl verschmerzt, die Schmach jedoch nicht vergessen; denn schlecht ist, wer vergißt, wenn man ihm Schande oder Mißhandlung zufügt: der Schmerz vergeht, die Schande bleibt bei einem kräftigen und stolzen Manne, bei einem schlechten jedoch stirbt sie und erkaltet.

Clamadeu hat seine Botschaft ausgerichtet. Dann hielt ihn der König seine ganze Lebenszeit bei Hofe und in seinem Gefolge zurück.

11. WIE DER JUNGE RITTER ZUR GRALSBURG GELANGT

Der Junker, der gegen Clamadeu das Land und die Jungfrau Blanchefleur, seine schöne Freundin, verteidigt hatte, spielt und ergötzt sich an ihrer Seite. Und sein wäre ganz und gar das Land gewesen, wenn es ihm nicht gefallen hätte, anderswohin sein Gemüt zu wenden. An etwas anderem lag ihm viel mehr: er gedenkt in seinem Herzen seiner Mutter, die er ohnmächtig fallen sah. Deshalb lag ihm mehr als alles andere daran, daß er sie aufsuchte. Er bringt es nicht über das Herz, von seiner Freundin Abschied zu nehmen;

sie versagt es ihm und verbietet es und befiehlt allen ihren Leuten, sie möchten ihn herzlich bitten zu bleiben. Doch nichts fruchtet, was sie auch vorbringen, jedoch verpflichtet er sich vor ihnen, wenn er seine Mutter am Leben finde, so werde er sie mit sich bringen und von da an zu allen Zeiten das Land beherrschen, des mögen sie sicher sein; wäre sie aber gestorben, so wolle er ebenfalls wiederkehren.

Darauf begibt er sich auf den Weg und verspricht ihnen die Rückkehr. Er läßt seine Freundin, die edle, gar bekümmert und traurig zurück und alle anderen ebenso. Als er aus der Stadt ritt, da gab es eine solche Prozession, wie wenn es Himmelfahrtstag wäre, oder wie am Sonntag. Alle Mönche waren herausgekommen, mit brokatenen Kapuzen angetan, desgleichen die verschleierten Nonnen, und es sprachen alle miteinander: «Herr, der du uns aus dem Elend gezogen und wieder in unsere Häuser zurückgeführt hast – es ist kein Wunder, wenn wir Klage erheben, da du so bald uns verlassen willst. Groß muß unsere Trauer sein, ja groß über alles Maß.» Er aber entgegnete: «Nun ziemt es Euch nicht länger, so zu weinen. Ich werde zurückkommen, so Gott mich lenkt; drum ist es Euch nicht weiter not zu trauern. Glaubt Ihr nicht, es sei gut, daß ich meine Mutter aufsuchen will, die allein in jenem Walde wohnt, der der Öde Wald genannt wird? Ich werde wiederkehren, ob sie lebt oder nicht; denn um keinen Preis will ich das unterlassen. Und wenn sie noch lebt, will ich sie als Nonne in Eurer Kirche den Schleier nehmen lassen. Ist sie aber tot, so sollt Ihr jedes Jahr einen Gottesdienst für ihre Seele halten, auf daß Gott sie mit den frommen Seelen in den Schoß des Heiligen Abraham aufnehme. Ihr Herren Mönche und Ihr schönen Frauen, das darf Euch nicht kränken; denn ich will viel Gutes tun um ihrer Seele willen, so Gott mich zurückführt.»

Nun nahmen die Mönche und Nonnen und alle anderen Abschied von ihm. Er aber zieht davon mit eingelegter Lanze, in voller Waffenrüstung, so wie er dorthin kam, und er hielt den ganzen Tag seine Straße und traf nichts Irdisches, weder Christen noch Christin, die ihm den Weg weisen könnten. Er betet unablässig zu Gott dem Herrn, dem höchsten Vater, er möge ihn seine Mutter voll Leben und Gesundheit finden lassen, wenn es sein Wille sei. Und so lange dauerte dies Gebet, bis er beim Abstieg von einer Anhöhe an einen Fluß gelangte. Er betrachtet das reißende und tiefe Wasser und wagt es nicht hineinzugehen, sondern er sprach: «Ach! Herr Gott, Allmächtiger, wenn ich dieses Wasser überschreiten könnte, würde ich gewiß jenseits meine Mutter finden, wenn sie noch lebt.» So reitet er den Fluß entlang, bis er nahe an einen Felsen kommt, dessen Fuß das Wasser bespült, so daß er nicht weiterreiten kann.

In diesem Augenblick sieht er im Wasser ein Schiff flußabwärts schwimmen, das vom Oberlauf des Stromes kam: zwei Männer saßen in dem Schiff. Und er bleibt stehen und erwartet sie, da er hofft, sie würden so lange fahren, bis sie zu ihm kämen. Die beiden aber machen Halt. Mitten im Wasser standen sie ganz ruhig; denn sie hatten sich wohl verankert. Der vorne saß, fischte mit der Angel und es hing als Köder an seinem Widerhaken ein Fischlein, das etwas größer als eine Ellritze war. Der Junker, der nicht weiß, was er machen kann, noch wo er einen Übergang findet, grüßt sie und fragt: «Sagt mir und weiset mir, Ihr Herren, ob es an diesem Wasser eine Furt oder Brücke gibt?» Und der, der fischt, antwortet ihm: «Nein, Bruder, bei meinem Glauben, es gibt auch kein Schiff, so weit ich weiß, das größer wäre als dieses, worin wir sind, das doch keine fünf Mann tragen könnte. Auf zwanzig Meilen flußauf und flußab kann man kein Pferd übersetzen, denn es gibt weder Fähre noch Brücke noch Furt.» – «Dann zeigt mir an, um Gottes willen, wo ich Herberge haben könnte.» Und jener entgegnet: «Dieses und anderes hättet Ihr not, dünkt mich: ich selbst will Euch heute Nacht beherbergen. Steigt dort hinauf durch jene Bresche, die an jenem Felsen angebracht ist, und wenn Ihr hinaufgekommen seid, werdet Ihr vor Euch in einem Tale ein Haus erblicken, worin ich wohne, nahe beim Flusse und nahe beim Walde.»

Nun reitet er aufwärts, bis er auf den Gipfel des Berges kam, und als er an der Spitze war, schaute er weit hinaus vor sich und erblickte nichts außer Himmel und Erde. Er sprach: «Was bin ich gekommen, hier zu suchen? Dummheit und Narrenspiel! Gott gebe dem heute Scham und Schande, der mich hierher gewiesen hat. Schön hat er mich auf den Weg gebracht, als er mir sagte, ich würde ein Haus finden, wenn ich hier heraufkäme! O Fischer, der mir dies sagte, du hast ein zu großes Unrecht getan, wenn du es mir im Bösen gesagt hast!» Doch sieh! Da erblickte er vor sich in einem Tale die Spitze eines Turmes, die da auftauchte. Bis nach Beirut fände man keinen so schönen und wohlgebauten: er war viereckig aus grauem Stein und hatte an seiner Seite zwei Türmchen. Der Saal lag vor dem Turm und die Säulengänge vor dem Saale. Der Junker steigt nach dieser Seite hinab und meint nun, der Mann habe ihn doch richtig gewiesen, der ihn dahin geschickt habe. Und er preist den Fischer, nennt ihn nicht mehr Verräter und Betrüger und Lügner, da er nun eine Herberge gefunden habe. So reitet er auf das Tor zu. Vor dem Tore fand er eine Zugbrücke, die herabgelassen war. Er ritt über die Brücke ein und schon kommen ihm vier Knappen entgegen; zwei von ihnen entwaffnen ihn, der dritte führt sein Pferd fort und gibt ihm Stroh und Hafer, der vierte legte ihm einen frischen und neuen Scharlachmantel um. Dann führten sie ihn bis zu den Säulengängen, und wisset wohl, bis nach Limoges konnte man keine schöneren als diese finden noch sehen. Der Junker verharrte in den Gängen, bis er vor den Herren treten durfte, der ihm zwei Diener entgegenschickte. Mit diesen begab er sich in den viereckigen Saal, der ebenso lang wie breit war. Mitten im Saale sah er auf einem Bette einen schönen Edelmann sitzen, dessen Haare schon grau gemischt waren. Sein Haupt war bedeckt mit einer Zobelmütze, schwarz wie eine Maulbeere, mit einem Purpurbesatz, und ebenso war das ganze Gewand. Er saß auf seinen Ellenbogen gestützt, und vor ihm war zwischen vier Säulen ein großes Feuer aus trockenen Scheitern, die hell brannten. Wohl vierhundert Menschen hätte man um das Feuer setzen können, und jeder hätte Behaglichkeit und Platz gehabt. Die Säulen waren gar stark, die den Kamin trugen, aus dickem Erz waren sie, hoch und breit. Die Knappen treten vor ihren

Herrn, die seinen Gast herbeiführen, so daß jeder an einer Seite schritt. Als der Herr ihn kommen sah, grüßte er ihn alsbald und sprach: «Freund, seid nicht bekümmert, wenn ich mich nicht vor Euch erhebe; denn ich bin dazu nicht wohl imstande.» – «Bei Gott, Herr, schweiget doch darüber», entgegnet er, «denn es kränkt mich keineswegs, so wahr Gott mir Freude und Gesundheit schenken möge.» Dem Edelmanne tut es dennoch leid, so daß er sich erhebt, so gut er kann, und er spricht: «Freund, tretet nun näher und entsetzet Euch nicht über mich; nehmt hier an meiner Seite Platz, denn so will ich es haben.»

Der Junker setzt sich neben ihn, und der Edelmann spricht weiter: «Freund, woher kamet Ihr heute?» – «Herr», erwidert er, «heute morgen bin ich von meiner Burg aufgebrochen, die Belrepeire heißt.» – «So wahr mir Gott helfe», sprach der Edelmann, «da habt Ihr heute eine zu große und lange Fahrt gemacht. Ihr brachet wohl auf, bevor der Wächter heute den Morgen angeblasen hat?» – «Es hatte schon zur Prime* geläutet», erwiderte der Junker, «das versichere ich Euch.» Während sie so sprachen, tritt ein Knappe durch eine Tür des Hauses und bringt ein Schwert, das an seinem Halse hängt. Er reicht es dem reichen Herrn und der zieht es halb aus der Scheide, so daß er sah, wo es gemacht war; denn auf dem Schwerte stand es geschrieben. Dabei sah er auch, daß es aus so gutem Stahl war, daß es nie zerspringen konnte, außer in der einzigen Gefahr, die niemand kannte außer dem, der es geschmiedet und gehärtet hatte. Der Knappe, der es gebracht, sprach: «Herr, die blonde Jungfrau, Eure Nichte, die so überaus schön ist, sendet Euch dieses Geschenk. Nie vorher sahet Ihr nach Länge und Breite ein leichteres als dieses. Ihr sollt es verschenken, wem Euch beliebt, jedoch wird meine Herrin sehr froh sein, wenn es von dem Empfänger gut verwendet würde. Der das Schwert schmiedete, machte nur drei ebensolche, und er wird sterben, ohne daß er jemals nach diesen ein Schwert wird schmieden können.» Auf der Stelle gürtete der Herr dem Junker, der da fremd war, dies Schwert an dem Gehänge um, das einen großen Schatz wert war. Der Knauf des Schwertes war aus dem besten Golde Arabiens oder Griechenlands, die Scheide war aus Goldbrokat von Venedig. So reich geschmückt übergab es der Herr dem Junker und sprach: «Lieber Herr, dies Schwert war Euch zuerkannt und bestimmt, und so will ich, daß Ihr es besitzet; nun gürtet es und zieht es aus der Scheide.» Der Junker dankt ihm dafür und gürtet es so, daß das Gehänge ihn nicht drückt. Hierauf zog er es blank aus der Scheide, und als er es ein wenig gehalten hatte, stieß er es wieder in die Scheide zurück. Und wisset, es stand ihm gar herrlich an der Seite und noch besser in der Faust, und es schien wohl, daß er sich in der Not als ein Held seiner bedienen konnte. Er sah hinter sich Knappen um das Feuer stehen, das hell flammte: er erblickte auch den, der seine Waffen hütete und diesem übergab er das Schwert, und der bewahrte es ihm. Hierauf setzte er sich wieder neben den Herrn, der ihm große Ehre erwies. Im Saale waren Lichter von so hellem Glanz, wie er von Kerzen in einer Herberge nicht heller sein konnte.

Wie sie nun so von diesem und jenem sprachen, trat aus einem Zimmer ein Knappe, der eine blanke** Lanze trug, die er mitten am Schaft gefaßt hielt. Er schritt vorüber zwischen dem Feuer und denen, die auf dem Bette saßen. Und alle, die da drin waren, erblicken die blanke Lanze und das blanke Eisen. Es quoll ein Blutstropfen aus dem Eisen der Lanze an der Spitze, und dieser rote Tropfen floß bis auf die Hand des Knappen. Der Junker, der diese Nacht neu dorthin gekommen war, sah dieses Wunder, jedoch enthielt er sich der Frage, wie dieses geschah; denn er war eingedenk der Warnung dessen, der ihn zum Ritter schlug, der ihn lehrte und unterwies, er solle sich hüten, zu viel zu reden. Er fürchtet daher, wenn er danach fragte, würde man es ihm als Schande auslegen; deshalb fragte er nicht.

Siehe, darauf kamen zwei andere Knappen herein, die in den Händen

* Die Prime ist 6 Uhr morgens.

** Im altfranzösischen Text steht jedesmal: blanche – weiß, blank.

Leuchter aus feinem Schmelzgolde trugen. Die Knappen, die die Leuchter brachten, waren überaus schön. An jedem Leuchter brannten wenigstens zehn Kerzen. Eine schöne, edle und wohlgeschmückte Jungfrau, die mit den Knappen hereintrat, hielt einen Gral zwischen ihren beiden Händen. Als sie mit dem Grale, den sie trug, eingetreten war, da kam damit ein so großer Glanz herein, daß die Kerzen ihre Helligkeit ebenso verloren wie die Sterne, wenn die Sonne oder der Mond aufgeht. Hinter dieser Jungfrau kam eine andere, die einen silbernen Teller trug. Der Gral, der vorausging, war aus reinem, feinem Golde. Kostbare Steine der verschiedensten Art waren an dem Grale, die reichsten und teuersten und kostbarsten, die es im Meer oder in der Erde gibt: die Steine am Gral übertrafen ohne Zweifel alle anderen Steine. So wie die Lanze an dem Bett vorüberging, zogen auch diese daran vorbei und traten von einem Zimmer in ein anderes. Und der Junker sah sie vorübergehen und wagte keineswegs zu fragen, wen man mit dem Grale bediene; denn allezeit trug er in seinem Herzen das Wort des weisen Edelmannes. So fürchte ich, daß ihm Schaden daraus erwächst, denn ich habe sagen hören, daß man manchmal wohl zu viel schweigen aber auch zu viel sprechen kann. Ob es ihm nun zum guten oder zum Bösen ausschlägt, er erkundigt sich nicht und stellt keine Frage an das Hofgesinde.

Der Herr aber befiehlt den Knappen, das Wasser zu reichen und den Tisch zu decken. Es wird alles verrichtet von denen, die den Dienst tun müssen und ihn gewöhnt waren. Der Herr und der Junker wuschen sich die Hände in lauwarmem Wasser. Zwei Knappen brachten eine breite, elfenbeinerne Tischplatte: wie die Geschichte es bezeugt, war sie ganz aus einem Stück. Sie hielten sie eine Weile vor ihrem Herrn und dem Junker, bis zwei andere Knappen herankamen, die zwei Fußgestelle brachten. Das Holz, aus dem die Gestelle waren, hatte zwei gute Eigenschaften: denn die Stücke hatten ewige Dauer. Woraus waren sie? – Aus Ebenholz. – Wozu waren sie aus diesem Holze? – Es braucht keiner zu fürchten, daß es faule oder brenne; denn diese beiden Dinge tut es nicht. Auf diese Gestelle wurde die Tischplatte gelegt und das Tischtuch darüber gebreitet. Doch was soll ich von dem Tischtuch sagen? Weder ein Legat noch ein Kardinal noch ein Papst haben je an einem so weißen Tuche gespeist. Das erste Gericht war eine Hirschkeule mit Fett gebraten und heißem Pfeffer gewürzt. Klare und leichte Weine fehlten nicht, die aus goldenen Bechern mild zu trinken waren. Von der gepfefferten Hirschkeule schnitt ihnen ein Knappe vor, der vor ihnen stand und die Hirschkeule mit der Silberplatte zu sich hergezogen hat; und die Stücke legte er ihnen auf einer ganzen Brotschnitte vor. Da ging der Gral unterdessen unausgesetzt an ihnen immer wieder vorüber. Und der Junker fragte nicht, wen man mit dem Gral bediente: er hielt sich an den Edelmann, der ihn eindringlich gewarnt hatte, zu viel zu sprechen, und dahin ist allezeit sein Herz gewandt und er erinnert sich daran. Jedoch schweigt er mehr als sich geziemt, denn bei jeder Speise, die man aufträgt, sieht er den Gral ganz unbedeckt an sich vorüberziehn, doch weiß er nicht, wen man damit bedient – und er hätte es doch von Herzen gerne gewußt. Aber wahrlich, – so spricht und denkt er bei sich –, bevor er weiterzieht, wird er einen der Knappen des Hofes danach fragen, er wird jedoch bis zum Morgen warten, wenn er von dem Herrn und dem ganzen übrigen Hofgesinde Abschied nehmen wird. So hat er die Sache aufgeschoben und hält sich nun an Trinken und Essen. Man bringt keineswegs kärglich die wohlschmeckenden und köstlichen Speisen und Weine auf den Tisch.

Das Mahl war schön und gut; mit all den Speisen, die ein König oder Graf oder Kaiser nur haben kann, wurde der Edelmann an diesem Abend bedient und der Junker mit ihm. Nach dem Mahle sprachen sie miteinander und brachten so den Abend hin. Und die Diener richteten die Betten und bringen Früchte vor dem Zubettgehen. Es waren da gar köstliche Früchte: Datteln, Feigen und Muskatnüsse und Nelken, Granatäpfel und Latwerge am Ende; alexandrinischer Ingwer, aromatisches Mus und starker Magentrank. Hierauf tranken sie noch manches andere Getränk: Gewürzwein, worin weder Honig noch Pfeffer war, dann Maulbeerwein und klaren Sirup. Über all dies staunt der Junker, der es nicht gekannt hat, gar sehr. Dann sprach der Edelmann zu ihm: «Freund, Zeit ist es nun heute Nacht, schlafen zu gehen. Möge es Euch nicht mißfallen, daß ich mich dort hinein in mein Gemach zur Ruhe begebe; und wenn es Euch gefällt, so möget Ihr hier draußen ruhen. Ich habe keine Kraft in meinem Körper, so tut es not, daß man mich wegträgt.» Vier gewandte und starke Diener treten nun aus einem Zimmer. Sie fassen an vier Zipfeln die Decke, die auf dem Bette ausgebreitet war, worauf der Edelmann lag. So trugen sie ihn fort, wohin sie ihn tragen mußten.

Bei dem Junker blieben andere Knappen zurück, die ihn bedienten und ihm alles taten, was nötig war. Als es ihm gefiel, nahmen sie ihm die Schuhe ab, entkleideten ihn und betteten ihn in köstliche weiße Leintücher. Und er schlief bis zum Morgen, als die Morgenröte angebrochen und das Gesinde schon aufgestanden war. Jedoch erblickte er im Raum keinen Menschen, als er sich umschaute. Er mußte sich allein erheben. So sehr es ihn auch kränkte, erhob er sich, sobald er sah, daß es so sein mußte und nicht besser sein konnte. Er schuht sich, ohne Hilfe zu erwarten und dann geht er hin, um seine Waffen wieder aufzunehmen. Er fand sie zu Häupten des Tisches, wohin man sie gebracht hatte.

Als er seine Glieder wohl bewaffnet hatte, wollte er durch die Türen der Zimmer gehen, die er in der Nacht hatte offenstehen sehen. Aber umsonst hat er sich aufgemacht, da er sie nun wohl verschlossen findet. Er ruft und stößt und klopft heftig: keiner öffnet ihm, keiner spricht ein Wort. Als er genug gerufen hatte, tritt er durch die Türe des Saales, hinaus; diese findet er offen. Er steigt alle Stufen hinab, findet dort sein Pferd gesattelt und sieht seinen Schild und seine Lanze an die Mauer gelehnt. Nun steigt er auf und reitet dort überall umher, jedoch findet er keinen der Diener, er gewahrt keinen Schildknappen noch Knecht. So reitet er denn geradewegs zum Tore hinaus und findet die Brücke niedergelassen. Denn so hatte man sie gelassen, damit nichts ihn zurückhhalte, zu welcher Stunde er auch hinkomme, damit er ohne Aufenthalt hinüberreiten könne. Er aber denkt, die

Knappen seien über die Brücke, die er herabgelassen sieht, in den Wald gegangen, um nach Fallen und Schlingen zu schauen. Was soll er sich nun weiter aufhalten? Er nimmt sich vor, er wolle ihnen nachreiten, um zu erfahren, ob einer von ihnen ihm erzählen könne, wenn es irgend möglich wäre, warum die Lanze blute, und wohin man den Gral trage.

So reitet er durch das Tor hinaus, aber bevor er noch ganz über die Brücke geritten war, fühlte er, wie die Füße seines Pferdes hochgerissen wurden. Und das Pferd tat einen großen Sprung; denn wenn es nicht so gut gesprungen wäre, wäre es beiden schlecht ergangen, dem Pferde und dem, der darauf saß. Der Junker wandte sein Haupt, um zu sehen, was das gewesen, und sieht, man hat die Brücke hochgezogen. Er ruft, und keiner gibt ihm Antwort. «He da!» ruft er, «du, der die Brücke aufgezogen hat, sprich nun mit mir! Wo bist du, da ich dich nicht sehe? Tritt hervor, damit ich dich sehe und dich frage nach etwas, das ich wissen möchte.» So müht er sich mit dummen Worten, jedoch will keiner ihm antworten, und schließlich wendet er sich nach dem Walde.

12. WIE PERCEVAL SEINEN NAMEN ERFÄHRT

Er schlägt einen Pfad ein und findet da eine neue Spur von Pferden, die dort vorübergeritten waren. «Dorthin», sagt er, «glaube ich, sind die gegangen, die ich suche.» Hierauf sprengt er, solange diese Spur dauert, durch den Wald, bis er von ungefähr unter einer Eiche eine Jungfrau erblickt, die weint und schluchzt und sich wie eine Unglückliche und Betrübte gebärdet: «Weh mir», ruft sie aus, «ich Unglückliche! Wie bin ich zu schlechter Stunde geboren! Verflucht sei die Stunde, da ich erzeugt ward und zur Welt kam! Niemals vorher war ich so voller Gram über etwas, das mir zustoßen konnte! O! Wenn es Gott gefiele, dürfte ich doch nicht meinen Freund tot auf dem Schoße halten! Denn viel besser hätte Gott gehandelt, wenn er am Leben wäre und ich wäre tot! Warum griff der Tod, der mich so trostlos macht, nach seiner Seele statt der meinigen? Da ich das Wesen, das ich am meisten liebte, hier tot sehe, was liegt mir am Leben? Wahrlich, nach ihm kümmert mich nichts mehr mein Leben noch mein Körper. Tod, nun raffe meine Seele aus dem Leibe dahin! Sie möge Kämmerin und Gefährtin für seine Seele sein, wenn sie beliebt, mich zu behalten.»

So trauerte sie über einen Ritter, den sie auf dem Schoße hielt und dem der Kopf abgehauen war. Als der Junker sie erblickt hatte, machte er nicht halt, bis er vor ihr war. Er grüßte sie, als er nahe kam und sie grüßte ihn mit gesenkem Haupte und ließ darob nicht ab zu trauern. Der Junker fragte sie: «Fräulein, wer hat diesen Ritter, der da in Eurem Schoße liegt, getötet?» – «Lieber Herr, ein Ritter tötete ihn diesen Morgen», sprach die Jungfrau; «aber gar sehr wundere ich mich über etwas, das ich gewahre. Denn, so Gott mir gnädig ist, man könnte, wie jedermann wohl weiß, auf dem Weg, den Ihr gekommen seid, gute fünfundzwanzig Meilen dieser Richtung reiten und keine Herberge finden, die ehrlich und gut und gesund wäre. Euer Pferd jedoch hat ganz volle Flanken und wohlgestriegeltes Fell. Hätte man es gewaschen und gestriegelt und ihm ein Lager aus Haferstroh und Heu gemacht, könnte es keinen pralleren Bauch noch glänzenderes Fell haben. Und Ihr selbst, dünkt mich, habt diese Nacht recht behaglich geruht.» – «Meiner Treu, Schöne», entgegnet er, «ich hatte so viel Behaglichkeit in dieser Nacht, wie ich haben wollte, und wenn es so aussieht, so ist es mit gutem Recht. Wer jetzt hier, wo wir sind, laut riefe, den würde man deutlich dort hören, wo ich diese Nacht verbracht habe. Ihr kennt wohl nicht gut dieses Land noch habt Ihr es ganz erkundet; denn ich hatte ohne jeden Zweifel die beste Herberge, die ich jemals hatte.» – «Ah! Herr, dann laget Ihr wohl bei dem reichen Fischerkönig in der Herberge?» –

«Jungfrau, beim Heiland, nicht weiß ich, ob er Fischer oder König ist, jedoch sehr reich und höfisch ist er. Weiter kann ich Euch nichts darüber sagen, außer, daß ich gestern abend ganz spät zwei Männer in einem Nachen fand, die langsam daherruderten. Der eine der Männer ruderte, der andere fischte mit der Angel, und dieser wies mir auch gestern abend sein Haus und beherbergte mich.»

Und die Jungfrau sprach: «Lieber Herr, ein König ist er, das kann ich Euch wohl sagen. Er wurde jedoch ohne Zweifel in einem Kampfe verwundet und verstümmelt, so daß er sich seitdem nicht weiter helfen konnte. Er wurde von einem Wurfspieß zwischen beiden Hüften versehrt und ist immer noch so schwach, daß er nicht zu Pferde steigen kann. Daher, wenn er sich zerstreuen oder einem Vergnügen nachgehen will, läßt er sich in einen Nachen setzen und geht mit der Angel fischen. Deshalb hat er den Namen Fischerkönig und deshalb vergnügt er sich so, da er eine andere Zerstreuung um nichts in der Welt aushalten oder ertragen kann. Er kann nicht jagen noch beizen, jedoch hat er seine Waidmänner, seine Schützen und Falkenjäger, die in seinen Wäldern auf die Beize gehen. Deshalb gefällt es ihm, an diesem auserwählten Zufluchtsort hier zu wohnen. Denn auf der ganzen Welt kann man zu seinem Nutz und Frommen keine bessere Behausung finden und er hat darin das Haus richten lassen, wie es einem reichen König geziemt.» – «Fräulein», entgegnet er, «meiner Treu, es ist völlig wahr, was ich Euch sagen höre, denn gestern abend, sobald ich vor ihn kam, erlebte ich große Wunder. Ich hielt mich ein wenig fern von ihm, er aber sprach zu mir, ich möge mich zu seiner Seite setzen und es ihm nicht als Hochmut auslegen, wenn er sich nicht vor mir erhebe, denn er habe nicht die Kraft und die Fähigkeit dazu; so setzte ich mich denn an seine Seite.»

«Wahrlich, da tat er Euch große Ehre an, als er Euch an seiner Seite sitzen ließ. Und als Ihr neben ihm saßet, sagt mir doch, ob Ihr die Lanze sahet, deren Spitze blutet, obgleich weder Fleisch noch Ader daran ist?» – «Ob ich sie sah? O gewiß, fürwahr!» – «Und habt Ihr gefragt, warum sie blute? – «Kein Wort sprach ich davon!» – «So wahr mir Gott helfe, wisset denn, da habt Ihr übel gehandelt! Und sahet Ihr den Gral?» – «Ja, wohl sah ich ihn.» – «Und wer trug ihn?» – «Eine Jungfrau.» – «Und woher kam sie?» – «Aus einem Zimmer.» – «Und wohin ging sie?» – «In ein anderes Zimmer trat sie ein.» – «Schritt niemand vor dem Grale her?» – «Ja doch!» – «Wer?» – «Zwei Knappen und nicht mehr.» – «Und was hielten sie in Händen?» – «Leuchter voller Kerzen.» – «Und nach dem Grale, wer kam da?» – «Eine andere Jungfrau.» – «Und was hielt sie in der Hand?» – «Einen kleinen silbernen Teller.» – «Und fragtet Ihr die Leute, wohin sie so gingen?» – «Keine Frage drang aus meinem Munde.» – «So Gott mir helfe, um so schlimmer für uns! Wie heißet Ihr mit Namen, Freund?» Und der Junker, der seinen Namen nicht wußte, rät und spricht, er heiße Perceval der Walliser; er weiß nicht, ob er die Wahrheit spricht oder nicht, jedoch spricht er wahr und weiß es nicht. Und als die Jungfrau dies vernahm, da richtet sie sich gegen ihn auf und ruft ganz erzürnt: «Dein Name ist verändert, lieber Freund!» – «Wieso?» – «Perceval der Unselige! Ach! Perceval, unglücklicher Perceval! Wie warst du doch so schlecht beraten, da du alles dies nicht gefragt hast! Hättest du doch so ganz und gar den guten König, der verstümmelt ist, wiederum geheilt, daß er alle seine Glieder wiedergewonnen und des Landes wieder gewaltet hätte, und so großes Heil wäre daraus entstanden! Nun aber wisse, daß manch großes Unheil dir und anderen darob zustoßen wird. Wisse denn, dies geschieht um der Sünde willen, die du an deiner Mutter begangen hast; denn sie ist aus Schmerz um dich gestorben. Ich kenne dich besser als du mich, denn du weißt nicht, wer ich bin: ich ward mit dir zusammen vor langer Zeit bei deiner Mutter im Hause aufgezogen. Ich bin deine leibliche Base und du bist mein leiblicher Vetter. Mich grämt es nicht weniger, daß es dir so mißraten ist, daß du nicht erkundet hast, was man mit dem Grale tut und wem man ihn bringt, als mich der Tod deiner Mutter grämt oder der Tod dieses Ritters, den ich doch so sehr liebte und so wert hielt, da er mich seine treue Freundin nannte und mich als edler, freier und treuer Ritter liebte.» –

«Ach, Base», entgegnete Perceval, «wenn dies wahr ist, was Ihr mir gesagt habt, so sagt mir doch, wieso Ihr es wißt.» – «Ich weiß es so, wahrhaftig», erwiderte das Fräulein, «da ich sie in die Erde bestatten sah.» – «Nun sei Gott ihrer Seele in seiner Güte gnädig!» sprach Perceval. «Eine unselige Geschichte habt Ihr mir erzählt. Und da sie nun bestattet ist, was sollte ich weiter suchen? Denn um nichts anderes war ich auf dem Wege, als um sie zu sehen. Eine andere Straße muß ich nun fahren. Doch, wenn Ihr mit mir kommen wolltet, so wäre es mir recht; denn dieser hier wird Euch nicht mehr helfen, der hier tot liegt, das versichere ich Euch. Die Toten den Toten, die Lebenden den Lebenden! Wollen wir fortziehen, ich und Ihr zusammen! Mir scheint es eine große Torheit von Euch zu sein, daß Ihr hier so einsam diesen Toten bewacht. Folgen wir lieber dem, der ihn getötet hat, und ich verspreche und versichere Euch: entweder wird er mich besiegen, oder ich ihn, wenn ich ihn erreichen kann.»

Sie aber, die den großen Schmerz, den sie im Herzen trägt, nicht bezwingen kann, erwidert ihm: «Lieber Freund, um keinen Preis würde ich mit Euch gehen oder mich von ihm trennen, bis ich ihn beerdigt habe. Ihr sollt jene gebahnte Straße dort hinaus ziehen, wenn Ihr mir vertraut; denn auf diesem Wege ritt hinweg der schlimme und hochmütige Ritter, der mir meinen süßen Freund getötet hat. Doch nicht deswegen habe ich es Euch geraten, weil ich will, so Gott mir helfe, daß Ihr ihm nachreitet, wenn ich auch sein Verderben ebenso sehr wünsche, wie wenn er mich getötet hätte. Woher aber stammt dieses Schwert, das Euch an der Linken hängt, das niemals eines Menschen Blut vergoß und noch nie in der Not gezogen wurde? Ich weiß wohl, wo es geschmiedet wurde und kenne den genau, der es schuf. Hütet Euch, ihm zu trauen; es wird Euch ohne Zweifel versagen, wenn Ihr in einen Kampf eintretet, denn es wird in Stücke springen.» – «Liebe Base, eine der Nichten meines guten Wirtes schickte es ihm gestern abend und er gab es mir und ich hielt mich damit wohl belohnt. Nun habt Ihr mich jedoch sehr erschreckt, wenn das wahr ist, was Ihr mir da gesagt habt. Nun sagt mir noch, so Ihr es wißt, wenn es geschähe, daß es zerbrechen würde, könnte es je wieder gemacht werden?» – «Ja gewiß, doch große Mühe hätte damit derjenige, der den Weg zum See über Cotoatre finden könnte: dort könnte er es wieder schmieden und härten und heil machen lassen. Wenn das Abenteuer Euch dorthin führt, so gehet zu keinem anderen als dem Schmied Trebuchet; so heißt er. Denn dieser machte es und wird es wieder machen, oder es wird von keinem anderen Menschen, der sich dessen unterfangen wollte, gemacht werden. Hütet Euch, daß ein anderer seine Hand daran legt, denn er würde nicht damit fertig werden.» – «Wahrlich», spricht Perceval, «das täte mir im Herzen leid, wenn es zerbräche.» Hierauf scheidet er von ihr, und sie bleibt zurück, da sie sich nicht von dem Toten trennen will, über dessen Tod so großes Leid ihr Herz erfüllt.

13. WIE PERCEVAL WIEDERUM DEM VON IHM GEKRÄNKTEN FRÄULEIN BEGEGNET UND ES AUS SEINER NOT ERLÖST

Perceval geht den Pfad und eine Fährte entlang, bis er einen mageren, müden Zelter erblickte, der im Schritt vor ihm herging. Er merkte dem Zelter an, daß er in schlechte Hände gefallen war, so mager und elend war er. Es kam ihm so vor, als wäre er ganz abgehetzt und mißhandelt worden, wie man es mit einem geliehenen Pferde macht, das am Tage gehetzt und über Nacht schlecht versorgt wird: so schien es ihm mit dem Zelter zu stehen. Der Zelter war so mager, daß er zitterte, wie wenn er die Staupe hätte. Der ganze Nacken war ihm abgeschunden und die Ohren hingen ihm herab; alle Hunde und Doggen warteten schon darauf, daß er ihnen als Waidrecht zum Fraß vorgeworfen würde; denn es war nichts als Haut über seinen Knochen. Er hatte einen Sattel auf dem Rücken und ein Zaumzeug am Kopfe, wie es einem solchen Tiere geziemte, und eine Jungfrau saß darauf. Kein Mensch hatte jemals eine vergrämtere Frau gesehen, obgleich sie schön und edel wäre, wenn es ihr gut ginge. Aber so schlecht erging es ihr nun, daß an dem Kleide, das sie trug, nicht eine Handfläche unversehrten Stoffes war, so daß durch die Risse die Busen an ihrer Brust herausdrangen; mit Knoten und groben Nähten war es ab und zu geflickt. Ihre zarte Haut war zerfetzt wie von einem scharfen Messer, aufgeplatzt, und vor Hitze, Hagelschlag und Frost ganz versehrt. Sie besaß keinen Mantel, ihr Haar war ohne Gebände, so daß ihr Angesicht völlig sichtbar war, und manch häßliche Spur war darauf, denn ihre Tränen, die unaufhörlich flossen, hatten in ihrem Gesicht manch häßliche Runzel gezogen; und sie flossen ihr bis auf die Brust und über das Kleid hinab bis zu den Knien. Wohl konnte ihr das Herz so bekümmert sein, das so viel Ungemach erduldete. Sobald Perceval ihrer gewahr wurde, ritt er in großer Eile zu ihr hin, und sie rafft ihr Gewand zusammen, um ihre Nacktheit vor ihm zu verbergen. Doch muß sie immer neue Risse öffnen, denn, wenn sie an einer Stelle sich bedeckt, schließt sie einen Riß und öffnet hundert andere.

So bleich und abgehärmt, und so elend erreicht sie Perceval, und wie er hinkommt, hört er sie schmerzlich ihr Elend und ihre Not beklagen: «O Gott», ruft sie, «möge es dir nicht gefallen, daß ich noch lange so lebe. Bin ich nicht lange genug so arm und elend gewesen! Zu viel Schmach habe ich erduldet, und es ist doch nicht durch mein Verschulden! O Gott! Wie du wohl weißt, habe ich nichts Böses getan und dieses nicht verdient. Schicke du mir, wenn es dir gefällt, einen, der mich aus dieser Not erlöst, oder befreie du mich von dem, der mich in solcher Schande leben läßt, daß ich keine Gnade bei ihm finde, nicht lebend ihm entrinnen kann, und er mich doch nicht töten will. Ich weiß nicht, warum er in solcher Art meine Gesellschaft begehrt, außer, weil er meine Schmach und mein Unglück so gerne sieht. Selbst wenn er in Wahrheit wüßte, daß ich es verdient hätte, müßte er doch Mitleid haben, wenn ich ihm noch irgendwie gefiele, da ich es so lange gebüßt habe. Aber gewiß gefalle ich ihm nicht mehr, da er mich so ein hartes Leben hinter sich herschleppen läßt und kein Erbarmen zeigt.» Da sprach Perceval, der sie erreicht hatte, zu ihr: «Schöne, Gott möge Euch beschirmen!» Und als das Fräulein dies hörte, beugt es sich nieder und antwortet ganz leise: «Herr, der du mich gegrüßt hast, dein Herz möge haben, was es begehrt. Doch ich habe kein Recht darauf!» Und Perceval, der vor Scham die Farbe wechselte, entgegnet ihr: «Bei Gott, schöne Freundin, weshalb? Wahrlich, ich glaube und denke nicht, daß ich Euch jemals sah noch irgend etwas zu Leide tat.» – «O doch», entgegnet sie, «denn ich bin so elend und habe so viel Leid, daß keiner mich begrüßen darf. Mir bricht vor Angst der Schweiß aus, wenn einer mich anhält und betrachtet.» – «Wahrlich», sprach Perceval, «ich ward mir dessen nicht bewußt, daß ich mich gegen Euch vergangen habe. Gewiß kam ich nicht deshalb hierher, um Euch Schmach oder Leid anzutun, sondern mein Weg führte mich hier vorüber. Doch da ich Euch so gramvoll und arm und nackt sehe, hätte ich nie in meinem Herzen Freude, wenn ich nicht die Wahrheit erfahre, welches Abenteuer Euch in solchen Schmerz und solche Pein führte.» – «Ach, Herr!» sprach sie, «Gnade! Schweigt und flieht von hier und laßt mich in Frieden. Ihr werdet Euch vergehen, wenn Ihr verweilt, daher flieht, wenn Ihr weise handeln wollt.» – «Das möchte ich wissen», entgegnet Perceval, «aus welcher Furcht und durch welche Drohung ich fliehen soll, wenn keiner mich verjagt.» – «Herr!» sprach sie, «nun laßt es Euch nicht kränken, sondern flieht, solange es Euch möglich ist, damit nicht der Orilus von der Heide, der nichts als Streit und Kampf verlangt, hier zu uns stoße und uns zusammen finde; denn wenn er Euch hier träfe, würde er Euch gewiß auf der Stelle töten, so sehr ärgert es ihn, wenn einer mich anredet, denn keiner kann seinen Kopf davontragen, der mich anspricht und aufhält, wenn Orilus nur zur rechten Zeit dazukommt. Vor kurzem erst hat er einen erschlagen; aber jedem erzählt er vorher, warum er mich in solcher Schmach läßt und in solches Elend gebracht hat.»

Während sie so sprachen, ritt der Orilus aus dem Walde und kam wie ein Blitz unter Sand und Staub daher und schrie laut: «Wahrlich, zu deinem Unheil hast du haltgemacht, du, der da neben der Jungfrau steht! Wisse, daß dein Ende gekommen ist, weil du sie auch nur einen einzigen Schritt lang aufgehalten hast. Doch werde ich dich nicht eher töten, als ich dir erzählt habe, weshalb und wegen welcher Missetat ich sie in so großer Schande leben lasse. So lausche denn und laß dir die Geschichte sagen.

Eines Tages war ich in den Wald geritten und dieses Fräulein hatte ich in meinem Zelt gelassen und ich liebte nichts auf der Welt so sehr als sie. Da geschah es von ungefähr, daß ein wallisischer Junker dazukam. Ich weiß nicht, auf welche Weise es geschah, aber er tat so viel, daß er sie mit Gewalt küßte, das gestand sie mir selbst ein. Wenn sie mich dabei belogen hat, was schadete es ihm? Und wenn er sie wider ihren Willen küßte, handelte er dann nicht auch weiter nach seiner Lust an ihr? Ja, niemand würde doch glauben, daß er sie küßte, ohne mehr zu tun; denn eines zieht das andere nach. Wenn einer eine Frau küßt und nicht mehr tut, sobald sie miteinander allein sind, dann liegt es an ihm, glaube ich. Eine Frau, die ihren Mund hingibt, gibt das übrige leichten Herzens, wenn einer im Ernst darauf aus ist. Wenn sie sich auch dabei ziert und sich verteidigt, so weiß man ja ohne Zweifel, daß eine Frau überall siegen will, außer allein in diesem Kampf: wenn sie einen Mann an der Kehle hält und kratzt und beißt und ihn verwundet, dann möchte sie besiegt werden; sie verteidigt sich und möchte es doch gern. Sie ist so zaghaft, sich zu gewähren, daß sie will, man solle sie mit Gewalt bezwingen, und dann weiß sie keinen Dank dafür. Deshalb glaube ich, daß er bei ihr lag und ihr einen Ring von mir wegnahm, den sie an ihrem Finger trug. Das kränkt mich, daß er ihn mitnahm. Vorher aber trank und aß er von dem meinigen, von starkem Wein und drei Pasteten, die ich mir hatte aufbewahren lassen. Nun hat meine Freundin ihren höfischen Lohn, wie hier zu sehen ist: wer eine Torheit begeht, muß es büßen, damit er sich vor Rückfall hüte. Gar zornig konnte man mich sehen, als ich zurückkam und es erfuhr, und ich schwur laut, ich würde Vergeltung üben; denn ihr Zelter sollte keinen Hafer mehr fressen und nicht gepflegt und neu beschlagen werden; sie sollte keinen anderen Rock noch Mantel tragen als die sie zu jener Stunde trug, bis ich den, der sie bezwungen hatte, getötet und ihm den Kopf abgehauen hätte.«

Als Perceval diese Worte vernommen hatte, entgegnete er ihm Wort für Wort: «Freund, nun wisset ohne Zweifel, daß sie ihre Buße zu Ende gebracht hat; denn ich bin derjenige, der sie wider ihren Willen küßte, und es erzürnte sie gar sehr. Ich nahm den Ring von ihrem Finger und weiter geschah nichts und ich tat nichts weiter. Wohl aber aß ich von den drei Pasteten eine und eine halbe, das versichere ich Euch, und von dem Wein trank ich, so viel ich wollte; hierin handelte ich wohl kaum als Tor.» – «Bei meinem Haupte!» sprach der Orilus, «wie erstaunlich, daß du dies eingestanden hast! Nun hast du wohl den Tod verdient, nachdem du die Wahrheit bekannt hast.» – «Noch ist der Tod nicht so nahe, wie du wähnst», entgegnete Perceval. Hierauf lassen sie ihre Rosse ohne weitere Worte gegeneinander rennen. In solchem Zorn schlagen sie aufeinander los, daß sie ihre Lanzen zersplittern und beide die Sättel räumen und einander zu Boden werfen. Bald jedoch sprangen sie wieder auf, ziehen die Schwerter blank und geben einander gewaltige Schläge.

*[Perceval hatte bei diesem ersten Treffen Unglück: denn das Schwert, das sein Wirt ihm gegeben, zerbrach in der Mitte. Die andere Hälfte, die in seiner Faust geblieben war, warf er weg. Rasch zog er das andere Schwert, das er mitgeführt hatte. Sowie er es hält, wächst ihm neu der Mut, denn diesem kann er kräftig trauen. Und der Orilus ruft ihm zu: «Versall, da habt Ihr ein gar gutes Schwert. Wenn dies zweite ebensolange hält, als das erste, dann werden Euch die Pasteten, von denen Ihr gegessen habt, teuer zu stehen kommen. Ja wahrlich, noch nie habt Ihr eine Sache so teuer be-

* Die eingeklammerte Episode ist eine spätere Einschiebung und erklärt das Schicksal des Gralschwertes. D. Üb.

zahlen müssen. Auf dem Markte von Camelot hättet Ihr gewiß ein besseres einhandeln können. Hier werdet Ihr den Zins für meinen Wein erlegen, den Ihr Euch angemaßt habt. Ihr habt wohl nie einen schlechteren Einfall gehabt als den, meine Freundin mit Gewalt zu küssen und den Ring mitzunehmen, den sie an ihrem Finger trug.» Und Perceval antwortet: «Bei meiner Treu! Nur gering schätze ich Eure Drohung. Wer es am besten kann, tue das Schlimmste!«

Hierauf liefen sie wiederum gegeneinander. Sie gaben sich mit den Schwertern starke Schläge. Sie zerhämmern die Helme, es klingen die Schwerter gegen den Stahl und zerspellen die Schilde. Die Augen funkeln ihnen im Kopfe, denn sie greifen grausam heftig an. Zwischen den Gelenken dringt ihnen das rote Blut heraus und auch durch den Mund. Ihre Schilde haben sie bis zum Mittelkopf zerstückelt und zerspalten. Nie vorher ward ein solcher Kampf getan wie von ihnen, so scheint es mir. Die Jungfrau, die ihnen im Kampfe zuschaut, zittert vor Furcht. Der Orilus gibt wohl acht, da er sie zittern und beben sieht. Das ganze Blut kocht ihm vor Zorn, wie er sie so verstört sieht. Er erinnert sich im tiefen Herzen der Pein, die sie erlitten hat. Dies verdoppelt seine Kühnheit und vermehrt ohne Zweifel seine Kraft. Perceval jedoch hat solche Macht, daß dieser nichts gegen ihn vermag. Es regt sich in seinem Herzen Mitleid mit der Jungfrau, da sie trotzdem um ihren Freund, der ihr so viel Schmach angetan hat, heftig weint. Hat sie doch nichts Böses getan, sondern war es alles zu Unrecht und um Percevals willen. Es würde ihm zu großem Schmerz gereichen, wenn er sie jetzt nicht rächen kann. Darauf läuft er ohne weitere Drohung gegen jenen an, setzt ihm mit starken Schwertschlägen zu, und der Ritter, der vor nichts zurückschreckt, zahlt ihm die Schläge kräftig heim.

Nun erzählt aber die Geschichte weiter: Der Fischerkönig gedachte des Schwertes, das er dem Junker, seinem Gast, gegeben. Und er erwägt häufig in seinem Geiste, wie er es mitgenommen hat; denn er wußte wohl, daß das Schwert beim ersten Kampfe zerbrechen würde. Er erblickte einen Knappen im Hofe gerade vor sich und rief ihn herbei. Dieser kniete alsbald zu seinen Füßen nieder, um seinen Willen zu vernehmen; und der König sprach ohne Umschweife, er möge unverweilt dem Ritter nacheilen, der die Nacht bei ihnen zugebracht habe. Sobald er ihn kämpfen sehe, möge er nicht mehr von ihm weichen; denn er wisse genau, daß das neue Schwert, das er trägt beim ersten Schlage, den er im Kampf oder in der Schlacht tun werde, zerbrechen werde: «Und gib wohl acht, daß du mir die Stücke sicher zurückbringst.»

Hierauf lief der Knappe zur Tür hinaus, trat aus dem Saale, und die Zugbrücke wurde für ihn niedergelassen. Er wendet sich geradewegs dem Walde zu und reitet ohne Aufenthalt in der gleichen Richtung, bis ihn der Wald aufnahm. Er geht allen Spuren des Junkers nach und eilt so lange dahin, bis er die Jungfrau traf, die noch immer ihren Freund beklagte, den sie im Schoße hielt und dem der Kopf abgeschlagen war. Er grüßte sie und blieb vor ihr stehen. Die Jungfrau entgegnete ihm und erwiderte seinen Gruß, richtete jedoch nicht den Kopf auf, so traurig und bekümmert war sie. Er aber bittet sie mit sanften Worten: «Nun, Fräulein, kündet mir um Gottes willen, ob Ihr hier einen Riter vorüberreiten sahet, der vollständig gerüstet auf einem Streitroß sitzt und rote Waffen trägt.» Die Jungfrau, die um ihren Freund trauert, spricht zu ihm: «Lieber Bruder, ich sah ihn wirklich, und er sprach mit mir und ritt auf diesem Pfade weiter; und wenn mir recht ist, sucht er nach einem Ritter, der mir meinen Freund hier getötet hat. Ihr aber sagt mir, lieber Freund, ob Ihr ihm des Schwertes wegen folgt, das ihm gestern abend am Hofe des guten Fischerkönigs gereicht wurde?» – «Jungfrau, beim Heiland!» spricht er, «Eure Frage ist richtig. Mir hat mein Herr befohlen, ich solle ihm sogleich folgen, sei er ferne oder nahe, bis ich ihn kämpfen sehe auf dem Felde oder auf einem Kampfplatz oder auf der Straße, bis ich wisse, was er mit dem Schwerte tun werde, das mein Herr ihm gab. Wird es doch ohne Zweifel beim ersten Schlag im Kampfe zerbrechen; und er will die Stücke wieder haben, denn er möchte sie um jeden Preis wieder bekommen.»

Hierauf grüßt er sie und verläßt sie und schlägt den Pfad ein und folgt immerzu der Spur, die er fand, so wie jener geritten war. Er läuft so lange, bis er am Rande des Waldes auf einer Heide den Ritter findet, den er sucht, wie er mit einem anderen im Kampfe liegt. Er ist ihnen so weit nahe gekommen, daß er die müde, arme und schlecht bekleidete Jungfrau erblickt, die da so bitterlich weinte, weil sie die beiden Ritter so grimmig einander bekämpfen sieht. Er wagt nicht, zwischen die beiden zu treten, sondern zieht sich ein wenig zurück und setzt sich neben einen Grenzstein und schaut dem Handgemenge zu, bis er endlich die Stücke des Schwertes hinter ihnen auf dem Kampfplatz liegen sieht. Vorsichtig schleicht er sich nach jener Seite, bis er beide Stücke in der Hand hält. Die Kämpfer waren so sehr darauf versessen, den Kampf bald zu beenden, sie geben sich Schläge in solcher Wut und prallen immer wieder aufeinander, daß sie keineswegs den Knappen, der das Schwert aufgehoben hatte, bemerkten.

Er zieht sich unverzüglich in den Wald zurück und läuft mit frohem Angesicht, bis er mit beiden Stücken, die er hält, vor seinem Herrn kommt und vor ihm niederkniet. Der Herr war fröhlich und guten Mutes, als er die Stücke hielt und beide vor sich sah. Alsbald befiehlt er einem Diener, die Stücke wohl zu hüten, und fragt den, der das Schwert brachte, ob er den Kampf der Ritter beobachtet habe. Dieser entgegnet, er habe ohne Zweifel sie gar rüstig kämpfen sehen, er wisse jedoch nicht, welcher von ihnen in der Oberhand sei: «Denn zur gleichen Stunde eilte ich davon, als ich das Schwert in Besitz nehmen konnte, und beeilte mich, umzukehren, damit ich es Euch rasch aushändige.» Hierauf wechselten sie keine Worte mehr und schwiegen beide. Der Knappe begibt sich von seinem König hinweg, da dieser keinen Auftrag mehr für ihn hat.

Die Ritter dagegen, die auf der Heide waren, mühen sich, starke Schläge zu tun und lassen das rote Blut an mancher Stelle zwischen den Panzern hervordringen. Sie haben beide die Helme zerschmettert und zerstückt und ihr Angesicht schwer verwundet, geben sich jedoch immer noch kräftige Schläge über die safrangelben Hauben.]

So greifen sie einander heftig an. Der Kampf war gewaltig und hart. Mehr zu erzählen brauche ich nicht, denn es scheint mir verlorene Mühe. Jedoch kämpfen sie so lange miteinander, bis der Orilus von der Heide ermattet und um Gnade bittet. Der Junker, der nie das Gebot des Edelmanns vergaß, er solle nie einen Ritter töten, wenn er sich in seine Gnade begebe, erwiderte: «Ritter, bei meinem Glauben, ich werde keine Gnade für dich haben, ehe du sie nicht für deine Freundin hast; denn sie hat das Böse, das du ihr angetan, nicht verschuldet, das kann ich dir schwören.»

Der Ritter, der sie mehr als sein Auge liebte, erwiderte: «Lieber Herr, und ich will nach Eurem Wunsche sie begnadigen; denn nichts könnt Ihr befehlen, das ich nicht zu tun bereit wäre. Mein Herz ist überaus traurig und dunkel wegen des Unrechts, das ich ihr angetan habe.» – «Geh also in das nächste Schloß, das du hier in der Nähe besitzest. Lasse ihr ein Bad bereiten, bis sie geheilt und gesund ist. Dann kleide sie und rüste dich und führe sie wohlgeschmückt und schön angetan zu König Artus, grüße ihn in meinem Namen und begib dich in seine Gnade, so gerüstet wie du von hier weggehen wirst. Fragt er dich, von wem du kommst, so antworte ihm, von dem, den er auf Rat und Ansinnen des Herrn Keu, des Seneschalls, zum Roten Ritter machte. Du mußt die Buße und Qual, die du deiner Herrin bereitet hast, angesichts aller, die dort sind, bei Hofe erzählen, so daß alle Männer und Frauen es hören, auch die Königin und ihre Jungfrauen, deren gar schöne bei ihr sind. Vor allem jedoch preise ich eine unter ihnen, da Keu, weil sie mir zugelacht hatte, ihr einen Schlag auf die Wange gab, der sie ganz betäubte. Diese sollst du aufsuchen, das befehle ich dir, und sollst ihr sagen, daß ich ihr entbiete, ich werde um keinen Preis den Hof des Königs Artus betreten, ehe ich sie nicht gerächt habe, damit sie froh und fröhlich darob sei.»

Jener antwortet, er werde gerne hingehen und alles berichten, was er ihm auferlegt habe. Es solle keinen Aufschub geben, sobald er das Fräulein wiederhergestellt und geschmückt habe, wie es nötig sei. Ihn selbst würde er sehr gerne mitnehmen, um ihn zu pflegen, zu heilen und seine

Wunden und Verletzungen zu behandeln. «Nun geh, und mögest du gute Fahrt haben», sprach Perceval, «schlage dir dies aus dem Sinn; denn ich werde anderswo Herberge suchen.»

14. WIE DER RITTER ORILUS ZUM ARTUSHOF KOMMT UND VON PERCEVAL BERICHTET

hierbei blieb es im Wechsel ihrer Worte. Weder der eine noch der andere verweilt länger, und hiermit reiten sie auseinander. Der Ritter ließ in dieser Nacht seiner Freundin ein Bad bereiten, er ließ sie reich bekleiden und schuf ihr so viel Angenehmes, daß sie wieder ihre Schönheit erlangte. Hierauf nahmen sie beide ihren Weg geradewegs nach Carlion, wo König Artus Hof hielt. Jedoch war die Hofhaltung ganz bescheiden; denn es waren nur dreitausend Ritter von hohem Wert bei ihm. Vor aller Augen stellte sich der Ritter, der herannahte und seine Herrin führte, als Gefangener dem König Artus, und als er vor ihm stand, sprach er: «Herr, ich bin Euer Gefangener, mit dem Ihr tun möget, was Euch beliebt; und so ist's recht und billig. Denn so befahl es mir der Junker, der Euch um die roten Waffen bat und der sie nun trägt.» Sobald der König dies vernahm, weiß er sofort, wovon er spricht: «Legt Eure Rüstung ab, lieber Herr!» so spricht er. «Möge der Ritter, der Euch mir zum Geschenk gemacht hat, Freude und gute Abenteuer haben, Ihr aber seiet mir willkommen! Ihr sollt um seinetwillen hochgehalten und in meiner Herberge geehrt werden.» – «Herr, noch muß ich weiteres berichten», entgegnet er, «bevor ich mich entwaffnen lasse; denn ich möchte den Wunsch aussprechen, daß die Königin und ihre Jungfrauen hierher kämen, um die Kunde zu vernehmen, die ich Euch gebracht habe; denn sie soll erst ganz erzählt werden, wenn die Jungfrau dazugekommen ist, die auf die Wange geschlagen wurde, weil sie ein Lachen erhoben hat und sich sonst nichts weiteres zuschulden kommen ließ.» Somit endet der Ritter seine Worte. Als der König vernahm, daß er die Königin zu sich entbieten solle, da tat er dies, und sie trat herein und alle ihre Jungfrauen mit ihr Hand in Hand und zwei zu zwei.

Hierauf nahm die Königin zur Seite ihres Herrn, des Königs Artus, ihren Platz ein, und der Orilus von der Heide sprach zu ihr: «Herrin, seinen Gruß bestellt Euch ein Ritter, den ich hoch preise, der mich durch seine Waffen besiegt hat. Ich weiß nicht, was ich mehr über ihn sagen kann, doch schickt er Euch meine Freundin zu, diese Jungfrau, die hier steht.» – «Freund, dafür gebührt ihm großen Dank!» sprach die Königin. Er erzählt ihr nun die ganze Bosheit und Schmach, die er der Freundin so lange Zeit angetan, er spricht von dem Schmerz, den sie erlitten hatte, und von dem Grunde, warum er es tat. So erzählte er alles, ohne etwas zu verheimlichen. Hierauf zeigten sie ihm die Jungfrau, die Keu, der Seneschall, geschlagen, und er sprach zu ihr: «Jungfrau, der mich schickte, bat mich, ich solle Euch von ihm grüßen und keinen Fuß rühren, ehe ich Euch gesagt habe, daß er so Gott ihm helfe, um keinen Preis den Hof, den König Artus hält, betrete, ehe er nicht Euch für den Schlag und Backenstreich gerächt habe, die Euch um seinetwillen widerfuhren.»

Und als der Narr dies Wort vernahm, da sprang er auf die Füße und ruft aus: «Herr Keu, so Gott mich segne, dies werdet Ihr wahrhaftig büßen, und es wird in Bälde sein.»

Nach dem Narren ergriff der König das Wort: «Ach, Keu! Nicht höfisch hast du an dem Junker gehandelt, als du ihn verspottet hast! Durch deinen Spott hast du ihn mir entrissen, so daß ich ihn nie mehr zu sehen glaube.» Hierauf ließ der König seinen ritterlichen Gefangenen vor sich sitzen, erließ ihm sein Gefängnis und hieß ihn dann entwaffnen. Und Herr Gauwain, der zur Rechten des Königs saß, fragte: «Herr, bei Gott, wer kann das sein, der einen so edlen und tapferen Ritter wie diesen hier allein durch seine Waffen besiegen konnte? Denn auf allen Inseln des Meeres hörte ich nie einen Ritter nennen, noch sah und kannte ich einen, der sich mit diesem in Waffen und Ritterschaft messen konnte.» – «Lieber Neffe, ich kenne ihn nicht», sprach der König, «ich habe ihn wohl gesehen, doch als ich ihn ansah, ließ ich es mir nicht einfallen, ihn zu befragen, und er begehrte von mir, ich solle ihn auf der Stelle zum Ritter schlagen. Ich sah ihn schön und stattlich vor mir stehen, deshalb entgegnete ich ihm: ‹Bruder, gerne! Aber steigt zuvor doch ab, bis man Euch ganz vergoldete Waffen gebracht hat.› Und er sprach darauf, er werde sie nicht annehmen noch absteigen, bis er rote Waffen bekommen habe. Und er sprach noch andere wunderliche Dinge; er wolle keine anderen Waffen als die des Ritters, der mir meinen goldenen Becher wegnahm. Und Keu, der neidisch war und es noch ist und alle Tage sein wird, und niemals etwas Gutes zu sagen begehrt, rief ihm zu: ‹Bruder, der König schenkt dir die Waffen, er überläßt sie dir, und nun geh nur hin und hole sie!› Der Junker, der den Spott nicht verstehen konnte, wähnte, Keu meine es in Wahrheit so. So ging er hin und tötete den Roten Ritter mit einem Wurfspieß, den er auf ihn schleuderte. Ich weiß nicht, wie der Streit und Strauß darob begann. Ich weiß nur, daß der Rote Ritter aus dem Walde von Quinqueroi den Junker mit der Lanze schlug, ich weiß nicht warum, und großen Hochmut zeigte. Und der Junker traf ihn mit seinem Wurfspieß mitten in das Auge, tötete ihn und bekam die Waffen. Darauf hat er mir so gut gedient, daß ich, bei meinem Herrn St. David, zu dem man in Wales betet und den man dort verehrt, nie mehr zwei Nächte nacheinander in Zimmern oder Sälen schlafen will, so lange, bis ich ihn sehen werde, wenn er lebt, sei es auf dem Meere oder auf dem Lande, – und auf der Stelle will ich aufbrechen und mich auf die Suche nach ihm machen.»

Kaum hatte der König dies geschworen, da waren alle gewiß, daß es nun an einen großen Aufbruch gehe. Da sah man Tücher und Decken und Kopfkissen einpacken, Truhen füllen, Saumtiere, Karren und Wagen beladen; denn Zelte und Hütten und Lauben führten sie in reicher Zahl mit sich dahin.

15. WIE PERCEVAL ÜBER DEN DREI BLUTSTROPFEN TRÄUMT UND ZUM ZWEITEN MAL ZU HOFE KOMMT

Ein weiser und wohl gebildeter Schreiber könnte nicht an einem Tage den ganzen Troß und Hausrat schildern, der alsbald gerüstet wurde; brach doch der König von Carlion auf, wie um ins Feldlager zu ziehen; und ebenso folgen ihm alle Barone. Es blieb keine Jungfrau zurück, die die Königin nicht mitnahm in Adel und Herrlichkeit. In dieser Nacht lagerten sie auf einer Wiese nahe bei einem Walde.

Am Morgen hat es heftig geschneit, so daß die Gegend sehr kalt war. Und Perceval war bereits am frühen Morgen auf, wie er zu tun pflegte; denn er wollte Abenteuer und Rittertaten suchen und finden. So kam er von ungefähr zu der Wiese, die gefroren und verschneit war, wo das Heer des Königs lagerte. Bevor er noch zu den Zelten kam, flog eine Schar Wildgänse auf, die der Schnee geblendet hatte. Er sah und hörte sie, da sie rauschend aufflogen wegen eines Falken, der in schnellem Flug hinter ihnen her geflogen kam, bis er eine im Stoße traf, die sich vom Schwarm getrennt hatte. Er packte sie und griff sie und schlug sie zu Boden. Doch war es zu früh am Morgen und er flog hinweg, ohne sie weiter anzutasten. Und Perceval beginnt, dorthin zu reiten, wo er den Flug gesehen hat. Die Gans war am Halse verwundet und blutete mit drei Blutstropfen, die auf die weiße Fläche fielen, und es sah aus wie natürliche Farbe. Im übrigen hatte die Gans weder Schmerz noch Wunden, die sie an der Erde festhielten, so daß sie schon weggeflogen war, ehe noch der Junker dazukam. Als Perceval den Schnee aufgewühlt sah, auf dem die Gans lag und das Blut erblickte, das da erschien, stützte er sich auf seine Lanze, um dieses Bild zu betrachten; denn das Blut und der Schnee zusammen gleicht der frischen Farbe, die im Antlitz seiner Freundin war. Er träumt so tief, daß er sich ganz vergißt; denn ebenso lag in ihrem Angesicht das rote auf dem Weißen, wie diese drei Blutstropfen auf dem weißen Schnee erschienen. Im Anschauen gefiel es ihm so sehr, daß ihm war, als sähe er die frische Farbe auf dem Antlitz seiner schönen Freundin selbst.

Perceval träumt über den Blutstropfen und bringt den ganzen Morgen dabei zu, bis die Knappen aus den Zelten kamen und ihn da träumen sahen. Sie dachten, er schliefe. Bevor der König, der noch in seinem Zelte ruhte, erwachte, trafen sie vor dem Zelte des Königs auf Sagremor, der wegen seines Ungestüms der Zügellose genannt wurde. «He da!» rief er, «verhehlt mir nichts, weshalb kommt ihr so früh hierher?» – «Herr», entgegneten diese, «vor unserem Lager draußen haben wie einen Ritter gesehen, der auf seinem Streitroß schläft.» – «Ist er bewaffnet?» – «Wahrlich, ja.» – «Ich will mit ihm sprechen», sagt er, «und ihn zu Hofe bringen.»

Auf der Stelle läuft Sagremor zum Zelte des Königs und weckt ihn: «Herr», sprach er, «dort draußen schläft ein Ritter auf der Heide.» Und der König befiehlt ihm hinzugehen und bittet ihn, er möge nichts versäumen und ihn hereinbringen.

Sofort befiehlt Sagremor, daß man sein Pferd vorführe, und verlangt nach seinen Waffen. Es wurde getan, wie er befahl. Gut und bald war er bewaffnet und ganz gerüstet ritt er aus dem Lager, bis er zu dem Ritter kam: «Herr», sprach er, «es ziemt Euch, zu Hofe zu kommen!» Dieser spricht kein Wort und stellt sich, als habe er ihn gar nicht gehört. Wieder beginnt er ihn anzusprechen, wieder schweigt jener, da wird er zornig und ruft aus: «Beim Heiligen Petrus, dem Apostel, dann sollt Ihr wider Euern Willen hinkommen! Es ist mir leid, daß ich Euch je gebeten habe;

denn hier habe ich schlecht mein Wort verwendet.» Darauf entfaltet er das Feldzeichen, das oben an seiner Lanze hing, sein Pferd rennt unter ihm dahin, er nimmt in einiger Entfernung Stellung und ruft jenem zu, er möge sich hüten, denn er werde ihn schlagen, wenn er sich nicht in acht nehme. Und Perceval schaut zu ihm hin und sieht ihn im Galopp heransprengen. Er läßt ab von seinem Träumen und sprengt ihm entgegen. Wie beide aufeinanderprallen, zerbricht die Lanze Sagremors, die Percevals aber bricht und biegt nicht, sondern faßt ihn mit solcher Kraft, daß er ihn mitten auf das Feld wirft. Das Pferd flieht mit erhobenem Kopf unverzüglich nach den Zelten hin, und die Ritter, die sich nun überall in den Zelten erhoben, sehen es mit an. Darob gab es großen Kummer, und Keu, der sich nie enthalten kann, ein böses Wort zu äußern, spottet darüber und spricht zum König: «Guter Herr, seht nur, wie Sagremor zurückkommt! Hält er doch den Ritter am Zügel und führt ihn wider seinen Willen fort!» – «Keu», spricht der König, «es ist nicht gut, daß Ihr so über die Edelleute spottet. Nun geht Ihr hin, und wir werden sehen, wie Ihr es besser machen werdet als er.» – «Herr», entgegnet Keu, «des bin ich froh, wenn es Euch beliebt, daß ich hingehe, und ich werde ihn ohne Fehl mit Gewalt heranbringen, ob er will oder nicht, und auch seinen Namen muß er mir nennen.»

Hierauf läßt er sich in rechter Ordnung rüsten. Schon ist er bewaffnet, sitzt auf und reitet zu dem hin, der so sehr im Beschauen der drei Tropfen versonnen war, daß er sich um nichts anderes kümmerte. Und Keu ruft ihm schon von weitem zu: «Vasall, Vasall! Kommt zum König! Bei meinem Glauben, Ihr sollt dorthin kommen, oder Ihr werdet es teuer bezahlen.» Perceval, der sich bedrohen hört, wendet den Kopf seines Pferdes und spornt mit den Stahlsporen das Roß, das nun rasch dahinstürmt. Beide mühen sich, ihr Bestes zu tun und gehen sich unverdrossen an. Keu tut einen solchen Stoß, daß seine Lanze splittert und sich wie eine Rinde spaltet; denn er hatte seine ganze Kraft hineingelegt. Und Perceval verzieht nicht lange, trifft ihn oben über dem Schildknopf und wirft ihn so auf einen

Stein, daß er ihm das Schulterbein verrenkt und zwischen Ellenbogen und Achselhöhle den Knochen des rechten Armes wie einen dürren Stock zerbricht, genau, wie der Narr es vorausgesagt, der es so manches Mal prophezeit hatte. Wahr ist nun die Prophezeiung des Narren.

Keu wird ohnmächtig von dem schweren Schmerz, und sein Roß läuft in starkem Trab nach den Zelten hin. Die Bretonen sehen das Pferd, das ohne den Seneschall zurückkommt, die Knappen eilen zu Pferde herbei, und Damen und Ritter folgen ihnen. Da sie den Seneschall ohnmächtig finden, denken sie wohl, er sei tot. Da erhob sich ein starkes Klagen, das alle Männer und Frauen um ihn begannen.

Und Perceval stützte sich wieder über den drei Tropfen Blutes auf seine Lanze. Dem König aber erwuchs großer Kummer um den verwundeten Seneschall. Heftig klagt er und trauert, bis man ihm sagt, er möge nicht erschrecken, denn jener werde wohl genesen, jedoch brauche er einen Wundarzt, der ihm das Schulterbein wieder einrenke und den zerbrochenen Knochen schiene. Der König, der ihn innig und in gutem Gemüt liebte, schickt ihm einen weisen Arzt und drei Jungfrauen aus seiner Schule, die ihm das Schulterbein wieder einrenken, den Arm verbinden und den zerspellten Knochen einrichten. Dann tragen sie ihn zum Zelt des Königs und trösten ihn gar freundlich und versichern ihm, er werde wieder genesen und solle nicht verzagen. Herr Gauwain jedoch spricht zum König: «Herr, so Gott der Herr mir helfe, es ist nicht recht, und Ihr wißt es wohl, da Ihr es selbst alle Tage verkündet und für recht gehalten habt, daß ein Ritter einen anderen nicht aus seinen Träumen reißen darf, worüber es auch wäre, so, wie diese beiden es getan haben. Ob sie damit Unrecht getan haben, weiß ich nicht, jedoch ist es ihnen mißglückt, das ist gewiß. Der Ritter träumte irgendeinem Verlust nach, den er erlitten, oder seine Freundin ward ihm entrissen; das schmerzt ihn und davon träumte er. Wenn es nun Euer Belieben wäre, so würde ich hingehen, um sein Angesicht zu betrachten, und wenn ich ihn so gefaßt fände, daß er sein Träumen aufgegeben hat, dann würde ich zu ihm sprechen und ihn bitten, er möge zu Euch hierher kommen.» Bei diesem Worte brach Keu in Zorn aus und rief: «Ha! Herr Gauwain, Ihr werdet den Ritter an der Hand heranführen, möge er sich noch so sehr sträuben. Es wird gewiß geschehen, so es Euch gefällt und der Kampf Euch erspart bleibt. Auf diese Art habt Ihr manchen schon gefangen: wenn der Ritter müde ist und genug Waffentaten verrichtet hat, dann muß wohl ein Held sich ausbitten, daß man ihm erlaube, den Ritter zu besiegen. Gauwain, hundert Flüche in meinen Hals, wenn Ihr so dumm seid, daß man nicht von Euch lernen könnte! Ihr versteht wahrlich, Eure Worte gut zu verkaufen, denn sie sind schön und glatt. Ihr werdet ihm wohl hochmütig und lästerliche Dinge sagen und viel Schimpf antun; aber verflucht sei, wer das glaubte und noch glaubt, ich aber nicht! Sicher könntet Ihr in einem seidenen Rock diese Arbeit leisten und werdet wohl kein Schwert zu ziehen noch eine Lanze zu brechen brauchen. Ihr könnt Euch wohl rühmen, wenn Euch die Zunge nicht versagt, um zu sprechen: ‹Herr, Gott schütze Euch und gebe Euch Freude und Gesundheit!› – daß er dann wohl Euren Willen tun wird. Ich sage nichts, um Euch zu belehren, doch werdet Ihr ihn wohl streicheln können, so wie man eine Katze streichelt. Dann wird man sagen: ‹Sieh da, wie stolz Herr Gauwain kämpft!›» «Ha, Herr Keu», erwidert er, «das könntet Ihr mir doch feiner sagen. Wähnt Ihr nun, euren Zorn und Eure Bosheit an mir auszulassen? Ich werde ihn bringen, bei meiner Treue, wenn ich nur kann, lieber guter Freund. Es wird mich keinen zerschellten Arm kosten, und ich werde es verrichten, ohne ein Schulterbein auszurenken; denn solchen Lohn liebe ich keineswegs.»

«So geht denn hin, Neffe», sprach der König, «denn nun habt Ihr ein höfisches Wort gesprochen. So es sein kann, führt ihn herbei, nehmt jedoch Eure Waffen mit, denn waffenlos sollt Ihr nicht hingehen.»

16. WIE PERCEVAL UND GAUWAIN SICH BEGEGNEN UND ZU HOFE GEHEN

In aller Eile läßt sich Gauwain, der aller Güte Lob und Preis hat, waffnen, besteigt ein starkes, flinkes Roß und kam geradewegs zu dem Ritter, der auf seine Lanze gestützt dastand und es noch nicht müde geworden war, zu träumen, denn es gefiel ihm sehr. Obwohl die Sonne zwei der Blutstropfen, die auf dem Schnee gelegen waren, weggeschmolzen hatte und nur der dritte noch übrig war, träumte der Ritter nicht weniger in tiefem Sinnen. Herr Gauwain reitet in friedlichem Trab zu ihm hin, ohne schlimme Absicht zu zeigen und spricht: «Herr, ich hätte Euch begrüßt, wenn ich Euer Herz ebenso gut kenne wie das meinige; doch das kann ich Euch sagen, daß ich ein Bote des Königs bin, der Euch bestellt und durch mich bittet, Ihr möget hinkommen, mit ihm zu sprechen.» – «Es sind schon ihrer zwei gewesen», entgegnet Perceval, «die mir meine Freude raubten und mich abführen wollten, wie wenn ich ein Gefangener wäre. Doch war ich so verträumt in einem Sinnen, das mir wohl gefiel; und wer mich herausreißen wollte, handelte gar nicht edel an mir. Denn hier vor mir hatte es drei Tropfen frischen Blutes, die das Weiße leuchtend färbten. Beim Betrachten war es mir, als sähe ich die frische Farbe des Angesichtes meiner Freundin, der Schönen, und deshalb wollte ich mich nicht davon trennen.» – «Wahrlich», entgegnet Herr Gauwain, «dieses Träumen war keineswegs unedel, sondern es war gar höfisch und süß; und der war ein grober Narr, der Euer Herz davon ablenkte. Nun aber wünsche ich sehr und begehre zu wissen, was Ihr zu tun gedenkt. Gerne würde ich Euch zum König führen, wenn es Euch nicht mißfiele.» – «Nun sagt mir zuerst, lieber, teurer Freund», spricht Perceval, «ob Keu, der Seneschall, dort ist?» – «Meiner Treu, gewiß ist er dort, und wisset wohl, er war es, der eben hier mit Euch kämpfte, und der Kampf kostete ihn so viel, daß ihr ihm den rechten Arm zerspellt und, wenn Ihr es nicht wißt, auch das Schulterbein verrenkt habt.» – «Dann habe ich also, dünkt mich», entgegnet Perceval, «die Jungfrau gerächt, die er schlug.» Als Herr Gauwain dies vernahm, verwundert er sich gar sehr, er bebt und spricht: «Herr, so Gott mir helfe, der König sucht niemand anderen als Euch! Herr, wie ist Euer Name?» – «Perceval, Herr, und Ihr, wie heißt Ihr?» – «Herr, wisset in Wahrheit, daß ich in der Taufe den Namen Gauwain empfing.» – «Gauwain?» – «Wahrlich, so ist es lieber Herr!» Perceval empfand darüber große Freude und sprach: «Herr, viel habe ich von Euch an mehreren Orten sprechen hören, und ich wünschte nichts sehnlicher, als daß wir beide Bekanntschaft schließen, so es Euch nicht mißfällt.» – «Gewiß», entgegnet Herr Gauwain, «sie gefällt mir nicht weniger als Euch, sondern mehr, glaube ich.» Und Perceval darauf: «Meiner Treu, dann werde ich gerne gehen, wohin Ihr wollt. Denn es ist mir nur recht und nun bin ich noch viel stolzer, da ich Euer Vertrauter bin.»

Hierauf umarmen sich die beiden und beginnen Helme und Hauben und den Kinnschutz zu lösen und schieben die Visiere hoch. Nun begeben sie sich in großer Freude miteinander hinweg. Da eilen die Knappen, die mit ansehen, wie sie sich aneinander freuen, von einem Hügel, wo sie standen, herab und kommen vor den König: «Herr, Herr!» rufen sie aus, «bei Gott, Herr Gauwain führt den Ritter herbei, und sie zeigen einander große Freude.» Da ist keiner, der die Kunde vernimmt und nicht aus seinem Zelte eilt, ihnen entgegen. Und Keu sprach zum König, seinem Herrn: «Nun hat Herr Gauwain, Euer Neffe, den Preis und die Ehre! Wie gefährlich und beschwerlich war die Schlacht, so ich nicht lüge! Denn so munter kehrt er zurück, wie er auszog. Nie erhielt er von dem anderen einen Schlag noch fühlte der andere einen Schlag von ihm. Er hat sein Wort wahr gemacht, es ist billig, daß er Lob und Preis dafür bekomme, und daß man sage, er habe das fertig gebracht und zu Ende geführt, was wir nicht tun konnten, obwohl wir alle unsere Kräfte und Bemühungen daran wandten.» So wetzte Keu seine böse Zunge, so wie er es verstand, zu Recht oder zu Unrecht.

Herr Gauwain will seinen Begleiter nicht bewaffnet, sondern ganz unbewaffnet zu Hofe bringen. Er läßt ihm in seinem Zelte die Waffen abnehmen, und einer seiner Kammerherren holt ihm ein Kleid aus seiner Truhe; er reicht es ihm dar zum Ankleiden.

Als er gut und edel mit Rock und Mantel, der gar schön war und ihm gut stand, eingekleidet war, da begeben sich beide Hand in Hand zum König, der vor seinem Zelte sitzt. Und es sprach Herr Gauwain zum König: «Herr, Herr! Hier bringe ich Euch den Mann, den Ihr, wie ich glaube, so gerne sehen wolltet, schon seit vollen vierzehn Tagen: Er ist es, von dem Ihr so viel sprachet, nach dem Ihr auf der Suche wart. Ihn führe ich Euch zu, seht ihn hier selbst!» – «Lieber Neffe, dafür habt großen Dank!» ruft der König aus, der so bewegt ist, daß er ihm entgegen aufspringt und spricht: «Lieber Herr, seid willkommen! Nun bitte ich Euch, kündet mir, wie ich Euch nennen soll.» – «Meiner Treu, ich will es euch nicht verhehlen, lieber Herr König«, entgegnet Perceval, «mein Name ist Perceval, der Walliser.» – «O Perceval, lieber guter Freund! Da Ihr nun an meinen Hof gekommen, sollt Ihr nach meinem Willen nie mehr davon scheiden. Gar großen Schmerz litt ich um Euch, als ich Euch zum ersten Male sah und nicht wußte, welch hohes Los Gott Euch bestimmt hatte. Es wurde richtig geweissagt, so daß mein ganzer Hof es vernahm, durch die Jungfrau und den Narren, die Keu, der Seneschal, schlug. Und Ihr habt Wort für Wort bewahrheitet, was sie voraussagten. Nun ist niemand mehr darob im Zweifel; denn von Euren Rittertaten habe ich wahre Kunde vernommen.»

Bei diesem Worte trat die Königin herein, die die Kunde vernommen hat von dem Helden, der erschienen war. Sobald Perceval sie sieht und ihm gesagt wurde, sie sei die Königin und hinter ihr komme das Fräulein, das lachte, als er es anschaute, da eilte er ihnen entgegen und sprach: «Gott gebe Freude und Ehre der schönsten, der besten aller Frauen, die da leben, das mögen alle Augen bezeugen, die sie sehen, und alle, die sie gesehen haben!» Und die Königin antwortet ihm: «Und Ihr seid wohl willkommen als Ritter, erprobt in herrlicher, hoher Rittertat!» Hierauf begrüßte Perceval die Jungfrau, die ihm zugelacht hatte, ebenfalls, er umarmte sie und sprach: «Schöne, wenn es Euch zusagte, möchte ich Euer Ritter sein, der es Euch nie an Hilfe fehlen lasse.» Und die Jungfrau dankte ihm dafür.

Groß war die Freude, die der König an Perceval dem Walliser hatte, sowie auch die Königin und die Barone, die ihn nach Carlion führen; denn noch am gleichen Abend kehren sie dorthin zurück. Die ganze Nacht feiern sie in großer Freude und ebenso am nächsten Morgen, bis sie am dritten Tage ein Fräulein ankommen sahen, das auf einem falben Maultier ritt und in der Rechten eine Peitsche hielt. Das Fräulein war gesträhnt mit zwei ganz schwarzen wirren Strähnen, und wenn die Worte wahr sind, wie das Buch sie erzählt, so war gewiß nie etwas Häßlicheres ersonnen noch in der Hölle geboren. Niemals sah man so schwarzes Eisen, wie ihre Hände und ihr Hals waren. Jedoch war dies noch das Geringste, verglichen mit der übrigen Häßlichkeit ihres Leibes: ihre Augen waren nur zwei Löcher, so klein wie die Augen einer Ratte. Ihre Nase war die eines Affen oder einer Katze, und ihre Lippen wie von einem Esel oder Ochsen. Ihre Zähne waren so rot wie die Farbe des Eidotters, sie hatte einen Bart wie ein Bock. Mitten auf der Brust hatte sie einen Höcker, am Rücken schien sie krumm verwachsen, und ihre Hüften und Schultern waren überaus fein geformt. Um Tanzschritte zu machen: ein krummer Höcker am Rücken und die Beine verdreht wie zwei Weidenstricke: war sie nicht wohlgestaltet, um beim Tanz zu führen! Das Fräulein reitet auf dem Maultiere bis vor den König. Wahrlich, nie vorher war ein solches Edelfräulein an einen Königshof gekommen. Sie grüßt den König und seine Barone in der Runde, außer Perceval allein, und ruft von ihrem falben Maultier herab: «Ach! Perceval, Fortuna ist kahl von hinten und behaart von vorne. Wehe über den, der dich grüßt, und der dir etwas Gutes wünscht und erbittet.

Denn du hast Fortuna nicht bei dir gehalten, als du sie trafst! Beim Fischerkönig tratest du ein, du hast die blutende Lanze gesehen, und es war dir eine zu große Mühe, den Mund aufzutun und zu sprechen, so daß du nicht fragen konntest, weshalb dieser Blutstropfen aus der blanken Eisenspitze quillt? Und nach dem Gral, den du sahest, fragtest du nicht und erkundetest nicht, welch reichen Mann man damit bediente. O wie unselig ist der, der eine so schöne Zeit sieht, wie sie schöner nicht sein kann, und doch noch wartet, bis eine schönere käme. Das bist du, der Unselige, da du sahest, daß es Zeit und Anlaß war zu sprechen, und du hast geschwiegen! Du hattest so viel Muße dazu! Wehe! Wehe, daß du so lange geschwiegen; denn hättest du die Frage getan, so wäre der reiche König, der so heftig leidet, alsbald genesen von seiner Wunde und hielt sein Land in Frieden, von dem er nun gar nichts mehr besitzen wird. Weißt du, was darob geschehen wird, daß der König sein Land nicht regieren kann und nicht von seinen Wunden genest? Die Frauen werden ihre Gatten verlieren, die Länder werden darob verheert werden, die Jungfrauen werden unberaten und als Waisen verlassen sein, und manche Ritter werden darob sterben. All diese Übel werden durch dich eintreffen.»

Hierauf sprach das Fräulein zum König: «König, ich scheide von hier, möge es Euch nicht kränken; denn ferne von hier muß ich heute nacht noch Herberge nehmen. Ich weiß nicht, ob Ihr vom Schloß Orgelus vernommen habt, dorthin muß ich heute nacht reiten. In dem Schlosse weilen fünfhundertsechzig und sechs edle Ritter. Und wisset wohl, es ist keiner darunter, der nicht seine Freundin bei sich hätte, edle, anmutige und schöne Frauen. Ich gebe Euch deshalb davon Kunde, weil wohl keiner dorthin zieht, ohne Ritterspiel oder Kampf zu finden. Wer Rittertaten tun will, der wird nicht fehlgehen, wenn er sie dort sucht. Will aber einer den Preis der ganzen Welt bekommen, so glaube ich ebenfalls den Ort und das Land zu wissen, wo man ihn am besten erwerben kann – wenn einer wäre, der es zu tun wagte: auf dem Hügel unterhalb des Berges Montesclaire ist eine Jungfrau belagert. Wer die Belagerung aufheben und die Jungfrau befreien könnte, der würde überaus große Ehre davon erwerben, und er bekäme alles Lob und könnte noch dazu das Schwert mit dem seltsamen Gehänge umgürten, wenn ihm Gott so gutes Glück gäbe.»

Hierauf schwieg das Fräulein, nachdem es alles, was ihm zu sagen gefiel, gesprochen hatte, und ritt davon ohne weitere Worte.

Herr Gauwain springt auf und ruft aus, er werde seine Kraft einsetzen, der Jungfrau zu helfen und werde hinziehen. Und Girflet, der Sohn des Do, wiederum versichert, er werde vor das Schloß Orgelus ziehen, so Gott ihm helfe. «Und ich zum Berge Dolereus!» ruft Kahedin, «ich werde ihn ersteigen und nicht einen Augenblick bis zum Ziel rasten.» Perceval wiederum ruft etwas ganz anderes: er werde nicht zwei Nächte Zeit seines Lebens in derselben Herberge schlafen noch Kunde von seltsamen Wegen erfahren, ohne sie zu befahren, noch von einem Ritter, der besser wäre als ein anderer Ritter oder zwei, ohne mit ihm zu kämpfen, bis er erfahren habe, wen man mit dem Grale bediene, bis er die blutende Lanze gefunden habe und ihm die klare Wahrheit gesagt worden sei, warum sie blute. Keine Mühe will er scheuen und nie davon ablassen! Und so erhoben sich ungefähr fünfzig Ritter. Sie versichern und schwören einander, daß sie keine Kunde oder Abenteuer erfahren wollen, ohne sie aufzusuchen, und sei es in noch so gefahrvollem Lande.

DAS BUCH GAUWAIN

1. WIE GAUWAIN AUSZIEHT, UM SICH VON DER ANKLAGE DES MORDES ZU REINIGEN UND NACH TINTAGUEL GELANGT

Während sich alle Ritter rüsteten, die im Saale waren, und sich zur Fahrt bereiteten, tritt Guinganbresil durch die Türe in den Saal und bringt einen goldenen Schild. Auf dem Schilde war ein azurblauer Streifen. Der Streifen füllte ein Drittel des Schildes ganz aus und war schräg durchgezogen. Guinganbresil kannte den König und grüßte ihn, wie es sich geziemte, Gauwain jedoch grüßte er nicht, sondern zieh ihn des Verrats und sprach: «Gauwain, du hast meinen Herrn getötet und erschlagen, ohne ihn zuvor herauszufordern. Dadurch liegt Schande und Vorwurf und Tadel auf dir! Ich zeihe dich des Verrates und alle Barone mögen wissen, daß ich mit keinem Worte gelogen habe.» Bei diesem Worte sprang Herr Gauwain voll Scham auf, und Argewain, der Stolze, sein Bruder, springt hin zu ihm, zieht ihn zurück und spricht zu ihm: «Bei Gott, lieber Herr, schändet nicht Euer Geschlecht! Wegen dieses Tadels und Schimpfes, den dieser Ritter auf Euch wirft, werde ich Euch verteidigen, das verspreche ich Euch.» Er jedoch erwidert: «Bruder, kein Mensch soll mich verteidigen, weil er keinen andern als mich herausfordert. Wenn ich aber gegen den Ritter einen Fehler begangen hätte und ich wüßte es genau, würde ich gerne um Frieden bitten und solche Buße leisten, wie alle meine Freunde und die seinigen es für gut halten müßten. Da er nun diesen Schimpf geäußert, so verteidige ich mich und gebe mein Pfand hier oder dort, wo es ihm gefallen wird.» Jener erwiderte, er werde ihn vor Ablauf von vierzig Tagen vor dem König von Escavalon, der nach seiner Meinung viel schöner als Absalon sei, des gemeinen und schimpflichen Verrates überführen.

– «Und ich», sprach Gauwain, «versichere dir, daß ich dir auf der Stelle folgen werde, und dort werden wir sehen, wer recht hat.»

Alsbald wendet sich Guinganbresil zum Gehen, und Herr Gauwain rüstet sich ohne Verzug, ihm zu folgen. Der eine reichte ihm einen guten Schild, der andere eine gute Lanze, wieder ein anderer einen guten Helm und ein gutes Schwert. Ihm jedoch gefiel es nicht, daß er etwas von anderen mitnehmen sollte, sondern er führt sieben eigene Schildknappen und sieben Streitrosse und zwei Schilde mit. Sobald er vom Hofe geschieden war, erhob sich großes Trauern um ihn, manche Brust ward geschlagen, Haare zerrauft und manches Angesicht zerkratzt; denn es war da keine kluge Frau, die um ihn nicht großen Schmerz zeigte, und große Trauer hegen seinetwegen manch edle Herren und Damen.

Und Herr Gauwain zieht fort. Von den Abenteuern, die er erlebte, werdet ihr mich nun lange erzählen hören. Zuerst sieht er eine Schar von Rittern über die Heide vorbeiziehen und fragt einen Schildknappen, der allein hinterherritt, ein spanisches Pferd zu seiner Rechten führte und einen Schild am Halse trug: «Knappe, sprich, wer sind die, die hier vorüberziehen?» Dieser antwortet: «Herr, das ist Meliant de Liz, ein edler und kühner Ritter.» – «Gehörst du zu ihm?» – «Herr, ich nicht. Mein Herr heißt Traé d'Anet und ist nicht weniger bedeutend als jener.» – «Meiner Treu», entgegnet Herr Gauwain, «Traé d'Anet kenne ich gut. Wohin fährt er? Verheimliche mir nichts!» – «Herr, er zieht zu einem Turnier, das Meliant de Liz gegen Tiebaut von Tintaguel unternommen hat, und Ihr selbst solltet in das Schloß, wie ich meine, um gegen die Belagerer zu kämpfen.» – «Gott!» entgegnet da Herr Gauwain, «wurde denn nicht Meliant de Liz im Hause Tiebauts erzogen?» – «Ja, Herr, so Gott mich schütze! Sein Vater liebte Tiebaut sehr als seinen Vasallen und schätzte ihn so hoch, daß er ihm auf dem Totenbette seinen kleinen Sohn empfahl. Dieser zog ihn auf und hielt ihn so teuer, wie er nur konnte, bis Meliant eine seiner Töchter mit Liebe umwarb und verehrte. Diese versicherte ihm, sie werde ihm nie ihre Liebe gewähren, solange er nicht Ritter sei. Meliant, der gerne Ruhmestaten verrichten wollte, ließ sich unverzüglich zum Ritter schlagen, und dann kam er auf seine Werbung zurück. ‹Bei meinem Glauben›, erwiderte die Jungfrau, ‹dies kann auf keine Weise sein, ehe Ihr nicht vor meinen Augen so viele Rittertaten getan und so oft im Turnier gekämpft habt, bis Ihr meine Liebe verdient habt; denn um nichts erworbene Dinge sind nicht so süß und schmackhaft wie die, die man kaufen muß. Haltet ein Turnier gegen meinen Vater, wenn Ihr meine Liebe gewinnen wollt; denn ich will ganz ohne Zweifel wissen, ob meine Liebe wohl angebracht wäre, wenn ich sie auf Euch setzte.›

«So wie sie ihm vorschlug, hat er das Turnier unternommen, hat doch die Liebe so große Herrschaft über die, die in ihrer Gewalt sind, daß sie nichts abschlagen würden, was man ihnen in Liebe zu befehlen geruhte. Und Ihr, Ihr würdet wohl träge handeln, wenn Ihr Euch nicht ins Schloß begäbet; denn sie bräuchten gar sehr Eure Hilfe.» Und Gauwain antwortete ihm: «Bruder, zieh deines Weges, folge deinem Herrn, und du wirst weise handeln, und schlage dir aus dem Sinn, was du mir geraten hast.» Hierauf schied dieser von ihm. Herr Gauwain reitet seines Weges, bald gelangt er nach Tintaguel, da er nicht anderswo vorüberziehen kann. Tiebaut hat alle seine Verwandten und Vettern aufgeboten und alle seine Nachbarn bestellt, und alle waren erschienen, hoch und niedrige, Jünglinge und ergraute Männer. Tiebaut hatte jedoch keineswegs den Beifall seiner geheimen Ratsversammlung gefunden, daß er mit seinem Herrn turnieren solle, denn sie hatten große Furcht, daß Meliant alle vernichten wolle. So hatte denn Tiebaut alle Eingänge zum Schlosse wohl vermauern und verputzen lassen. Die Tore waren mit hartem Stein und Mörtel kräftig zugebaut, und es gab keinen anderen Zugang als ein kleines Pförtchen, das sie nicht hatten vermauern lassen. Diese Türe war nicht einfach aus Erlenholz, sondern so beschaffen, daß sie lange Zeit halten sollte: sie war aus Kupfer und mit einer Querstange verschlossen. Es war an der Türe eisernes Beschläg, so viel wie ein Karren tragen kann. Herr Gauwain kam hinter seinem ganzen Troß zu dem Tore, denn dort mußte er vorüberziehen oder umkehren. Es gab auf sieben Meilen in der Runde keinen anderen Fahrweg. Als er das Pförtchen verschlossen sah, betrat er am Fuß des Turms einen Anger, der ringsum mit Pfählen eingehegt war. Er stieg unter einer Eiche ab und hängte dort seine Schilde auf.

Dort erblicken ihn die Leute aus dem Schlosse, von denen die meisten sehr betrübt waren, daß das Turnier unterblieben war. Es lebte aber ein alter Vasall in dem Schlosse, der hoch geachtet und weise war, dazu mächtig an Land und Geschlecht; und nichts, was er sagte, wurde in dem Schlosse schlecht aufgenommen, wie immer es am Ende ausging. Dieser nun hatte die Neuangekommenen erblickt, da sie ihm von weitem gezeigt wurden. Sobald sie den umzäunten Anger betreten hatten, begab er sich zu Tiebaut, um mit ihm zu sprechen: «Herr, so Gott mich schütze, mich dünkt, ich habe zwei Ritter von den Genossen des Königs Artus gesehen, die dort einreiten: zwei edle Ritter stehen tüchtig ihren Mann und einer schon siegt im Turnier. Nun würde ich meinerseits ehrlich raten, daß Ihr ganz beruhigt zum Turnier gehet; denn Ihr habt gute Ritter und gute Knappen und gute Bogenschützen, die dem Feind die Pferde töten können. Ich weiß wohl, daß unsere Feinde zum Ritterkampfe vor dieses Tor ziehen werden. Wenn ihr Hochmut sie dazu treibt, werden wir den Gewinn davon haben, und sie den Verlust und Schimpf.»

Auf den Rat, den dieser gab, stellte es Tiebaut allen, die es wollten, anheim, daß sie sich rüsteten und so gewappnet hinauszogen. Nun freuen sich die Ritter, zu den Waffen eilen die Schildknappen und zu den Pferden und legen Sättel auf. Die Edelfrauen und Jungfrauen setzen sich an die höchsten Plätze, um das Ritterspiel zu sehen. Da erblickten sie unter sich auf dem Anger den Troß des Herrn Gauwain und glaubten zuerst, es seien zwei Ritter da, weil sie die beiden Schilde sahen, die an der Eiche hingen. Und es sprachen die Frauen, als sie hinaufgestiegen waren, daß sie sich glücklich schätzen könnten, da sie zwei Ritter sehen würden, die sich vor ihren Augen waffneten.

So mutmaßten die einen, und andere dagegen meinten: «Gott! Lieber

Herr, dieser Ritter hat so viele Rüstungen und so viele Streitrosse, daß zwei genug davon hätten. Wenn er keinen Genossen bei sich hat, was wird er wohl mit zwei Schilden tun? Nie ward ein Ritter erblickt, der zwei Schilde zugleich trug. Darum scheint es mir gar seltsam, wenn dieser Ritter diese beiden Schilde tragen wird, obwohl er allein ist.» Während sie so sprachen, und die Ritter auszogen, da war die ältere Tochter Tiebauts auf den Turm gestiegen, eben die, die das Turnier veranlaßt hatte. Bei der älteren war die jüngere, die sich so anmutig mit Ärmeln schmückte, daß sie die Jungfrau mit den Kleinen Ärmeln genannt wurde, weil sie sich kurz an ihren Armen absetzten. Mit den beiden Töchtern Tiebauts zusammen waren alle Frauen und Jungfrauen auf den Turm gekommen.

Nun sammelte sich das Turnier vor dem Schlosse. Aber keiner war so stattlich wie Meliant de Liz; das bezeugte seine Freundin, die zu den Edelfrauen ringsumher sprach: «Ihr Frauen, niemals schien mir ein Ritter, den ich sah, so schön wie Meliant de Liz; ich weiß nicht, warum ich darob lügen sollte. Ist es nicht ein Trost und eine Wonne, einen so guten Ritter zu erblicken? Der muß wohl zu Pferde sitzen und Lanze und Schild tragen, der sich so stattlich und schön zu halten weiß.» Und ihre Schwester, die neben ihr saß, behauptet, daß noch ein schönerer da sei. Darob erzürnte sich jene heftig und richtete sich auf, um sie zu schlagen. Die Frauen jedoch ziehen sie zurück und halten sie ab und verhindern sie, so daß sie die Schwester nicht traf, jedoch kam ihr dies sehr hart an. Das Kampfspiel beginnt, wobei manche Lanze zersplittert und mancher Schwertstreich getan und mancher Ritter zu Boden geworfen ward. Wisset aber, daß es jedem zu teuer zu stehen kam, der mit Meliant de Liz kämpfte; denn vor seiner Lanze besteht keiner, den er nicht auf den harten Boden wirft, und wenn seine Lanze ihm splittert, so teilt er mächtige Schwertstreiche aus. Er hält sich besser als alle anderen zusammen auf der einen und der anderen Seite. Darüber hat seine Freundin so große Freude, daß sie sich nicht enthalten kann, auszurufen: «Ihr Frauen, sehet die Wunder! Nie habt Ihr seinesgleichen gesehen und nie hörtet Ihr von einem Besseren sprechen. Sehet den besten Junker, den Ihr je mit Euren Augen gesehen! Ist er doch schöner und hält sich besser, als alle, die im Turniere sind.» Und die Kleine spricht dagegen: «Ich sehe einen Schöneren und Besseren, vielleicht, wenn es darauf ankommt!» Da aber stürzt ihre Schwester auf sie zu und ruft zornentbrannt und bissig: «Ha, Dirne! Wie unverschämt warst du, daß du zu deinem Unheil ein Geschöpf zu tadeln wagtest, das ich vorher lobte! Nun nimm diese Schelle, und hüte dich ein anderes Mal.» Hierauf schlägt sie die Schwester, so daß alle ihre Finger in ihrem Angesicht abgezeichnet sind. Und die Frauen, die daneben sitzen, tadeln sie darob heftig und reißen sie weg.

Dann sprechen sie untereinander wiederum von Herrn Gauwain. «Gott!» sagte eines der Fräulein, «was wartet dieser Ritter unter der Eiche, daß er sich nicht waffnet?» Eine andere entgegnet übermütiger als diese: «Gewiß hat er Urfehde geschworen.» Eine andere meint: «Es ist ein Kaufmann, behauptet nur nie mehr, daß er etwas vom Kampfspiel versteht: er führt gewiß alle diese Pferde zum Markt.» – «Eher ist es ein Wechsler», meint die vierte. «Er hat keine Lust, den armen Rittern heute die Habe zu verkaufen, die er mit sich führt. Glaubet nicht, daß ich Euch belüge: es ist nur Geld oder Geschirr in diesen Kisten und Koffern!» – «Wahrlich, Ihr habt doch zu böse Zungen», ruft die Kleine, «und Ihr habt Unrecht. Wähnt Ihr denn, daß ein Kaufmann so derbe Lanzen trägt wie dieser? Wahrlich, Ihr habt mir hier viel Schmerz bereitet, da Ihr solche Teufeleien gesagt habt. Bei dem Glauben, den ich dem Heiligen Geist schulde, er scheint ein besserer Turnierkämpfer als Kaufmann oder Wechsler zu sein. Ein Ritter ist es, und so sieht er wahrlich aus.» Und alle Damen antworten ihr zusammen: «Wenn er dir, schöne Freundin, auch so aussieht, ist er es noch lange nicht, sondern er hat sich so verkleidet, weil er die Abgaben und Zölle umgehen will. Ein Tor ist er und dünkt sich weise, denn auf diese Art wird er als Dieb gefangen, ertappt und gemeinen, dreisten Diebstahls überführt werden. Bald wird er den Strick am Halse spüren.»

Herr Gauwain hört ganz deutlich diese Schmähungen und versteht, was die Frauen über ihn sprechen. Wohl hat er arge Scham und großen Schmerz darüber, jedoch denkt er und hat recht: da man ihn ja des Verrates zeihe, müsse er weiterziehen, um sich davon zu reinigen. Denn, wenn er nicht zu dem Kampfe zöge, wie er es gelobt hatte, so würde er zuerst sich selbst und dann sein ganzes Geschlecht mit Schmach bedecken. Daher mischte er sich nicht in das Turnier, nur weil er fürchtete, er werde gefangen oder verwundet; und doch hatte er große Lust dazu; denn er sieht, wie allezeit das Turnier stärker wird und sich tüchtig entwickelt. Und Meliant de Liz ruft nach kräftigen Lanzen, um besser schlagen zu können. Den ganzen Tag bis zum Anbruch des Abends, ging das Turnier vor dem Tore weiter. Wer einen Gewinn dabei macht, bringt ihn an einen Ort, wo er ihn am sichersten hält. Da erblicken die Damen einen großen und kahlköpfigen Schildknappen, der ein Lanzenstück in der Hand hielt und ein Kopfgeschirr am Halse trug. Eine der Frauen, die vorlaut und dreist war, ruft ihn sofort an und spricht zu ihm: «Herr Schildknappe, so Gott mir helfe, da seid Ihr ein gar ausgemachter Narr, daß Ihr in diesem Gewühl nach solchen Lanzentrümmern und Kopfstücken, nach Strümpfen und Pferdedecken schnappt. Ihr seid mir ein rechter Schildknappe! Wer sich um solchen Plunder kümmert, meint es schlecht mit sich. Hier nahe bei Euch jedoch sehe ich auf jenem Anger, der uns zu Füßen liegt, reiche Habe ohne Wache und Wehr. Ein Tor, wer nicht auf seinen Vorteil denkt, solange er es tun kann! Seht dort den frömmsten Ritter, der je geboren ward! Denn man könnte ihm die Barthaare ausraufen, und er würde sich nicht rühren. Da hättet Ihr keinen schlechten Gewinn, sondern nehmt nur – das wäre ein kluger Streich – alle Pferde und die ganze Habe, und keiner wird es Euch wehren.»

Sofort lief der Knappe auf den Anger, schlug eines der Pferde mit seinem Lanzenstumpf und rief: «Vasall, Ihr seid wohl nicht gesund und munter, daß Ihr hier den ganzen Tag herumlungert und noch nichts getan habt, weder einen Schild zerspalten noch eine Lanze gebrochen?» – «Hinweg mit dir!» entgegnet jener, «was geht es dich an? Vielleicht wirst du es noch erfahren, weshalb es unterbleibt, aber, bei meinem Haupte, jetzt nicht; denn ich möchte mich nicht herablassen, es dir zu sagen. Flieh weg von hier und geh deines Wegs und begib dich an deine Arbeit!» Hierauf entfernt sich dieser, und es fand sich keiner mehr, der danach etwas zu ihm zu sagen wagte, das ihn geärgert hätte. Und das Turnier bricht ab. Mancher Ritter blieb da gefangen und manches Pferd war getötet. Die von draußen hatten den Preis, und die von drinnen gewannen ebenfalls einiges, und beim Abschied versicherten sie einander, sie wollten sich am nächsten Tage wieder auf dem Kampfplatz versammeln und weiter turnieren.

So schieden sie auf die Nacht. Es kehrten alle, die aus dem Schlosse gekommen waren, wieder dorthin zurück. Herr Gauwain schloß sich ihnen an, denn er rückte hinter der Schar mit ein und begegnete vor dem Tore dem Edelmann, dem Vasallen, der seinem Herrn den Rat gegeben, das Turnier zu beginnen. Dieser bat ihn gar freundlich und schön, er möge bei ihm Herberge nehmen und versicherte: «Guter Herr, in diesem Schlosse ist Euch die Herberge schon bereitet. So es Euch gefällt, so verweilet heute; denn, wenn Ihr weiterzöget, würdet Ihr heute keine gute Herberge mehr finden. Deshalb bitte ich Euch, hier zu rasten.» – «Ich danke Euch und werde bleiben, lieber Herr», entgegnet Herr Gauwain, «denn ich hörte schon viel schlimmere Reden.» Der Vasall geleitet ihn zu seiner Herberge, und sie sprechen dabei von diesem und jenem. Er fragte Gauwain, was wohl die Schuld trage, daß er an diesem Tage nicht mit ihnen im Turnier die Waffen gemessen habe. Gauwain enthüllte ihm den ganzen Grund: man habe ihn des Verrates bezichtigt, und er müsse sich hüten, gefangen, verwundet und verstümmelt zu werden, bis er den Tadel, der auf ihm ruhe, von sich abtun könne. Könne er doch alle seine Freunde und sich selbst durch sein Zögern mit Schmach bedecken, wenn er nicht zur rechten Zeit zu dem Kampfe käme, den er eingegangen sei. Der Vasall pries ihn darob und versicherte, er könne ihm nur recht geben. Wenn er deshalb das Turnier unterlassen habe, so sei es von Rechts wegen. So führt ihn der Vasall in sein Haus, und sie steigen ab. Die Leute vom Herrenhofe jedoch fahren fort, ihn hart zu beschuldigen. Sie halten einen großen Rat, wie der Herr ihn gefangennehmen könne. Seine ältere Tochter schürt darum das Feuer, so sehr sie kann, um ihrer Schwester willen, die sie haßt: «Herr», spricht sie, «ich weiß wohl, daß Ihr heute nichts verloren habt, sondern ich glaube, Ihr habt viel mehr gewonnen, als Ihr wißt, und ich will Euch sagen, wieso: Ihr braucht nur noch zu befehlen, daß man jenen Ritter gefangennehme. Denn, der ihn in die Stadt einführte, wird ihn nicht zu verteidigen wagen, da er sich der schlimmsten List und Lüge bedient. Er läßt seine Leute Schilde und Lanzen tragen und Pferde an der Rechten führen. So umgeht er die Abgabe, weil er einem Ritter gleicht. Er macht sich steuerfrei, wenn er zu Markte geht. Nun lohnt ihm nach Verdienst. Er ist bei Garin, dem Sohne Bertas, in der Herberge, da dieser ihn aufgenommen hat. Dorthin ging er, denn ich sah, wie er ihn führte.»

So bemühte sich diese, dem Ritter große Schande zu bereiten. Sogleich steigt der Herr zu Pferde, denn er will selbst hingehen. Er schlägt geradewegs die Straße dorthin ein, wo Herr Gauwain wohnt.

Sowie seine kleine Tochter sieht, daß er so dahinreitet, schlüpft sie durch eine Hinterpforte hinaus und achtet darauf, daß niemand sie sehe, begibt sich aber eilig und geradewegs zu der Herberge des Herrn Gauwain, zu Herrn Garin, Frau Bertas Sohn, der zwei schöne Töchter hatte. Wie nun die Jungfrauen sehen, daß ihre kleine Herrin kommt, müssen sie sich sehr freuen und tun es ohne jede Verstellung. Jede nimmt sie bei der Hand, sie führen sie hinein und bezeugen ihre Freude, küssen ihr Augen und Mund.

Herr Garin jedoch, der weder arm noch geizig war, war wieder zu Pferde gestiegen, und sein Sohn Bertram mit ihm. Beide ritten zu Hofe, wie sie zu tun pflegten, denn sie wollten mit ihrem Herrn sprechen. Sie treffen ihn auf der Straße. Der Vasall begrüßt ihn und fragt, wohin er reite. Er entgegnete, er wolle sich in seinem Hause ein wenig zerstreuen: «Meiner Treu, das soll mir nicht schaden», entgegnete Herr Garin, «noch mißfallen, und Ihr könnt dort den besten Ritter der Welt erblicken.» – «Meiner Treu, seine Gesellschaft suche ich nicht», erwidert der Herr, «sondern ich will ihn gefangennehmen lassen. Er ist ein Kaufmann, er führt Pferde zum Markt und gibt sich als Ritter aus.» – «O weh!» erwidert Garin. «Welch häßliche Rede höre ich Euch tun! Ich bin Euer Mann und Ihr mein Herr. Doch kündige ich Euch hier mein Lehen. Ich mit meinem ganzen Geschlecht fordere Euch hier auf der Stelle heraus, bevor ich dulde, daß Ihr in meiner Herberge etwas so Ungehöriges tut.» – «Ich habe auch nicht im Sinn, solches zu tun», entgegnet der Herr, «so wahr mir Gott helfe, es soll weder Euer Gast noch Eure Herberge etwas anderes als Ehre von mir erfahren, auch deshalb nicht, bei meinem Glauben, weil es mir so dringlich geraten und ans Herz gelegt wurde.» – «Großen Dank!» sprach der Vasall, «und es wird mir eine große Ehre sein, wenn Ihr meinen Gast besuchen wollt.» Sie reiten nun Seite an Seite gemeinsam zur Herberge, wo Herr Gauwain wohnte. So wie Herr Gauwain, der gar fein gebildet war, sie erblickt, erhebt er sich und spricht: «Seid willkommen!» Und sie begrüßen ihn beide und setzen sich neben ihn.

Hierauf fragt ihn der Edelmann, der der Herr des Landes war, weshalb er sich an diesem Tage enthalten und warum er nicht mitgekämpft habe, sobald er zum Turnier gekommen sei. Gauwain bestritt ihm nicht, daß dies für ihn Schimpf und Schande bedeute, jedoch erzählt er ihm ohne Verzug, daß ein Ritter ihn des Verrats geziehen, und daß er unterwegs sei, sich vor einem königlichen Hof davon zu reinigen: «Ihr hattet da ohne Zweifel einen ehrlichen Grund», sprach der Herrr, «doch wo soll dieser Kampf stattfinden?» – «Herr», entgegnet er, «ich muß vor dem König von Escavalon erscheinen und ziehe geradewegs dorthin, glaube ich.» – «Und ich werde Euch Geleite geben, das Euch führen soll», entgegnet der Herr. «Und da Ihr durch äußerst arme Gegenden ziehen müßt, will ich Euch Lebensmittel mitgeben sowie Pferde, die sie tragen können.» Herr Gauwain antwortet, daß er nicht Not habe, sie mitzunehmen, denn, wenn man sie zu kaufen finde, werde er Lebensmittel in Fülle bekommen, und er werde gute

Herberge finden und alles was er brauche, wohin er auch ziehen möge; deshalb begehre er nichts von dem seinigen.

Nach diesen Worten scheidet der Herr von ihm. Beim Abschied sah er von der anderen Seite seine kleine Tochter kommen, die nun Herr Gauwain am Bein umklammert und fleht: «Lieber Herr, höret mich an! Bei Euch Hilfe zu suchen bin ich gekommen, gegen meine Schwester, die mich geschlagen hat; laßt mir Recht geschehen, so es Euch gefällt!» Und Herr Gauwain schweigt, denn er verstand nicht, was sie meinte; er legte ihr jedoch seine Hand aufs Haupt, und das Fräulein zieht ihn an sich und spricht: «Ich sage Euch, lieber Herr, daß ich Euch gegen meine Schwester anrufe, die ich nicht gern habe noch liebe; denn sie hat mir heute Euretwegen große Unbill angetan.» – «Schöne», erwidert er, «was habe ich dabei zu tun? Welches Recht kann ich Euch verschaffen?» Der Edelmann, der schon Abschied genommen hatte, hört, was seine Tochter fordert, und ruft aus: «Tochter, wer befiehlt Euch, herumzugehen und bei den Rittern Hilfe zu suchen?» Und Gauwain spricht: «Lieber guter Herr, ist dies denn Eure Tochter?» – «Ja, aber kümmert Euch nicht um ihr Wort», entgegnete der Herr, «sie ist ein Kind, ein törichtes und unberatenes Wesen.» – «Gewiß», erwidert Herr Gauwain, «ich wäre aber zu schlecht, wenn ich ihr ihren Willen nicht täte. Sagt mir ganz genau, mein süßes, holdes Kind, welches Recht ich Euch gewähren könnte gegen Eure Schwester und auf welche Weise?» – «Herr, tragt morgen, nur morgen, so es Euch gefällt, um meiner Liebe willen die Waffen im Turnier!» – «Sagt mir denn, teure Freundin, habt Ihr jemals einen anderen Ritter in irgendeiner Not um einen Dienst gebeten?» – «Nein, niemals, Herr!» – «Kümmert Euch nicht darum!» rief der Vater, «was sie auch sagen möge, achtet nicht ihrer Torheit!» Herr Gauwain sprach dagegen: «Herr, so Gott mir helfe, sie hat wirklich kindlich gesprochen, das kleine Jungfräulein, und ich will ihr nichts abschlagen, sondern morgen, wenn es ihr gefällt, werde ich kurze Zeit ihr Ritter sein.» – «Dank Euch, lieber teurer Herr!» ruft sie aus, und hat solche Freude darüber, daß sie sich bis zu seinen Füßen verneigt.

Hierauf nehmen sie Abschied, ohne weitere Worte zu sprechen. Der Herr nimmt seine Tochter auf dem Nacken seines Zelters mit und fragt sie, warum sich ein solcher Streit erhoben habe. Sie erzählt ihm die Wahrheit Punkt für Punkt und spricht: «Herr, es grämte mich gar sehr, daß meine Schwester behauptete, Meliant de Liz sei der Beste und der Schönste von allen; und ich hatte doch dort unten auf dem Anger diesen Ritter gesehen und konnte mich nicht enthalten, ihr zu sagen, daß ich einen Schöneren als jenen sehe. Und deshalb nannte mich meine Schwester eine tolle Dirne und zerzauste mir die Haare, und verflucht sei, wem dies gefiele! Meine beiden Haarflechten würde ich mir bis zum Nacken abschneiden lassen, – was mich doch sehr entstellen würde, – um den Preis, daß morgen bei Tag dieser Ritter im Ritterspiel Meliant de Liz zu Boden wirft. Dann wäre es mit dem Geschrei, das mein Fräulein Schwester über ihn erhoben hat, zu Ende! Heute hat sie so das große Wort darüber geführt, daß es alle Frauen ärgert; doch starker Wind legt sich auch nach wenig Regen!» – «Schöne Tochter», spricht der Edelmann, «ich empfehle Euch und stelle Euch anheim, weil es höfisch wäre, daß Ihr ihm irgend ein Liebespfand schickt, entweder einen Ärmel oder einen Schleier.» Das Kind, das gar einfältig war, antwortet: «Gerne, wenn Ihr es sagt; doch sind meine Ärmel so klein, daß ich sie ihm nicht zu schicken wagte. Vielleicht, wenn ich ihm einen schickte, würde er ihn für nichts achten.» – «Tochter, ich will mir das gut überlegen», entgegnet der Vater. «Schweigt nun davon; ich bin ja mit solchen Dingen wohl versehen.»

Unter solchen Worten trägt er sie in seinen Armen fort, und es ist ihm eine rechte Erquickung, daß er sie an seiner Brust im Arme hält, bis er vor seinen Palast kommt. Als nun die andere Tochter sah, wie er herankam und ihre Schwester vor sich hertrug, stieg ihr ein großer Groll im Herzen auf und sie sprach: «Herr, woher kommt meine Schwester, die Jungfrau mit den Kleinen Ärmeln? Weiß sie doch schon viele Streiche und Ränke und hat schon früh damit angefangen; woher bringt Ihr sie denn?» – «Und Ihr», erwidert er, «was wollt Ihr damit? Ihr solltet lieber davon schweigen, denn sie ist viel besser als Ihr, da Ihr dem Mädchen die Haare ausgerauft und es geschlagen habt, was mich sehr bekümmert. Ihr habt nicht höfisch gehandelt.» Da geriet sie ganz außer Fassung, daß ihr Vater ihr diesen Vorwurf gemacht und diesen Schimpf angetan hatte. Er ließ nun aus einer seiner Truhen einen roten Atlas bringen, ließ ihn zuschneiden und einen langen und breiten Ärmel daraus machen. Hierauf berief er seine Tochter und sprach zu ihr: «Kind, nun steht morgen früh auf und geht zu dem Ritter, bevor er aufbricht. In Liebe sollt Ihr ihm diesen Ärmel bringen, und er wird ihn im Turnier tragen, wenn er hingeht.» Und sie antwortet ihrem Vater, sobald sie die helle Morgenröte sehe, werde sie nach seinem Willen erwacht, aufgestanden und angekleidet sein.

Nach diesem Wort scheidet der Vater von ihr, und sie, die so große Freude darüber hatte, bittet alle ihre Genossinnen, sie möchten sie nicht lange am Morgen schlafen lassen, sondern sie rasch aufwecken, sobald sie das Tageslicht sehen, wenn ihnen an ihrer Liebe gelegen sei. Und diese taten es auch gerne; denn sobald sie am frühen Morgen die Dämmerung aufbrechen sahen, ließen sie die Jungfrau aufstehen und sich ankleiden.

Die Jungfrau machte sich früh auf und begab sich ganz allein zu der Herberge des Herrn Gauwain, jedoch kam sie nicht so früh dorthin, daß nicht schon alle aufgestanden und zum Münster gegangen wären, um die Messe zu hören, die man ihnen sang. Das Fräulein verweilte so lange bei dem Vasallen, bis die Ritter lange genug gebetet und gehört hatten, was sich ziemte. Sowie sie aus dem Münster zurückgekommen waren, springt das Jungfräulein Herrn Gauwain entgegen und ruft aus: «Gott schütze Euch und gebe Euch Ehre am heutigen Tage! Nun traget um meiner Liebe willen den Ärmel, den ich hier halte!« – »Mit Freuden!» sprach Herr Gauwain, «und ich danke Euch, Freundin!»

Hierauf säumten die Ritter nicht länger und wappneten sich. In voller Rüstung versammeln sie sich außerhalb der Stadt, und die edlen Fräulein sind wiederum auf die Mauer gestiegen, und ebenso alle Frauen des Schlosses und sahen da die Scharen von starken und kühnen Rittern aneinander geraten. Vor allen anderen ritt Meliant de Liz vor den Reihen in gestrecktem Lauf und ließ seine Genossen wohl zweieinhalb Joch hinter sich. Als die ältere Schwester ihren Freund erblickt, kann sie ihre Zunge nicht beherrschen, sondern ruft aus: «Ihr Frauen, seht hier den kommen, der Preis und Herrlichkeit der Ritterschaft innehat!»

Herr Gauwain macht sich auf, so rasch das Roß ihn tragen kann, gegen den Ritter, der ihn durchaus nicht fürchtet, jedoch bricht sofort des Ritters Lanze in Stücke. Und Herr Gauwain trifft ihn so, daß er ihm großen Harm antut und ihn auf der Stelle zu Boden wirft. Er legt die Hand an sein Roß, ergreift es am Zügel und übergibt es einem Knappen. Er befiehlt ihm, er solle zu der Jungfrau hingehen, für die er im Turnier stehe, und ihr sagen, er schicke ihr den ersten Gewinn, den er an diesem Tage gemacht habe; er wünsche, daß sie ihn behalte. Der Knappe führt das Pferd mit dem ganzen Sattelzeug zu der Jungfrau, die wohl vom Turme aus einem Fenster, wo sie stand, Herrn Meliant de Liz fallen sah. Sie rief aus: «Schwester, nun könnt Ihr dort Herrn Meliant de Liz liegen sehen, den Ihr so laut gepriesen habt. Wer weiß, ob Ihr ihn zu Recht preist: nun kommt zu Tag, was ich gestern sagte, nun sieht man wohl, so Gott mir helfe, daß es einen gibt, der höher steht.»

So reizt sie mit Vorbedacht ihre Schwester, so daß sie ihr fast die Besinnung raubt. Diese antwortet: «Dirne, schweige nun! Denn, wenn ich dich heute noch ein Wort verlauten höre, werde ich dir einen solchen Schlag geben, daß du nicht mehr auf den Füßen stehen kannst!» – «Ach weh, Schwester, sei Gottes eingedenk!» ruft das kleine Fräulein, «weil ich die Wahrheit gesprochen habe, dürft Ihr mich doch nicht schlagen! Meiner Treu, ich sah ihn zu Boden stürzen und Ihr so gut wie ich! Und noch dazu dünkt mich nicht, daß er Kraft hat, sich zu erheben. Und solltet Ihr auch darob platzen, so werde ich es doch allerwegen sagen; denn es gibt keine Frau allhier, die ihn nicht strampeln und ganz platt daliegen sieht.» Darauf hätte ihr die andere wohl gerne einen Schlag versetzt, wenn man es geduldet hätte. Jedoch ließen sie die Frauen, die ringsum saßen, nicht zum

Schlage kommen. Im gleichen Augenblick sahen sie den Knappen kommen, der das Pferd an der Rechten führte. Er sah die Jungfrau an einem Fenster sitzen und übergibt es ihr. Diese sagte ihm mehr als sechzigmale Dank und läßt ihm das Pferd abnehmen. Der Knappe begibt sich zu seinem Herrn, um ihm den Dank zu überbringen, zu seinem Herrn, der Herr und Meister des Turniers zu sein schien. Denn da ist kein noch so stolzer Ritter, den er nicht mit der Lanze bestanden und aus den Steigbügeln gehoben hätte. Noch niemals war er so eifrig darauf aus, Rosse zu gewinnen: vier verschenkte er an diesem Tage, die er mit eigner Hand gewann; das erste schickte er dem kleinen Fräulein. Mit dem zweiten bedenkt er die Frau des Vasallen, womit er ihr große Freude machte. Eine der beiden Töchter des Vasallen empfing das dritte und die andere wiederum das vierte.

Zum zweiten Mal geht das Ritterspiel zu Ende, und sie reiten durch das Tor zurück. Herr Gauwain trägt auf der einen wie auf der anderen Seite den Preis davon, und es war noch nicht einmal Mittag, als er vom Kampfspiel aufbrach. Herr Gauwain hatte bei der Rückkehr eine so große Schar von Rittern bei sich, daß die ganze Straße davon voll war; denn alle, die ihm folgten, wollten wissen und erkunden, wer er sei und aus welchem Lande er komme. Er begegnete dem Jungfräulein gerade an der Tür zu seiner Herberge, und sie tat nichts anderes, sondern faßte nur seinen Steigbügel, begrüßte ihn und sprach: «Fünfmal hundert Dank, lieber, gütigster Herr!» Er wußte wohl, was sie sagen will, und antwortet ihr mit edlem Mut: «Ich müßte schon alt und ganz weiß geworden sein, Freundin, wenn ich davon abließe, Euch zu dienen, wo ich auch sei. Denn ob ich auch noch so fern von Euch sein mag, so will ich doch auf die erste Botschaft hin kommen, sobald ich von Eurer Not erfahre, selbst wenn irgend ein Anliegen mich zurückhält.» – «Großen Dank!» entgegnet das Fräulein.

So sprachen die beiden miteinander, als ihr Vater dazukam und nach Kräften bat, Herr Gauwain möge die Nacht bleiben und bei ihm Herberge nehmen; vorher jedoch fragt und bittet er ihn, er möge ihm seinen Namen nennen, so es ihm gefalle. Herr Gauwain schlug es ab zu verweilen und antwortete ihm: «Herr, Gauwain werde ich genannt. Nie wurde mein Name verheimlicht, wo ich auch darum gefragt wurde, nie jedoch sage ich ihn, wenn ich nicht darum gefragt werde.» Als nun der Herr vernahm, daß er Herr Gauwain war, da war sein Herz voller Freude und er sprach zu ihm: «Herr, bleibet doch und empfanget in dieser Nacht meinen Dienst. Habe ich Euch doch in nichts vorher gedient, und nie in meinem Leben erblickte ich einen Ritter, den ich so sehr ehren möchte, das kann ich Euch schwören.» Er bat ihn gar inständig zu bleiben, und Herr Gauwain schlug ihm jede Bitte ab. Das kleine Fräulein, das weder töricht noch schlecht beraten war, faßt ihn am Fuß, küßt ihn und empfiehlt ihn Gott dem Herrn. Herr Gauwain fragt sie, weshalb sie dies getan habe; sie antwortet ihm, sie habe ihm mit solcher Absicht den Fuß geküßt, daß er ihrer gedenke, wo er auch gehe und stehe. Und er entgegnet ihr: «So Gott mir helfe, schöne Freundin, zweifelt nicht daran! Ich werde Euch nie vergessen, wenn ich nun von hier scheide.

2. WIE GAUWAIN ZU ESCAVALON ANKAM UND WIE ES IHM DA ERGING

Darauf scheidet er davon und nimmt Abschied von seinem Wirt und den anderen Menschen. Alle empfehlen ihn in Gottes Huld. Herr Gauwain verbrachte diese Nacht in einem Klostergut und bekam alles, was er brauchte. Am nächsten Morgen ritt er in aller Frühe seinen Weg dahin, bis er im Vorüberreiten ein Rudel Wild erblickte, das am Rande eines Waldes weidete. Yonet, der eines der Pferde führte, und zwar das beste, und der eine gerade und starke Lanze trug, bekam von ihm den Befehl, er solle anhalten. Er solle ihm die Lanze bringen, sein Roß fester satteln und halten und ihm das Pferd geben, das er an seiner Rechten führe, und sein Reitpferd nehmen und dort warten. Der Knappe zögert nicht, sondern bringt ihm rasch das Pferd und reicht ihm die Lanze. Er wendet sich nun nach den Hirschkühen und beschleicht sie in Drehungen und Wendungen, bis er an einem Dorngestrüpp eine weiße Hirschkuh überraschte und ihr die Lanze quer über den Nacken schlug. Die Hindin springt auf wie ein Hirsch, entkommt ihm, er hinterdrein und jagt sie so lange, bis er sie nahezu eingeholt und erreicht hätte, wenn nicht sein Roß an einem Vorderhuf das Eisen verloren hätte. Da macht sich Herr Gauwain wieder zu seinem Troß auf den Weg, da er fühlt, daß sein Roß unter ihm erschlafft, und das verdrießt ihn allzu sehr. Er weiß jedoch nicht, warum es hinkt. Er meint, es habe sich an einem Wurzelstock den Fuß angestoßen. Alsbald rief er Yonet herbei und befahl ihm abzusteigen und sein Pferd zu untersuchen, da es stark hinke. Dieser tut nach seinem Befehl, hebt dem Roß den Fuß auf und findet, daß ihm ein Eisen fehlt. Er spricht: «Herr, wir müssen es beschlagen lassen, und können nur langsam weiterreiten, bis wir einen Hufschmied finden, der es wieder beschlagen kann.»

Hierauf ritten sie so lange dahin, bis sie Leute aus einem Schlosse kommen sahen, die eine breite Straße daherzogen. Voraus kamen hochgeschürzte Diener, Läufer zu Fuß, die Hunde führten; dann kamen Jäger, die scharfe Spieße trugen. Hinter ihnen folgten Schützen und Diener, die Bogen und Pfeile trugen. Hierauf kamen Ritter. Auf alle Ritter folgten zwei auf Streitrossen, von denen der eine ein Jüngling war, der vor allen anderen durch Schönheit hervorragte. Dieser allein grüßte Herrn Gauwain, faßte ihn an der Hand und sprach: «Herr, ich behalte Euch als meinen Gast. Begebt Euch dorthin, woher ich komme, und steigt in meinem Hause ab; denn heute ist es Zeit und Recht, Euch zu beherbergen, wenn es Euch nicht beschwerlich ist. Ich habe eine gar höfische Schwester, die sich herzlich Eurer freuen wird, und dieser Herr, den Ihr hier an meiner

Seite seht, wird Euch hingeleiten.» Hierauf sprach er weiter: «Geht, mein lieber Begleiter, mit diesem Herrn und geleitet ihn zu meiner Schwester. Entbietet ihr zuerst den Gruß und dann kündet ihr, daß ich bei der Liebe und dem großen Vertrauen, das zwischen ihr und mir sein muß, ihr entbiete, wenn sie je einen Ritter liebte, so möge sie diesen lieben und werthalten und ihm ebenso begegnen wie mir, ihrem Bruder. Sie möge ihm solche Kurzweil und Gesellschaft gewähren, daß es ihm nicht leid sei, bis wir zurückgekommen sind. Dann reitet uns eilig wieder nach, wenn sie ihn freundlich bei sich aufgenommen hat; denn ich will alsbald zurückkehren, so rasch ich nur kann, um ihm Gesellschaft zu leisten.»

Der Ritter nimmt hierauf Abschied und geleitet Herrn Gauwain dorthin, wo ihn alle bis zum Tode hassen. Jedoch ist er dort nicht bekannt, denn er war nie dorthin gekommen, und so glaubt er, er müsse nicht auf der Hut sein. Er betrachtet die Lage des Schlosses, das an einem Meeresarm steht, und er erblickt die Mauer und den Turm so stark, daß es nichts zu fürchten braucht. Er gewahrt hierauf, wie die ganze Stadt mit schönen Menschen bevölkert ist. Da sind Wechslertische, ganz mit Gold und Silber und Münzen bedeckt. Er sieht die Plätze und Straßen ganz voll von guten Arbeitern, die verschiedene Handwerke ausüben, als da sind: der eine macht Helme, der andere Panzerhemden, dieser macht Sättel, jener Wappenschilde, wieder ein anderer Sattelriemen oder Sporen. Die einen polieren die Schwerter, die anderen walken das Tuch, andere weben es. Die einen färben die Tücher, die anderen scheren sie, andere wiederum schmelzen Gold und Silber und schaffen reiche und schöne Werke: Becher, Humpen und Schalen und in Email gearbeitete Kleinodien, Ringe, Gürtel und Schließen. Man konnte glauben und wähnen, es wäre alle Tage Jahrmarkt in der Stadt, da sie so voll von Gütern war, Wachs, Pfeffer und Korn, buntes und graues Pelzwerk und alle anderen Waren.

Indem sie alle diese Dinge betrachten und hie und da sich verweilen, reiten sie immer weiter, bis sie beim Turm waren. Knappen sprangen heraus, die alle Pferde und den übrigen Troß in Empfang nahmen. Der Ritter trat in den Turm ein, allein mit Herrn Gauwain. Er geleitet ihn an der Hand bis in das Gemach der Jungfrau. Dort sprach er zu ihr: «Schöne Freundin, Euer Bruder entbietet Euch Gruß und empfiehlt Euch diesen Herrn, auf daß er geehrt und wohl bedient werde. Ihr möget es nicht wider Willen tun, sondern mit ebenso gutem Herzen, wie wenn Ihr seine Schwester wäret und er Eurer Bruder. Nun seht darauf, daß ihr nicht geizig seiet, nach seinem ganzen Willen zu handeln, sondern seid freigebig, großherzig und freundlich. Bedenkt es nun; denn ich begebe mich hinweg, da ich dem Herrn in den Wald folgen muß.» Die Jungfrau, die große Freude darüber hat, spricht hierauf: «Gesegnet sei, wer mir solche Gesellschaft wie diese zusandte. Wer mir einen so schönen Genossen gewährt, haßt mich nicht, ihm sei Dank! Lieber Herr, nun setzet Euch hier an meine Seite», spricht die Jungfrau weiter; «da ich Euch schön und edel sehe und auch um meines Bruders willen, der mich darum bittet, will ich Euch gute Gesellschaft leisten.»

Alsbald wendet sich der Ritter hinweg und weilt nicht länger bei ihnen. Herr Gauwain bleibt zurück und beklagt sich keineswegs darüber, daß er allein mit der Jungfrau bleibt, die so höfisch und schön war und so fein gebildet, daß sie kaum auf den Gedanken kommt, man könne sie belauern, weil sie mit ihm allein sei. Sie tauschten Worte der Liebe miteinander; denn, wenn sie von anderen Dingen gesprochen hätten, wäre es nur müßiges Gerede gewesen.

Herr Gauwain erbittet ihre Liebe und versichert ihr, daß er sein ganzes Leben lang ihr Ritter sein werde. Sie schlägt es ihm keineswegs ab, sondern gewährt es ihm gerne.

Dieweil sie so saßen, trat ein Vasall dort ein, der ihnen großen Schaden schuf, da er Herrn Gauwain kannte. Er überraschte sie, wie sie Küsse tauschten und große Freude aneinander hatten. Da er diese Freude sah, konnte er seinen Mund nicht stille halten, sondern er schrie mit großer Kraft: «Frau, entehrt seiest du und Gott vernichte dich und mache dich zu schanden! Denn den Mann auf der ganzen Welt, den du am meisten hassen solltest, läßt du so deiner genießen, und er küßt und umhalst dich! Unglückliche und tolle Frau, gut machst du das, was du tun sollst! Denn mit deinen beiden Händen solltest du ihm das Herz aus dem Leibe reißen und nicht mit dem Munde. Da deine Küsse ihn ins Herz treffen, hast du ihm das Herz aus dem Leibe gerissen. Doch besser hättest du getan, wenn du es ihm mit den Händen entrissen hättest, denn so solltest du handeln. Wenn je eine Frau etwas Rechtes tun soll, so ist in der nichts von einer Frau, die das Böse haßt und das Gute liebt: Unrecht hat dann der, der sie Frau nennt. Denn da verliert sie den Namen Frau, wo sie nichts als Gutes liebt. Du jedoch bist eine Frau, das sehe ich wohl; denn der, der hier an deiner Seite sitzt, erschlug deinen Vater, und du gibst ihm Küsse. Wenn nur eine Frau ihre Lust haben kann, so kümmert sie das übrige wenig.» Bei diesem Wort springt er zurück, bevor Herr Gauwain ihm auch nur das geringste Wort erwidern kann. Die Jungfrau jedoch fällt zu Boden und liegt lange Zeit ohnmächtig auf den Fliesen, blaß und farblos von der Furcht, die sie befallen hat. Und Herr Gauwain hebt sie auf. Als sie wieder zu sich gekommen war, rief sie aus: «Ach, nun sind wir vernichtet! Um Euretwillen werde ich hier zu Unrecht sterben und Ihr für mich, glaube ich. Denn bald wird wohl die Gemeinde dieser Stadt hier hereinstürmen. Bald werden ihrer mehr als zehntausend vor diesem Turme zusammengerottet sein. Hier drinnen hat es jedoch Waffen genug, mit denen ich Euch rasch waffnen will. Ein Edelmann könnte dieses Verließ gegen ein ganzes Heer verteidigen.»

Nun eilt sie, die Waffen zu holen, da sie sich keineswegs sicher fühlte. Als sie ihn wohl gerüstet hatte, fürchteten sie sich weniger, sie und Herr Gauwain, jedoch war es ein großes Unglück, daß kein Schild vorhanden war. Er aber machte sich einen Schild aus einem Schachbrett und sprach: «Freundin, ich habe es nicht nötig, daß Ihr mir einen anderen Schild holet.» Hierauf warf er die Schachfiguren zu Boden. Sie waren aus Elfenbein und zehnmal größer als andere, und aus dem härtesten Knochen. Nun, was auch kommen möge, wird er wohl die Pforte und den Eingang zum

Turme halten können; denn er hatte Escalibor, das beste Schwert, das es gab, am Gürtel. Es zerschnitt Eisen wie Holz. Der Vasall, der wieder hinausgelaufen war, hatte eine Versammlung von Nachbarn beieinandersitzen sehen, den Bürgermeister und die Schöffen und eine Menge anderer Bürger, die wohl keinen schlechten Tropfen eingenommen hatten, so dick und feist waren sie. Er kam nun in höchster Eile dorthin gelaufen und schrie: «Auf! Zu den Waffen, Ihr Herren! Laßt uns den Verräter Gauwain fangen, der meinen Herrn erschlug.» – «Wo ist er?» – «Wo ist er?» schreien sie alle durcheinander. «Meiner Treu», ruft er, «ich habe Gauwain, den erwiesenen Verräter, in jenem Turme vorgefunden, wo er in Freuden lebt, unsere Herrin umarmt und küßt, und sie versagt ihm nichts, sie duldet es, sie hat es gern! Nun aber kommt, laßt ihn uns fangen. Wenn wir ihn meinem Herrn übergeben können, werden wir ihm gut zu Dank gedient haben. Der Verräter hat es wohl verdient, daß er mit Schande abgeführt werde. Wir wollen ihn dennoch lebend fangen, denn lieber hätte ihn mein Herr lebend als tot, und er hätte nicht unrecht; denn ein totes Wesen hat nichts zu fürchten. Wiegelt Ihr die ganze Stadt auf und tut Eure Pflicht!»

Alsbald erhob sich der Bürgermeister und alle Schöffen hinterdrein. Da hättet ihr eine zornige Rotte sehen können: die einen greifen zu Äxten und Piken, die anderen packen einen Schild ohne Henkel, der eine Tür, jener eine Worfel. Der Ausrufer ruft den Heerbann auf und versammelt das ganze Volk. Es läutet die Glocke der Gemeinde, damit keiner zurückbleibe. Keiner ist so schlecht daran, daß er nicht eine Mistgabel oder einen Dreschflegel, eine Hacke oder Keule nähme. Nicht einmal in der Lombardei gab es ein solches Getöse, um den Drachen anzugreifen. Keiner war so klein, daß er nicht hinging und irgendeine Waffe trug. Seht, nun wäre wohl Herr Gauwain tot, wenn Gott ihn nicht berät! Das Fräulein schickt sich an, ihm beherzt zu helfen, und sie ruft dem gemeinen Volk entgegen: «Hu, hu!» ruft sie, «Ihr Gesindel, Ihr tollen Hunde, gemeines Pack, welche Teufel haben Euch aufgeboten, was sucht Ihr hier, was ist Euer Begehren?

Möge Gott Euch niemals Freude geben! So Gott mir helfe, den Ritter, der hier drin ist, werdet Ihr nicht wegführen, bevor nicht eine ganze Schar von Euch, so Gott will, tot oder verstümmelt daliegt. Er ist nicht hier hereingeflogen noch auf Schleichwegen angekommen, sondern mein Bruder hat ihn mir als Gast geschickt und bat mich herzlich, ich möge ihn ebenso freundlich behandeln, wie wenn er mein eigener Bruder wäre. Und haltet Ihr mich für so schlecht, wenn ich ihm auf meines Bruders Bitte Gesellschaft, Freude und Kurzweil gewähre? Wer hören will, der höre: nie gab ich ihm aus anderen Gründen Freude und dachte an keine andere Torheit. Deshalb weiß ich Euch schlechten Dank, daß Ihr mir so große Schande antut und vor der Türe meines Gemachs gegen mich Eure Schwerter zückt, und Ihr wißt doch nicht zu sagen, warum! Und wenn Ihr es wißt, so habt Ihr mir keine Kunde davon gegeben, und dieses erregt mir großen Verdruß.»

Während sie so ihrem Groll freien Lauf ließ, zerhieben die Bürger mit Gewalt die Türe mit den Äxten, die sie in der Hand hielten, und hatten sie schon in zwei Hälften gespalten. Der Pförtner jedoch, der drinnen war, verteidigte die Türe gut gegen sie, denn mit dem Schwerte in der Hand zahlte er dem ersten so heim, daß die anderen voller Schrecken waren und keiner mehr vorzudringen wagt. Jeder hütet seine Sache und jeder fürchtet für seinen Kopf. Keiner ist kühn genug vorzudringen und dem Pförtner die Stirn zu bieten. Und so ist keiner da, der Hand anlegt und einen Schritt vorwärts tut. Das Fräulein schleudert voll Zorn die Schachfiguren, die auf dem Estrich lagen, gegen die Menge. Sie hat sich geschürzt und geschnürt und schwört in ihrem Zorn, daß sie alle vernichten lassen werde, so sie nur irgendwie könne, bevor sie stirbt. Aber das Pack ist so verbissen, sie stemmen sich und schreien, sie werden den Turm über ihnen einreißen, wenn sie sich nicht ergeben. Die beiden jedoch verteidigen sich immer besser und besser mit den großen Schachfiguren, die sie gegen sie hinabschleudern. Die meisten fliehen zurück, da sie den Hagel der Geschosse nicht aushalten können. Und dann bearbeiten sie mit stählernen Hacken den Turm, wie um ihn zum Einsturz zu bringen. Denn sie wagen es nicht mehr, die Türe, die so gut gegen sie verteidigt wird, anzugreifen oder zu berennen. Glaubt mir, die Türe war so niedrig und eng, daß zwei Mann nur mit Mühe zusammen eindringen konnten; deshalb konnte ein einzelner Ritter sie gut halten und verteidigen. Um die rohen Angreifer mit den Waffen bis auf die Zähne zu spalten und ihnen die Hirnschale einzuschlagen, konnte man keinen besseren Pförtner dorthin berufen, als den, der da war.

Von all diesem ahnte der Herr nichts, der Gauwain die Herberge angeboten hatte. Er kehrte jedoch so früh er konnte aus dem Walde zurück, wohin er auf die Jagd gegangen war. Währenddessen wühlten die Bürger mit stählernen Hacken den Grund rings um den Turm auf. Da plötzlich erscheint Guinganbresil, der so von ungefähr in großer Hast zum Schlosse kommt und gar gewaltig entsetzt war über das Geschrei und das Hämmern, das er da das gemeine Volk machen hörte. Daß Herr Gauwain im Turme war, war ihm mit keinem Wort bekannt. Sowie er es erfuhr, verbot er, daß irgendeiner, wer es auch sei, sich erdreisten sollte, auch nur einen Stein von der Stelle zu rücken, so er seinen Leib lieb habe. Diese jedoch schrien, daß sie keineswegs seinetwillen davon ablassen würden, sondern, daß sie den Turm auch über seinem eigenen Körper einreißen würden, wenn er mit darin wäre. Da er nun sieht, daß sein Verbot nichts nützt, nimmt er sich vor, dem König entgegenzureiten und ihn zu dem Ort des Aufruhrs zu bringen, den die Bürger begonnen hatten. Und schon kam aus dem Walde der König; er reitet ihm entgegen und berichtet ihm: «Herr, große Schande haben Euch heute Euer Bürgermeister und Eure Schöffen bereitet, die schon seit frühem Morgen Euren Turm angreifen und einreißen. Wenn sie das nicht büßen und entgelten müssen, so will ich Euch schlimmen Dank dafür wissen. Ich hatte Gauwain des Verrates bezichtigt, das wisset Ihr wohl. Und er ist es, den Ihr in Eurem Hause in Herberge genommen habt. Es wäre nur recht und billig, daß ihm nicht Schimpf und Schande widerfährt, da Ihr ihn zu Eurem Gast gemacht habt.» Und der

König entgegnet Guinganbresil: «Meister, er soll auch keine Schande davon haben, sobald wir dorthin gekommen sind. Was ihm zugestoßen ist, tut mir leid und liegt mir schwer auf der Seele. Wenn meine Leute ihn auf den Tod hassen, so darf ich nicht darüber zürnen; jedoch, bei meiner Ehre! davor werde ich ihn schützen, daß man seinen Körper antastet und verwundet; da ich ihn beherbergt habe, werde ich ihn zu meiner Ehre wohl behüten.» So kommen sie bis zu dem Turm und finden die Gemeinde ringsum, die da großes Getöse vollführt. Er heißt den Bürgermeister abziehen und die Gemeinde ihr Werk einstellen. Die Bürger ziehen ab und keiner bleibt zurück, nicht einmal ein einziger, da es dem Bürgermeister so beliebt.

An dem Platze befand sich ein Vasall, der aus der Stadt gebürtig war, und der das ganze Land beriet; denn er hatte gar weisen Sinn. «Herr», sprach er, «nun muß man Euch gut und recht nach bestem Wissen beraten. Es ist nicht zu verwundern, wenn der Ritter, der den Verrat an Eurem Vater beging und ihn tötete, dort drin belagert wurde; denn er wird hier mit Recht bis auf den Tod gehaßt, wie Ihr wohl wißt. Da Ihr ihn aber beherbergt habt, muß ihn dies schützen und geleiten, damit er nicht gefangen werde oder dabei sterbe. Ich möchte nichts Falsches darüber sagen, doch meine ich unverhohlen, daß Guinganbresil, den ich hier stehen sehe, ihn retten und schützen muß, Guinganbresil, der ihn am Hof des Königs Artus des Verrates zieh. Es darf nicht verhehlt werden, daß er an Euren Hof gekommen war, um sich vom Verrat zu reinigen. Ich rate nun, diesen Kampf auf ein Jahr zu verschieben, damit Gauwain auf die Suche nach der Lanze gehe, deren Eisen alle Tage blutet, und kaum gereinigt, hängt schon ein neuer Blutstropfen daran. Entweder verschaffe er Euch diese Lanze, oder er begebe sich in Eure Gnade in ein Gefängnis wie dieses hier. Dann würdet Ihr einen besseren Anlaß haben, ihn in Gefangenschaft zu halten, als Ihr gegenwärtig habt. Und mich dünkt, Ihr würdet ihm keine noch so schwere Buße auferlegen können, die er nicht bewältigen könnte. Man muß den Mann, den man haßt, mit allem Schwersten, das man nur erdenken kann, belasten. Und ich weiß Euch keinen besseren Rat, um Euren Feind zu quälen.»

Der König hält sich an diesen Rat, tritt hierauf in den Turm zu seiner Schwester und fand sie dort in großem Zorn. Sie richtet sich gegen ihn auf, gemeinsam mit Herrn Gauwain, der nicht die Farbe wechselt noch vor der geringsten Furcht, die er haben könnte, erzittert. Guinganbresil tritt vor, begrüßt die Jungfrau, die ganz blaß geworden war, und spricht drei Worte in kurzem: «Herr Gauwain, Herr Gauwain, ich hatte Euch sicheres Geleite gewährt, doch hatte ich Euch gesagt, Ihr dürftet nicht so kühn sein ein Schloß und eine Stadt zu betreten, die mein Herr besitzt, wenn Ihr dies abwenden wolltet. Was man Euch hier angetan hat, darüber brauchen wir jetzt nicht zu verhandeln.» Der weise Vasall ergriff nun das Wort: «Herr, so Gott der Herr mir helfe, dies alles läßt sich noch gutmachen. Wen kann man wohl zur Rechenschaft ziehen, wenn die Bürger ihn angegriffen haben? Kaum vor dem Jüngsten Gericht wäre eine solche Klage zu Ende. Es soll nun nach dem Ratschluß meines Herrn Königs, der hier steht, gemacht werden. Er befiehlt es mir, und ich spreche es aus: möge es weder Euch noch ihn grämen, daß Ihr beide auf ein Jahr diesen Zweikampf verschiebt, und Herr Gauwain frei auszieht. Mein Herr dagegen soll ihm einen heiligen Eid abnehmen: Herr Gauwain soll ihm in Jahresfrist ohne Aufschub die Lanze bringen, deren Eisen Tränen weint von dem hellen Blute, das sie vergießt. Und es steht geschrieben, daß ein Tag kommen wird, da das ganze Königreich Logrien, das einstmals den Ogriern gehörte, durch diese Lanze zerstört werden wird. Darauf will der König, mein Herr, Eid und Treuwort haben.» – «Wahrlich», entgegnet Herr Gauwain, «lieber würde ich mich hier drinnen töten oder sieben Jahre lebendig schmachten lassen, ehe ich darauf einen Eid leiste oder Euch mein Treuwort verpfände. Ich habe nicht vor meinem Tode solche Furcht, daß ich nicht lieber in Ehren den Tod erleiden und erdulden möchte, als in Schande und Meineid leben.»

«Lieber Herr», erwidert der Vasall, «es wird Euch nicht zur Unehre gereichen und, wie mich dünkt, würdet Ihr nicht schlimmer daran sein, in dem Sinne, wie ich es meine: Ihr könntet schwören, daß Ihr aus ganzen Kräften die Lanze suchen werdet; wenn Ihr die Lanze nicht herbeibringt, stellt Ihr Euch wieder in diesem Turme, und dann sollt Ihr Eures Eides ledig sein.» – «So, wie Ihr es nun vorschlagt», entgegnet Gauwain, «bin ich bereit, den Eid zu leisten.» Nun war ein gar kostbares Heiligtum herbeigebracht, und er leistete den Eid, daß er seine ganze Kraft darein setzen werde, die blutende Lanze zu suchen.

So unterläßt man denn den Zweikampf zwischen ihm und Guinganbresil, und er wird auf ein Jahr verschoben. Damit ist nun Gauwain einer großen Gefahr entronnen, als er dessen ledig war. Bevor er nun den Turm verließ, nahm er Abschied von der Jungfrau. Allen seinen Knappen jedoch befahl er, sie sollten in ihre Gebiete zurückkehren und seine Pferde alle mitnehmen außer dem Gringalet. Weinend scheiden die Knappen von ihrem Herrn und ziehen fort. Weitere Worte möchte ich über die Trauer, die sie haben, nicht verlieren. Hier schweigt die Geschichte von Herrn Gauwain und erzählt von Perceval.

FORTSETZUNG DES BUCHES PERCEVAL

17. WIE PERCEVAL ZUM HEILIGEN EINSIEDLER KOMMT

Perceval, so erzählt die Geschichte, hat so sehr das Gedächtnis verloren, daß er sich Gottes nicht mehr erinnert. Fünf Male gingen April und Mai dahin, das sind fünf ganze Jahre, bevor er ein Münster betrat und Gott und sein Kreuz anbetete. So brachte er fünf Jahre zu, doch versäumte er es deshalb nicht, Ritterruhm zu suchen. Er zog umher nach seltsamen, schlimmen und harten Abenteuern, und er fand ihrer so viele, daß er sich überaus gut dabei bewährte. Niemals übernahm er eine schwierige Aufgabe, ohne sie glücklich zu Ende zu bringen. Sechzig tapfere Ritter schickte er in diesen fünf Jahren an den Hof des Königs Artus als Gefangene. So füllte er die fünf Jahre aus, doch Gottes erinnerte er sich nie. Nach Verlauf der fünf Jahre traf es sich von ungefähr, daß er über eine Einöde ritt, mit allen seinen Waffen gewappnet, wie er es gewohnt war. Da begegnete er drei Rittern und wohl zehn Edelfrauen bei ihnen. Sie trugen ihre Häupter in den Kapuzen verborgen und kamen alle zu Fuß, in Bußgewänder gehüllt, einhergeschritten. Da verwunderten sich alle diese Frauen, die zum Heil ihrer Seelen um der Sünde willen, die sie begangen hatten, ihre Buße zu Fuß verrichteten, über den Ritter maßlos, der da in Waffen herankam und Lanze und Schild trug.

Einer der drei Ritter hält ihn an und spricht: «Lieber guter Herr, glaubt Ihr denn nicht an Jesus Christus, der das Neue Gesetz schrieb und den Christen gab? Wahrlich, es ist nicht recht und billig, an dem Tage, da Jesus Christus starb, Waffen zu tragen, sondern es ist ein großes Unrecht.» Und er, der weder ein Maß für Tag noch für Stunde noch für Zeit hatte, so großes Leid trug er in seinem Herzen, antwortet: «Welcher Tag ist denn heute?» – «Welcher Tag, Herr? Das wißt Ihr nicht? Karfreitag ist, der Heilige Tag, an dem man das Kreuz anbeten und seine Sünden beweinen muß. Denn heute wurde der ans Kreuz geschlagen, der um dreißig Silberlinge verkauft wurde. Er, der aller Sünden rein war, sah auf die Sünden, in die die ganze Welt verstrickt und versunken war, und wurde Mensch um unserer Sünde willen. Es ist die Wahrheit, daß er Gott und Mensch war, daß die Jungfrau einen Sohn gebar, den sie vom Heiligen Geist empfing, wo Gott Fleisch und Blut annahm. Es wurde seine Göttlichkeit im Menschenleib verborgen, das ist gewiß, und wer nicht so an ihn glauben wird, wird ihn nie von Angesicht zu Angesicht sehen. Er ward von der Jungfrau-Mutter geboren und nahm mit der Heiligen Göttlichkeit Gestalt und Seele eines Menschen an. An einem Tage wie dem heutigen wurde er in Wahrheit an das Kreuz geschlagen und befreite alle seine Freunde aus der Hölle. Gar heilig war dieser Tod, der die Lebenden erlöste und die Toten vom Tode zum Leben wieder erweckte. Die treulosen Juden, die man wie Hunde töten müßte, taten durch ihren Neid sich selbst viel Böses und uns viel Gutes an, als sie ihn am Kreuze aufrichteten: sich selbst verdarben sie und uns retteten sie. Alle, die an ihn glauben, müssen heute in Buße sein. Heute darf kein Mensch, der an Gott glaubt, Waffen tragen oder ein Kampffeld betreten.» – «Und woher kommt Ihr heute dieser Art?» spricht Perceval. – «Herr, hier aus der Nähe, von einem Guten Manne, einem Heiligen Einsiedler, der in diesem Walde wohnt und nur von dem Ruhme des Himmels zehrt, so heilig, wie er ist.» – «Bei Gott, Ihr Herren, was tatet Ihr dort? Was fragtet Ihr, was suchtet Ihr?» – «Was wir suchten und fragten, Herr?» entgegnete eine der edlen Frauen. «Wir fragten dort um Rat für unsere Sünden und gingen zur Beichte. Damit taten wir das Wichtigste, das ein Christ tun kann, der zu Gott, unserem Herrn, eingehen will.»

Als Perceval dies vernahm, mußte er weinen, und er wünschte, zu dem Heiligen Manne zu gehen, um mit ihm zu sprechen: «Dorthin möchte ich gehen», spricht er, «zu dem Einsiedler, wenn ich nur den Pfad und den Weg finden könnte.» – «Herr, wer dorthin möchte, müßte diesen Pfad ganz geradeaus reiten, den wir gekommen sind, durch diesen dichten und niedrigen Wald, und müßte auf die Zweige achten, die wir mit unseren Händen zusammenknüpften, als wir von dort kamen. Diese Zeichen machten wir, damit keiner auf dem Weg sich verirre, der zum Heiligen Einsiedler gehen möchte.»

Hierauf befehlen sie einander in Gottes Huld und tun keine weitere Frage. Und Perceval betritt den Pfad und seufzt aus tiefstem Herzengrunde, da er sich schuldig fühlte gegen Gott, worüber er heftige Reue empfand. Weinend reitet er durch das Gehölz. Und als er zur Einsiedelei kam, stieg er ab und entwaffnete sich, band sein Pferd an eine Esche und trat bei dem Einsiedler ein. In einer kleinen Kapelle fand er den Einsiedler und einen Priester sowie einen Meßdiener, das ist die Wahrheit, die da den höchsten und schönsten Gottesdienst begannen, der in der heiligen Kirche verrichtet werden kann. Perceval wirft sich auf die Knie, sobald er in die Kapelle eingetreten ist, und der Gute Mann, der ihn so demütig und weinend erblickt, ruft ihn zu sich heran. Bis auf das Kinn tropften ihm die Tränen aus den Augen. Und Perceval, der so voll Angst war, da er sich gegen Gott den Herrn vergangen hatte, umfaßte die Füße des Einsiedlers, neigt sich vor ihm, faltet die Hände und bittet ihn, er möge ihm Rat geben, denn er brauche ihn gar sehr. Der Gute Mann forderte ihn auf, seine Beichte abzulegen; denn er werde keine Vergebung empfangen, wenn er nicht gebeichtet habe.

«Herr», beginnt Perceval, «es sind wohl fünf Jahre, seit ich nicht mehr aus noch ein weiß, Gott nicht liebe noch an ihn glaube; und alles was ich tat, war böse.» – «Ach, lieber Freund!» entgegnet der Edle Mann, «sag mir doch, warum hast du das getan? Nun bitte Gott, er möge sich der Seele seines Sünders erbarmen.» – «Herr, ich war einmal bei dem Fischerkönig und sah die Lanze, deren Eisen immerzu blutet. Und nach diesem Blutstropfen, den ich an der Spitze des blanken Eisens hängen sah, erkundigte ich mich mit keinem Wort. Aber später wurde ich nicht klüger. So weiß ich denn nicht, wen man mit dem Gral bedient, den ich dort erblickte.

Darüber empfand ich späterhin so tiefen Gram, daß ich längst tot sein möchte. Und ich vergaß Gott den Herrn darüber, flehte niemals um sein Erbarmen und tat nichts, weshalb ich jemals Gnade verdiente.»

«Ach, lieber Freund!» erwidert der Edle Mann, «nun sprich und nenne mir deinen Namen.» Und er erwidert ihm: «Perceval, Herr!» Bei diesem Wort seufzt der Edle Mann, der den Namen gut kannte, und spricht: «Bruder, gar sehr hat dir eine Sünde geschadet, von der du gar nichts ahnst: das war der Schmerz, den deine Mutter um dich hatte, als du von ihr fortrittest; denn ohnmächtig fiel sie zu Boden am Brückenkopf vor dem Tore, und an diesem Schmerze ist sie gestorben. So fügte es sich wegen der Sünde, die du damit auf dich geladen hast, daß du nicht nach der Lanze noch nach dem Grale fragtest, und manch andere Übel sind dadurch über dich gekommen. Du hättest auch nicht so lange das Leben ausgehalten, wenn sie nicht bei Gott dem Herrn Fürsprache für dich eingelegt hätte, das wisse wohl! Denn ihr Gebet hatte solche Kraft, daß Gott um ihretwillen dich ansah und vor Tod und Kerker behütete. Die Sünde schnitt dir das Wort auf der Zunge ab, als du die Lanzenspitze, die nie aufhörte zu bluten, vor dir sahst, und du fragtest nicht nach dem Grunde. Als du dich nicht erkundigtest, wen man mit dem Grale bedient, da hattest du ganz irren Sinn. Der, den man damit bedient, ist mein Bruder. Meine Schwester und die seinige war deine Mutter, und ich glaube, der reiche Fischer ist der Sohn jenes Königs, der sich mit dem Gral bedienen läßt. Doch wähne ja nicht, daß er Hecht oder Lamprete oder Lachs bekommt: der Heilige Mann stärkt und erhält sein Leben mit einer einzigen Hostie, die man ihm in diesem Grale bringt. So heilig ist der Gral und der König so geistig, daß seinem Leben nur noch die Hostie nottut, die in dem Grale kommt. Es ist schon fünfzehn Jahre, daß er so liegt und nicht mehr aus dem Gemache kam, in welches du den Gral eintreten sahst. – Nun will ich dir die Buße für deine Sünde auferlegen und geben.» – «Lieber Oheim, so will ich es aus tiefstem Herzen», entgegnet Perceval. «Wenn meine Mutter Eure Schwester war, so müßt Ihr mich mit Recht Neffe nennen und ich Euch Oheim, und wir müssen uns um so mehr lieben. – «So ist es wahr, lieber Neffe! Doch nun höre mich: wenn du Mitleid mit deiner Seele empfindest und tiefe Reue erweckst, so tritt zur Buße vor jedem anderen Ort alltäglich in ein Münster ein, sofern du dazu Gelegenheit hast, und es wird dir zum Segen gereichen. Unterlaß es um keinen Preis! Wenn du an einem Orte bist, wo ein Münster, eine Kapelle oder Pfarrkirche steht, so tritt dort ein, wenn die Glocke läutet, oder schon vorher, sobald du aufgestanden bist. Es wird dich niemals beschweren, sondern es wird deiner Seele zum Heile dienen. Und wenn die Messe begonnen hat, so wird es um so besser für dich sein; dann bleibe dort so lange, bis der Priester alles gesprochen und gesungen hat. So du dies aus freiem Willen tust, so wirst du noch zu Höherem aufsteigen können und Ehre und das Paradies gewinnen. Glaube an Gott, liebe Gott und bete Gott an; ehre den Guten Mann und die Gute Frau! Erhebe dich vor dem Priester, das ist ein Dienst, der wenig Mühe macht, und Gott liebt ihn in Wahrheit, weil er aus Demut kommt. Wenn eine Jungfrau Hilfe von dir verlangt, so hilf ihr, so gut du nur kannst, und ebenso einer Witwe, Edelfrau oder Waise. Dieses Almosen wird stets vollkommen sein: hilf ihnen, und du wirst gut handeln. Gib acht, daß du es um keinen Preis versäumst: all dies will ich, daß du um deiner Sünden willen tust, sofern du alle Gnaden wieder erlangen willst, so, wie du sie zu haben begehrst. Nun sprich und sage mir, willst du es tun?» – «Ja», entgegnet er, «mit festem Willen!» – «Nun bitte ich dich, daß du zwei ganze Tage hier bei mir bleibest und daß du zur Buße die Speise zu dir nehmest, die auch die meinige ist.» Und Perceval gewährt es ihm. Nun lehrt ihn der Einsiedler ein Gebet in das Ohr und prägte es ihm so lange ein, bis er es genau konnte. Und in diesem Gebete waren gar viele Namen unseres Herrn, denn es waren die größten, die ein Menschenmund nicht nennen darf, wenn er sie nicht in Todesangst nennt. Als er ihn das Gebet gelehrt hatte, gebot er ihm, es um keinen Preis zu sprechen, ohne daß er in großer Gefahr wäre. – «Ich will nach Eurem Gebote handeln, Herr», erwiderte Perceval. –

So blieb er dort und hörte den Gottesdienst und empfand tiefe Freude. Nach dem Gottesdienst betete er das Kreuz an, beweinte seine Sünden, bereute heftig und wurde so ganz stille. In dieser Nacht bekam er zu essen, was dem Heiligen Einsiedler gefiel; es gab jedoch nichts als Kräuter: Kerbel, Lattich und Kresse, und Brot war da aus Gerste und Hafer und klares Wasser aus der Quelle. Und sein Roß bekam Heu und eine ganze Schüssel voll Gerste sowie einen Stall, wie es sich gehörte: es wurde versorgt, wie es rechtens war. – So erkannte Perceval wieder, daß Gott am Freitag den Tod erlitten hatte und gekreuzigt wurde. An Ostern empfing Perceval würdig die Heilige Kommunion. Nun erzählt die Geschichte aber von Perceval hier nichts weiter. Von Herrn Gauwein jedoch werdet Ihr noch mehr hören, bevor Ihr wieder etwas von Perceval sagen hört.

FORTSETZUNG DES BUCHES GAUWAIN

3. WIE GAUWAIN EINEN VERWUNDETEN RITTER TRAF

Nachdem Herr Gauwain aus dem Turm entronnen, wo die Gemeinde ihn belagert hatte, ritt er so lange, bis er zwischen der dritten Stunde und Mittag zu einem Bergvorsprung gelangte und eine hohe und große Eiche sah, die so reich belaubt war, daß sie guten Schatten spendete. An der Eiche sah er einen Schild hängen und daneben eine gerade Lanze. Er reitet weiter und weiter auf die Eiche zu, bis er neben ihr einen kleinen norwegischen Zelter stehen sah. Das wunderte ihn gar sehr, denn es ist ganz ungewöhnlich, so dünkt es ihn, daß Waffen und Zelter zusammenstehen. Wäre der Zelter ein Roß gewesen, dann hätte er gedacht, daß irgendein Ritter, der zu seiner Ehre und seinem Preis durch das land fuhr, auf diese Anhöhe geritten wäre. Nun blickt er unter die Eiche und sah dort eine Jungfrau sitzen, die ihm überaus schön vorgekommen wäre, wenn sie Freude und Frohsinn gezeigt hätte. Jedoch hatte sie ihre Finger in ihre Flechten verwickelt, um sich die Haare zu raufen. Sie war ganz in ihre Trauer um einen Ritter versunken, den sie gar häufig auf Stirne, Mund und Augen küßte. Als Herr Gauwain sich näherte, erblickte er den verwundeten Ritter, dem das Gesicht entstellt war, und der eine tiefe Wunde von einem Schwertstreich über das Haupt hatte; auf beiden Seiten strömte ihm das Blut heftig aus den Hüften. Der Ritter war von dem Ungemach, das über ihn gekommen war, so häufig in Ohnmacht gefallen, daß er nun endlich in Ruhe dalag. Als Herr Gauwain dorthin gelangte, wußte er nicht, ob der Ritter lebte oder tot war; so sprach er denn: «Schöne, was denkt Ihr von dem Ritter, den Ihr da haltet?» Sie entgegnete: «Ihr könnt sehen, daß seine Wunden sehr bedenklich sind; denn an der kleinsten von ihnen könnte er sterben.»

Er entgegnete: «Meine liebe Freundin, möge es Euch nicht leid tun, ihn aufzuwecken; denn ich will ihn um Nachricht über die Lage dieses Landes fragen.» – «Herr», antwortet die Jungfrau, «ich möchte ihn nicht aufwecken, sondern mich lieber lebendig in Stücke schneiden lassen; denn keinen Menschen hielt ich so wert und keinen werde ich mehr so lieben, solange ich lebe. Ich wäre wohl töricht und grausam, wenn ich etwas täte, worüber er sich beklagen müßte, da ich sehe, wie ruhig er schläft.» – «Meiner Treu! ich werde ihn wecken, denn ich will es», ruft Herr Gauwain. Hierauf dreht er den Schaft seiner Lanze um und berührt ihn mit dem Ende am Sporen, damit es dem Ritter nicht wehe tue, wenn er ihn weckte; so sanft aber rührte er ihm an den Sporen, daß er ihm kein Leid antat, sondern der Ritter dankte ihm dafür und sprach: «Herr, fünfhundertmal danke ich Euch, daß Ihr mich so sanft berührt und aufgeweckt habt, und dies grämt mich keineswegs. Um Euretwillen aber bitte ich Euch, daß Ihr hier nicht weiterziehet, denn Ihr würdet überaus töricht handeln. Bleibt zurück und glaubt meinem Rat.» – «Zurückbleiben? Herr, warum sollte ich das tun?» – «Ich will es Euch sagen, meiner Treu», entgegnet jener, «da Ihr es hören wollt: niemals kam ein Ritter, der dorthin ging, davon, weder auf dem Feld noch auf der Straße; denn dies ist die Grenze von Galvoien. Das ist ein böses Land mit heimtückischen Bewohnern. Kein Ritter kommt hier durch, könnte jemals zurückkehren, und keiner ist je zurückgekommen außer mir, jedoch so schlimm zugerichtet bin ich, daß ich nicht eine Nacht länger leben werde, wie mich dünkt. Denn ich traf dort einen edlen, tapferen, starken und wilden Ritter. Ich begegnete niemals einem so kühnen Kämpfer und nie erprobte ich meine Kraft an einem solchen. Deshalb rate ich Euch gut, Ihr möchtet lieber umkehren als von dieser Anhöhe hinabreiten.»

«Wahrlich», sprach Herr Gauwain darauf, «solche Umkehr wäre schmählich und ich kam nicht hierher, um umzukehren. Man müßte es mir als eine zu große Feigheit auslegen, wenn ich von hier umkehrte, da ich schon einmal den Weg eingeschlagen habe. Ich werde also so lange weiterreiten, bis ich weiß und sehe, weshalb keiner von dort zurückkehren kann.» – «Ich sehe wohl, daß Ihr es tun müßt», antwortete der schwerverletzte Ritter, «Ihr werdet hingehen, denn Ihr wollt Euren Ruhm vermehren und erhöhen. Doch, wenn es Euch nicht grämt, so möchte ich Euch gerne bitten, wenn Gott Euch die Ehre dieser Tat gewährt, die noch nie ein Ritter bestand und die, glaube ich, keiner bestehen kann, weder Ihr noch ein anderer, so möget Ihr hierher zurückkehren und um eurer Barmherzigkeit willen nachsehen, ob ich lebe oder tot bin, ob es mir besser oder schlechter ergeht. Bin ich tot, so bitte ich Euch aus Nächstenliebe und bei der Heiligen Dreifaltigkeit, daß Ihr Euch dieser Jungfrau annehmet, damit ihr weder Schande noch Unehre erwachse. Dies möge Euch deshalb gefallen, weil Gott niemals eine freiere und gütigere, eine höfischere und gebildetere Frau erschuf. Nun sehe ich wohl, daß sie um meinetwillen in Betrübnis gefallen ist, und sie hat nicht Unrecht, denn sie sieht mich dem Tode nahe.»

Herr Gauwain verspricht ihm, wenn ihn nicht ein schweres Hindernis zurückhalte, sei es Gefängnis oder andere Not, wolle er zurückkommen und der Jungfrau mit so gutem Rat zur Seite stehen, wie er könne.

Mit diesem Wort verläßt er die beiden und reitet seines Weges weiter, immerzu weiter durch Feld und Wald, bis er eine überaus starke Burg erblickte, die nach einer Seite einen großen Seehafen mit einer Flotte hatte. Es war die Burg, die so edel dastand, fast so viel wert wie ganz Pavia. Nach der anderen Seite lag der Weingarten und ein schön gelegener, großer und prächtiger Wald. Darunter lag der große Strom, der die Mauern rings umspülte und seinen Lauf bis zum Meere hinab nahm. So waren Schloß und Burg ringsum fest umschlossen. Herr Gauwain ritt über eine Brücke in das Schloß ein und als er hinaufgekommen war mitten in die Burg, da fand er auf einem Anger unter einer Ulme eine Jungfrau ganz alleine sitzen, die ihr Angesicht und ihren Hals, der weißer als Schnee war, in einem Spiegel betrachtete. Aus einem schmalen Goldbrokatstreifen trug sie ein Krönlein um den Kopf. Herr Gauwain spornt sein Roß in scharfem Paß bis zu der Jungfrau, so daß diese ihm zuruft: «Sachte, sachte, Herr, haltet Maß! weshalb kommt Ihr so toll herangeritten? Nicht ziemt es Euch, so zu hasten und Euren Paßgang zu übertreiben! Töricht ist, wer sich umsonst anstrengt.» – «Seid von Gott gesegnet, Jungfrau!» erwidert Herr Gauwain; «nun sagt an, schöne Freundin, woran habt Ihr gedacht, da Ihr mir so rasch ins Gedächtnis riefet, Maß zu halten, und wußtet nicht warum?» – «Wohl weiß ich es, Herr Ritter, bei meiner Treue, ich weiß wohl, woran Ihr denkt.» – «Woran denn?» fragte er. – «Ihr wollt mich ergreifen und auf dem Halse Eures Pferdes zu Tale tragen.» – «Ihr habt die Wahrheit gesprochen, Fräulein.» – «Ich wußte es wohl», entgegnet sie, «und verflucht sei, wer solches dachte! Hüte du dich, daran zu denken, mich auf dein Roß zu setzen. Ich gehöre nicht zu den tollen Dirnen, mit denen die Ritter spielen und die sie auf den Pferden dahintragen, wenn sie auf Rittertaten ausziehen. Mich aber wirst du nicht wegtragen. Und doch, wenn du es wagtest, könntest du mich wegführen. Wenn du dir die Mühe machen wolltest hinzugehen und mir aus jenem Garten meinen Zelter zu holen, so würde ich so lange mit dir wandern, bis dir Unglück und unsägliche Not und Schmerz und Schande und Unheil in meiner Gesellschaft begegnet sind.» – «Und würde es, schöne Freundin, noch etwas anderes als Mut kosten, ihn zu holen?» entgegnet er. «Meines Wissens nicht, Vasall», erwidert das Fräulein. – «Nun, Fräulein, wo wird mein Pferd bleiben, wenn ich dort hineingehe? Denn es könnte nicht über jene Planke laufen, die ich dort erblicke.» – «Wahrlich nein, Herr Ritter! Übergebe es mir und geht Ihr zu Fuß hinüber. Das Pferd will ich Euch hüten, solange ich es halten kann. Aber sputet Euch zurückzukommen, denn ich könnte nichts dafür, wenn es nicht stille hielt oder mit Gewalt mir geraubt würde, bevor Ihr zurückgekommen seid.» – «Ihr habt recht gesprochen», entgegnet er. «So man es Euch raubt, sollt Ihr ledig aller Schuld sein, und wenn es Euch entläuft, ebenfalls, denn Ihr werdet mich kein Wort weiter darüber verlieren hören.»

So übergibt er ihr das Pferd und geht hinweg, denkt aber bei sich, er werde alle seine Waffen mitnehmen, denn, wenn er in dem Obstgarten einen findet, der ihm verbieten und ihn verhindern wolle, den Zelter mitzunehmen, so werde er ihn doch trotz Kampf und Getümmel fortbringen.

Bald hat er die Planke überschritten und findet eine Menge Menschen versammelt, die ihn mit großer Verwunderung betrachten und ausrufen: «Alle Teufel mögen dich brennen, Jungfrau, die du so Böses getan hast! Deinem Leibe möge es schlecht ergehen! Denn niemals hieltest du einen Edelmann wert, manchem Edelmann hast du das Haupt abschlagen lassen, und große Trauer herrscht darob. Ritter, der du den Zelter wegführen willst, ist dir denn nicht das Unheil bekannt, das dir zustoßen wird, wenn du ihn mit einer Hand berührst? Ach, Ritter, warum näherst du dich ihm? Denn du würdest wahrlich nicht näherkommen, wenn du wüßtest, welch große Schmach, welch großes Unheil und welche Mühen dich erwarten, so du ihn wegführst.»

So sprachen alle Männer und Frauen, da sie Herrn Gauwain warnen wollten, er solle nicht zum Zelter hingehen, sondern umkehren. Und er hörte und versteht sie gar wohl und will es darob doch nicht lassen, sondern geht vorüber und grüßt die Gruppen, und es erwidern alle Männer und Frauen seinen Gruß, wobei ihm scheint, als seien sie alle zusammen in großer Angst und Not. Herr Gauwain wendet sich nach dem Zelter und streckt die Hand aus und will ihn am Zügel fassen, denn es fehlen weder Zügel noch Sattel. Da saß jedoch ein starker Ritter unter einem grünenden Ölbaum und rief: «Herr Ritter, umsonst bist du wegen des Zelters gekommen. Rühre ihn mit keinem Finger an, sonst würde man es dir als große Anmaßung auslegen; doch will ich es dir nicht versagen noch verbieten, wenn du so eifrig im Sinne hast, ihn zu nehmen, nur rate ich dir, lieber fortzugehen, sonst wenn du ihn anderswohin bringst, wird dir zu viel Widerstand dabei erwachsen.» – «Deshalb werde ich nicht von ihm ablassen, guter Herr», entgegnet Herr Gauwain, «denn die Jungfrau, die sich unter jener Ulme spiegelt, schickt mich her, und wenn ich ihn ihr nicht brächte, wozu wäre ich dann hergekommen? Ich würde überall auf der Erde als Meineidiger und Wortbrüchiger beschimpft.» – «Und dennoch wirst du darob verunglimpft werden, lieber Bruder», entgegnet der große Ritter; «denn, bei Gott, dem höchsten Vater, dem ich meine Seele übergeben möchte, niemals sah ich einen Ritter das Pferd holen, so wie du es wegführen willst, dem nicht viel Unheil daraus erwuchs und dem nicht das Haupt abgeschlagen worden wäre. So fürchte ich, werde es auch dir übel bekommen. Wenn ich es dir verwehrt habe, so habe ich nichts Böses damit gemeint; denn wenn du willst, kannst du den Zelter wegführen. Du wirst es doch nicht unterlassen, weder um meinetwillen noch um irgendeines Menschen willen, den du hier siehst. Du wirst aber schlimme Wege fahren, wenn du ihn hier hinauszuführen wagst. Ich rate dir nicht, dies zu unternehmen, denn du würdest dein Haupt dabei verlieren.»

Nach diesen Worten hält sich Herr Gauwain nicht einen Augenblick länger auf, sondern läßt den Zelter, dessen Kopf auf der einen Seite schwarz und auf der anderen Seite weiß war, vor sich her die Planke überschreiten. Er stellt sich sehr geschickt dabei an, hatte er sie doch schon oft überschritten, und er war gar gut gezogen und gelehrig dabei. Herr Gauwain faßt ihn am seidenen Zügel und schreitet geradewegs zu der Ulme, wo die Jungfrau sich spiegelte. Sie hatte ihren Mantel abgelegt und ihren Brustschleier zu Boden fallen lassen, damit man ihr Angesicht und ihren Körper nach Belieben sehen könne. Und Herr Gauwain führt ihr den Zelter ganz gesattelt zu und spricht: «Nun kommt herbei, Jungfrau, ich will Euch aufsteigen helfen.» – «Das lasse dir bei Gott nicht einfallen», entgegnet die Jungfrau, «daß du mich in deine Arme nehmest, wo du auch seiest! Wenn du etwas, was an mir ist, mit deiner bloßen Hand gehalten oder betastet oder gefühlt hättest, würde ich mich für entehrt halten. Denn es würde mir schlimm ergehen, wenn erzählt und bekannt würde, daß du meinen Leib berührt hast. Möchte ich doch lieber, das sage ich kühn, Haut und Fleisch bis auf die Knochen wegschneiden lassen. Laß mir nur gleich den Zelter stehn, denn ich werde wohl aufsteigen können und begehre deine Hilfe nicht. Gott gewähre mir noch heute, dich so zu sehen, wie ich wünsche. Bis zum Einbruch der Nacht soll mich das freuen, und wohin du auch gehen mögest, sollst du weder meinen Körper noch meine Kleider im geringsten berühren. Ich will allezeit hinter dir herziehen, bis dir durch mich das große Ungemach in Schande und argem Abenteuer zugestoßen sein wird. Bin ich doch dessen ganz sicher, daß ich dich zugrunde richten lassen werde, und ebenso wenig wie dem Tode kannst du dem entrinnen.»

Herr Gauwain vernimmt jedes Wort, das die hochmütige Jungfrau ihm sagt und erwidert nicht ein Wort darauf, sondern übergibt ihr den Zelter, und sie überläßt ihm sein Pferd. Herr Gauwain beugt sich nieder, da er ihren Mantel von der Erde aufheben will, um ihn ihr umzuhängen. Das Fräulein schaut ihn an und ist nicht faul noch feige, den Ritter zu schmähen.

«Vasall!» ruft sie aus, «was gehen dich mein Mantel und mein Schleier an? Bei Gott, ich bin nicht halb so dumm, wie du wähnst. Wahrhaftig, ich habe kein Begehren, daß du dich unterfangest, mir zu dienen. Denn deine Hände sind nicht rein genug, um mir etwas zu reichen, was ich anziehe oder um mein Haupt lege. Darfst du etwas anfassen, das meine Augen, meinen Mund oder meine Stirne berührt? Möge Gott mir keine Ehre geben, wenn ich irgendwie Lust habe, deinen Dienst hinzunehmen.»

Hierauf steigt die Jungfrau auf, knüpft sich den Schleier, hängt sich den Mantel um und herrscht ihn an: «Ritter, nun geht, wohin Ihr wollt! Ich werde Euch allerwegen nachreiten, bis ich Euch durch mich mit Schande bedeckt sehe, und das wird noch heute geschehen, so es Gott gefällt.» Und Herr Gauwain schweigt und erwidert ihr kein Wort. Ganz beschämt steigt er zu Pferde, sie reiten dahin und er wendet sich mit gesenktem Haupte nach der Eiche, wo er die Jungfrau und den Ritter verlassen hatte, der seiner Wunden wegen gar sehr eines Arztes bedurft hätte.

5. WIE GAUWAIN VON DEM VERWUNDETEN RITTER BETROGEN WURDE

Herr Gauwain verstand mehr als andere das Heilen von Wunden. Er erblickt ein Kraut an einer Hecke, das überaus gut war, den Schmerz von einer Wunde zu nehmen, und er geht hin, um es zu pflücken. Er pflückt das Kraut und reitet weiter, bis er die Jungfrau in ihrer Trauer unter der Eiche sitzen sah. Sie rief ihm zu, sobald sie ihn erblickte: «Lieber guter Herr, nun glaube ich, daß dieser Ritter tot ist, denn er hört und versteht kein Wort mehr.» Herr Gauwain steigt ab und findet, daß des Ritters Puls noch ganz kräftig klopfte, und Mund und Wangen waren nicht zu kalt. «Dieser Ritter», spricht er, «lebt noch, Jungfrau, seid dessen ganz gewiß; denn sein Puls und sein Atem sind gut. Und wenn er nicht eine tödliche Wunde hat, so bringe ich hier ein Kraut, das, glaube ich, ihm helfen und den Schmerz von seinen Wunden nehmen wird, sobald er es verspürt hat; denn man kann kein besseres Kraut auf eine Wunde legen, so spricht das Buch, das bezeugt, daß dieses Kraut solche Kraft hat, um einen kranken Baum zu heilen, der noch nicht ganz verdorrt ist; wenn man es auf die Rinde legt, könnte die Wurzel wieder Kraft bekommen und der Baum käme wieder zum Grünen und Blühen. Mein Fräulein, euer Freund würde nicht sterben müssen, wenn man ihm dieses Kraut auf die Wunden legte und einen guten Verband anbrächte. Jedoch bräuchte ich ein feines Kopftuch, um einen Verband zu machen.» – «Da will ich Euch sogleich», entgegnet die Jungfrau, «das Tuch von meinem Kopfe geben, denn ein anderes habe ich nicht hier.» Sie nimmt das Tuch ab, das ganz fein und weiß war, und Herr Gauwain zerschneidet es, wie er es brauchte und verband mit dem Kraute alle Wunden. Die Jungfrau hilft ihm, so gut sie es versteht und vermag.

Herr Gauwain geht nicht von der Stelle, bis der Ritter seufzt und spricht: «Gott lohne dem, der mir das Wort zurückgegeben hat! Denn ich hatte große Furcht, ohne Beichte zu sterben. Es waren bereits die Teufel im langen Zug gekommen, meine Seele zu holen. Bevor mein Leib der Erde übergeben wird, möchte ich gerne zur Beichte gehen. Ich weiß einen Kaplan hier in der Nähe; wenn ich ein Reittier hätte, könnte ich hinreiten, ihm meine Sünden in der Beichte bekennen und die Kommunion empfangen. Dann würde ich den Tod nicht mehr fürchten, wenn ich die Kommunion empfangen und meine Beichte gesprochen hätte. Nun aber tut mir einen Dienst, wenn es Euch nicht verdrießt: verschafft mir den Klepper jenes Knappen, der dort herantrabt.» Sowie Herr Gauwain dies vernimmt, wendet er sich und sieht einen abscheulich häßlichen Knappen herankommen. Wie sah der wohl aus? Das will ich euch berichten: seine Haare waren grau und rot gemischt, steif und gesträubt wie die Borsten eines Wildschweines, und seine Augenbrauen waren ebenso, denn sie verdeckten ihm das ganze Gesicht und die Nase bis zum Schnurrbart, der ganz verzwirbelt und lange war. Sein Mund war breit gespalten, sein Bart groß und derb, gegabelt wie ein Ziegenbart und geringelt, sein Nakken kurz und die Brust hoch gewölbt.

Herr Gauwain läuft eilfertig ihm entgegen, um zu erfahren, ob er den Klepper haben könne. Vorher jedoch spricht er zu dem Ritter: «Herr, so Gott mir helfe, ich weiß nicht, wer dieser Knappe ist. Lieber möchte ich Euch sieben Streitrosse schenken, wenn ich sie hier zu meiner Rechten hätte, als seinen Klepper, wer es auch sei.» – «Herr», erwidert der Ritter, «wisset nur, daß er nichts anderes sucht als Euer Unheil, so er es vermag.» Und Herr Gauwain bewegt sich gegen den Knappen, der daherkam, und fragt ihn, wohin er gehe. Dieser antwortet ihm unwirsch: «Vasall, was geht es dich an, wohin ich gehe und woher ich komme und welchen Weg ich einschlage? Schlecht soll es deinem Leib ergehen!» – Herr Gauwain lohnt ihm mit Recht nach Verdienst, denn er schlägt ihn mit der offenen Hand; da sein Arm gewappnet ist, trifft er ihn in seinem Grimm mit solcher Gewalt, daß der Knecht stürzt und den Sattel räumt. Und wie dieser aufstehen will, schwankt er, fällt wieder nieder und wird ungelogen wohl siebenmal oder noch öfter an der Erde ohnmächtig. Als er sich schließlich wieder erhoben hatte, schrie er: «Vasall, Ihr habt mich geschlagen!» – «Wahrhaftig», entgegnet Gauwain, «geschlagen habe ich dich, doch habe ich dich kaum verletzt, und es tut mir immerhin leid, daß ich dich geschlagen habe, so Gott mich ansehe. Aber deine Worte waren zu unverschämt.» – «Und ich werde nicht säumen, Euch zu sagen, welchen Lohn Ihr davon haben sollt: Ihr sollt die Hand und den Arm verlieren, mit denen Ihr mir den Schlag versetzt habt, und es soll Euch nie verziehen sein.»

Während all dies geschah, kam dem verwundeten Ritter die Herzkraft wieder, die ihm so schwach gewesen war, und er sprach zu Herrn Gauwain: «Laßt ab von diesem Knappen, lieber Herr! Denn Ihr würdet ihn nichts sagen hören, wovon Ihr Ehre haben könnt. Laßt ihn in Ruhe und Ihr werdet weise handeln. Führt mir jedoch seinen Klepper herbei und nehmt Euch dieser Jungfrau an, die Ihr hier an meiner Seite seht, gürtet ihren Zelter fester und helft ihr beim Aufsteigen; denn ich gedenke nicht länger hier zu weilen, sondern werde, wenn ich es nur kann, den Klepper besteigen und einen Ort aufsuchen, wo ich zur Beichte gehen kann. Ich will nicht eher ruhen, bis ich die Ölung empfangen, gebeichtet und kommuniziert habe.» Nun greift Herr Gauwain unverzüglich nach dem Klepper und übergibt ihn dem Ritter, dessen Blick wieder hell und klar geworden war. Da blickte er Herrn Gauwain zum ersten Mal richtig an und erkannte ihn erst jetzt. Herr Gauwain nahm das Fräulein und setzte es sanft und höflich auf den norwegischen Zelter.

Während er damit beschäftigt war, nahm der Ritter Gauwains Pferd, stieg auf und begann, es hin und her zu tummeln. Und Herr Gauwain sieht, wie er auf der Anhöhe hin- und hergaloppiert, wundert sich und lacht darüber, und lachend ruft er ihm zu: «Herr Ritter, meiner Treu, was für eine große Torheit sehe ich da, wie Ihr mein Pferd tummelt. Steigt ab und gebt es mir zurück, denn es könnte Euch schädigen und Eure Wunden wieder zum Aufbrechen bringen.» Jener ruft ihm entgegen: «Gauwain, schweig davon und nimm den Klepper und sei vernünftig, denn das Pferd hast du verspielt: mir zum Nutzen habe ich es zugeritten und will es als mein Eigentum mitnehmen.» – «Weh! Ich kam hierher zu deinem Heil, und du solltest mir Böses zufügen! Nimm mein Pferd nicht fort, das wäre doch Verrat!» – «Gauwain, auf so schmachvolle Weise möchte ich das Herz aus deinem Leibe in meinen beiden Händen halten, was mir auch darob geschehen möge!» – «Was höre ich?» spricht da Herr Gauwain, «ein Sprichwort, das besagt: ‹Undank ist der Welt Lohn›. Nun möchte ich doch gerne wissen, weshalb du mir das Herz ausreißen möchtest und mir mein Pferd raubst? Wollte ich dir doch nichts Böses tun, noch tat ich dir etwas in meinem ganzen Leben an. Das glaube ich nicht um dich verdient zu haben, denn nie vorher erblickte ich dich meines Wissens.» – «Doch, Gauwain, du hast mich gesehen, an einem Orte, wo du mir große

Schmach angetan hast. Erinnerst du dich nicht des Ritters, dem du so großen Schimpf zufügtest, daß er zu seinem Ekel einen Monat lang mit den Hunden essen mußte, und noch dazu waren ihm beide Hände auf den Rücken gebunden? Wisse, das war eine große Dummheit von dir, denn nun hast du den großen Schimpf davon.» – «Bist du denn jener Greoreas, der das Fräulein mit Gewalt zwang und schändete? Und doch wußtest du damals, daß im Gebiet des Königs Artus die Jungfrauen in Sicherheit sind. Der König hat ihnen Gottesfrieden gewährt, er geleitet sie und führt sie, und deshalb kann ich nicht glauben, daß du mich wegen dieses Vergehens hassen, noch wegen jener Unbill mir dies antun darfst, denn ich tat es nach der wahren Gerechtigkeit, die im ganzen Lande des Königs besteht und eingesetzt ist.» – «Gauwain, die Gerechtigkeit hast du an mir geübt, das habe ich mir wohl gemerkt, und deshalb ist es dir recht und billig, heute zu leiden, was ich dir antun kann: und den Gringalet werde ich mitnehmen! Weiter kann ich mich jetzt nicht rächen. Du mußt ihn mit dem KLepper vertauschen, von dem du den Knappen abgeworfen hast, einen anderen Tausch wirst du wohl kaum bekommen!»

Hierauf läßt ihn Greoreas stehen und sprengt hinter seiner Freundin drein, die in schnellem Paß fortgeritten war. Er folgt ihr in großer Eile. Da lacht die tückische Jungfrau und spricht zu Herrn Gauwain: «Vasall, Vasall, was wollt Ihr tun? Nun wird man mit Fug und Recht sagen können: die Dummen sterben niemals aus! Wohl weiß ich, daß es Unrecht von mir ist, Euch zu folgen, so Gott mich behüte; doch sollt Ihr nirgends hingehen können, wohin ich euch nicht gerne folge. O wäre doch dieser Klepper, den Ihr dem Knappen geraubt habt, eine Stute, das wäre mir recht, das wisset wohl, damit Ihr um so mehr Schande davon habt.« Hierauf besteigt Herr Gauwain den zottelnden, dummen Klepper, da er nichts Besseres tun konnte. Ein gar häßliches Tier hatte er an dem Klepper: dünn war sein Schädel, die Ohren lang und schlapp, und vor Altersschwäche ragten ihm alle Zähne so aus dem Maul, daß um zwei Finger breit eine Lippe die andere nicht berühte; die Augen waren trüb und dunkel, die Füße grindig, die Rippen hart und ganz zerhackt von Sporen. Der Klepper war dürr und lang, mit magerem Kreuz und die Wirbelsäule langgestreckt. Zaum und Kopfstück des Zügels bestand aus einem Strick. Der Sattel war ohne Dekke, denn er war schon lange nicht mehr neu. Die Steigbügel findet er so kurz und schwach, daß er die Füße nicht mehr hineinzusetzen wagt. «Ha, wahrlich! Nun geht die Sache gut!» ruft die hochmütige Jungfrau, «nun bin ich im Herzen froh und heiter, daß ich mit Euch ziehen darf, wohin Ihr wollt! Nun ist es recht und billig, daß ich Euch folge, freiwillig und gerne wohl acht Tage oder ganze vierzehn oder selbst drei Wochen, ja, einen Monat! Nun seid Ihr gut geschirrt, nun sitzt Ihr auf einem guten Renner, nun seht Ihr aus wie ein Ritter, der eine Jungfrau geleiten darf! Nun erst will ich mich recht ergötzen, Euer Unheil mit meinen Augen anzusehen! Stoßt doch ein wenig Euer Pferd mit den Sporen, tummelt es und erschreckt ja nicht davor, ist es doch gar stürmisch und behend. Ich werde Euch schon folgen, denn es gehört sich, daß ich Euch nicht im Stiche lasse, um dabei zu sein, bis Euch Schande zustoßen wird; denn diese wird Euch bald blühen.» Er antwortet darauf: «Schöne Freundin, Ihr möget sagen, was Euch gut dünkt, doch ziemt es einem Fräulein nicht, eine so böse Zunge zu üben, wenn es einmal zehn Jahre überschritten hat, sondern es sollte wohl beraten und höfisch gebildet sein.» – «Ritter, bei unserer bösen Fahrt, Eure Lehre achte ich für nichts! Reitet nur dahin und schweigt, denn nun seid Ihr in dem behaglichen Aufzug, wie ich Euch sehen wollte.»

6. WIE GAUWAIN SEIN PFERD WIEDERGEWINNT UND ZUM GUTEN FÄHRMANN KOMMT

So reiten sie bis zum Abend und schweigen beide, er reitet seines Weges und sie hinterdrein; jedoch weiß er nicht, was er mit seinem Klepper tun kann, da er um nichts auf der Welt ihn zum Trab oder Galopp bringen kann. Ob er will oder nicht, der Klepper hält seinen Schritt. Denn, wenn er ihn mit den Sporen stößt, bringt er ihn in so harten Trab, daß er ihm das Herz im Leibe erschüttert, und dann kann er es nicht ertragen, daß der Klepper irgendwie schneller als im Schritt läuft. So reitet er denn auf dem Klepper weiter durch öde und einsame Wälder, bis er zu einem ebenen Gelände an einem tiefen Strom gelangte, der so breit war, daß man weder mit Katapult noch mit Steinschleuder noch mit Armbrust über den Fluß schießen konnte. Auf der anderen Seite des Wassers lag ein überaus schön gebautes, starkes und reiches Schloß. Ich wünsche nicht, daß man mich der Lüge zeihe, doch stand das Schloß auf der Felsklippe und war mit solchem Reichtum ausgestattet, daß nie die Augen eines lebenden Menschen eine so reiche Festung erblickten. Denn auf dem gewachsenen Felsen saß ein Palast, der ganz und gar aus grauem Marmor war. An dem Palast waren wohl fünfhundert offene Fenster, die alle von Edelfrauen und Fräulein besetzt waren, welche die Auen und blühenden Obstgärten vor sich betrachteten. Die meisten der jungen Frauen waren in Atlas gekleidet und trugen Gewänder mit bunten Farben aus Seidenstoff mit feinstem Gold durchwirkt.

So standen die Jungfrauen mit leuchtendem Angesicht und edlem Körper an den Fenstern, so daß man sie von außen vom Gürtel bis zum Scheitel erblickte. Und das böseste Wesen der Welt, das Herr Gauwain begleitete, reitet geradewegs zum Ufer hin. Dann macht sie halt und steigt von dem kleinen scheckigen Zelter ab. Sie findet am Ufer einen Nachen, der mit einem Schlüssel abgeschlossen und an einer steinernen Rampe befestigt war. In dem Nachen lag ein Ruder, und auf der Rampe der Schlüssel, mit dem das Schiff angeschlossen war. Das Fräulein, das ein so böses Herz im Leibe hatte, tritt in den Nachen ein und hinter ihm sein Zelter, der dies wohl schon häufig getan hatte. «Vasall!» ruft sie, «nun steigt ab und tretet hier herein mitsamt Eurem Klepperroß, das magerer ist als ein Hühnchen. Und macht diesen Kahn vom Anker los, denn es würde Euch gar schlimm ergehen, wenn Ihr nicht bald dieses Wasser überschreitet oder sonst fliehen könnt.» – «Nun, Fräulein, wieso denn und wodurch?» – «Ihr seht nicht, was ich sehe, Herr Ritter, denn sonst würdet Ihr alsbald fliehen, wenn Ihr es sähet.»

Herr Gauwain wendet nun sein Haupt und sieht einen Ritter in voller Rüstung über die Heide heranstürmen. Er fragt die Jungfrau: «Nun sagt an, wenn es Euch nicht grämt, wer ist der Ritter dort auf meinem Pferde, das mir der Verräter raubte, den ich heute morgen von seinen Wunden heilte?» – «Das werde ich dir, beim heiligen Martin, mit Freuden sagen», entgegnet die Jungfrau. «Das aber sollst du wahrlich wissen, daß ich es dir um keinen Preis sagen würde, wenn ich einen Vorteil darin für dich sähe. Da ich aber sicher bin, daß er zu deinem bösen Geschick kommt, will ich es dir nicht verheimlichen. Es ist der Neffe des Greoreas, den er dir nachschickt, und ich will dir genau sagen, weshalb, da du mich gefragt hast: sein Oheim hat ihm befohlen, daß er dir folge, bis er dich getötet und dein Haupt ihm als Geschenk gebracht hat. Deshalb rate ich dir, steig ab, wenn du den Tod nicht erwarten willst. Tritt hier ein und flieh!» – «Wahrlich, seinetwegen werde ich nicht fliehen, Fräulein! Ich erwarte ihn hier.» – «Das will ich Euch niemals verbieten», entgegnet die Jungfrau, «drum schweige ich lieber; denn schöne Reiterkünste und schöne Waffengänge werdet Ihr bald vor den Jungfrauen verrichten, die da oben züchtig und schön an die Fenster gelehnt stehen. Um Euretwillen gefällt es ihnen besser dort, und Euch zuliebe sind sie dorthin gekommen. Nun werden sie große Freude empfinden, wenn sie Euch straucheln sehen. Scheint Ihr doch ein guter Ritter zu sein, der mit anderen turnieren kann!» – «Was es mich auch kosten mag, Jungfrau, ich werde nicht von der Stelle weichen, sondern ihm entgegenreiten, und wenn ich mein Pferd wiedergewinnen könnte, wäre meine Freude groß.»

Alsbald wendet er sich der Heide zu und richtet den Kopf seines Kleppers nach jenem Ritter, der spornstreichs über den Sand herangesprengt kommt. Herr Gauwain erwartet ihn und stützt sich so hart auf die Steigbügel, daß er den linken Bügel ganz abreißt und auch den rechten aufgeben muß. So erwartet er den Ritter, da der Klepper sich in keiner Weise rührt, denn er kann ihn gar nicht so spornen, daß er ihn von der Stelle bringen könnte. «Ach und weh!» ruft er aus, «wie schlimm ist es für einen Ritter, auf einem solchen Klepper zu sitzen, wenn er sich im Waffengang zeigen soll!» Und immerzu stürmt der andere Ritter auf dem Rosse, das nicht hinkt, in vollem Laufe gegen ihn heran und versetzt ihm mit der Lanze einen solchen Stoß, daß sie sich biegt und mitten entzwei bricht, und das Eisen im Schilde steckenbleibt. Herr Gauwain wiederum trifft ihn am Rande seines Schildes und stößt ihn so stark, daß er ihm den Schild mitsamt dem Panzerhemd durchbohrt. Er wirft ihn nieder in den Ufersand, er streckt die Hand aus, ergreift sein Roß und springt in den Sattel. Dieses Abenteuer geriet ihm schön, und er hatte eine solche Freude darüber in seinem Gemüte, wie er sie nie in seinem ganzen Leben über einen Kampf gehabt hatte. Er wendet sich nach der Stelle zurück, wo die Jungfrau in den Nachen getreten war, jedoch fand er weder sie mehr noch den Nachen. Ganz verdrossen stand er da, daß er sie verloren hatte und nicht weiß, was aus ihr geworden war.

Wie er so der Jungfrau nachsann, sah er einen Nachen herankommen, den ein Fährmann führte, der vom Schloß herüberkam. Als dieser im Hafen angelegt hatte, sprach er: «Herr, ich entbiete Euch den Gruß von jenen edlen Fräulein, und sie bestellen Euch hiermit, daß Ihr mir meine Abgabe nicht vorenthaltet. So geruht denn, es mir zu überliefern.» Er erwidert: «Gott segne die Gemeinschaft jener Frauen und dich selbst! Du sollst nichts durch mich verlieren, worauf du Anspruch erheben darfst, denn ich begehre nicht, dir Unrecht zu tun. Jedoch welche Abgabe verlangst du von mir?» – «Herr, Ihr habt hier vor meinen Augen einen Ritter niedergeworfen, dessen Renner ich haben muß, wenn Ihr Euch nicht gegen mich verfehlen wollt. Ihr müßt mir das Roß übergeben.» Er entgegnet: «Freund, dieses Pfand auszuliefern, wäre mir zu lästig, denn dann müßte ich zu Fuß gehen.» – «O weh, Herr Ritter! Da halte ich Euch für unehrlich, und die Jungfrauen, die Ihr seht, legen Euch das zum Bösen aus, wenn Ihr mir meine Abgabe nicht ausliefert. Es geschah niemals und wurde nie berichtet, daß ein Ritter an diesem Hafen niedergeworfen wurde, dessen Pferd ich nicht bekommen hätte, wofern ich es erfuhr. So ich das Pferd nicht bekomme, muß ich mich an den Ritter halten.» Und Herr Gauwain entgegnet: «Freund, so nehmt denn ohne Widerrede den Ritter und behaltet ihn.» – «Meiner Treu,» entgegnet der Fährmann, «er ist noch nicht so übel daran, und Ihr selbst, dünkt mich, hättet genug zu tun, ihn zu fassen, wenn er sich gegen Euch verteidigen wollte, und dennoch, wenn Ihr so tapfer seid, so geht und faßt ihn und bringt ihn zu mir; dann möget Ihr meines Rechtes ledig sein.» – «Freund, wenn ich nun absteige, werde ich dir dann trauen können, daß du mein Pferd treu hütest?» – «Ja, gewiß», erwidert er, «ich werde es Euch ehrlich hüten und gerne zurückgeben, denn ich will mich gegen Euch in keiner Weise verfehlen, so lange ich lebe; das versichere und schwöre ich Euch.» – «Und ich», erwidert Gauwain, «vertraue deinem Wort und deinem Eid.»

Sofort steigt er vom Pferde, übergibt es ihm, und dieser nimmt es entgegen und versichert nochmals, er werde es ihm treu hüten. Herr Gauwain aber geht mit gezogenem Schwert auf jenen Ritter zu, der aber keiner weiteren Schädigung bedurfte; denn er war so schwer an der Seite verletzt, daß er schon viel Blut verloren hatte. Herr Gauwain fällt gegen ihn aus. «Herr Ritter, ich kann Euch nicht verheimlichen», sprach der so schwer

Verletzte, «ich bin so schwer verwundet, daß ich Schlimmeres nicht brauche. Schon habe ich einen Scheffel Blut verloren und begebe mich in Eure Gnade.» – «So erhebt Euch denn», erwidert Gauwain. Und dieser erhebt sich, so mühsam es auch war, und Herr Gauwain geleitet ihn zu dem Fährmann, der ihm dafür Dank sagt. Herr Gauwain bittet ihn, er möge ihm künden, ob er etwas von einer Jungfrau wisse, die er dahin geleitet habe, und wohin sie wohl gegangen sei. Dieser entgegnet: «Herr, kümmert Euch nicht um die Jungfrau, wohin sie auch gehen mag. Denn sie ist nicht eine Jungfrau, sondern sie ist schlimmer als der Satan. Hat sie doch an diesem Hafen schon manchem Ritter das Haupt abschlagen lassen. Wollt Ihr Euch dagegen mir anvertrauen, so kommt heute in meine Herberge, um dort die Nacht zu verbringen. Denn es täte Euch nicht gut, an diesem Gestade zu verweilen, da es ein grausam wildes Land ist und voll seltsamer Wunder.» – «Freund, wenn du es mir rätst, will ich mich an deinen Rat halten, was mir auch zustoßen möge.»

Er handelt nach dem Rate des Fährmanns, zieht sein Roß hinter sich drein und tritt in den Nachen. Hierauf stoßen sie ab und gelangen an das andere Ufer. Die Herberge des Fährmanns stand nahe beim Wasser, und sie war so beschaffen, daß selbst ein Graf dort hätte absteigen können; denn sie war behaglich und gut. Der Ferge führt seinen Gast und seinen Gefangenen hinein und bekundet eine überaus große Freude darüber. Herr Gauwain wurde mit allem bedient, was einem Edelmanne geziemt: er bekam Regenpfeifer, Fasanen, Rebhühner und Wildbret zum Abendmahl. Die Weine waren stark und klar, weiß und rot, neu und alt. Der Fährmann freute sich gar sehr seines Gefangenen und seines Gastes. Als sie nun genug gespeist hatten, deckt man den Tisch ab, und sie waschen sich wiederum die Hände. In dieser Nacht hatte Herr Gauwain Herberge und Wirt nach seinem Wunsche, er empfing mit großem Dank den Dienst des Fergen und groß war seine Freude.

7. WIE GAUWAIN AUF DEM BETT DES WUNDERS SITZT UND DAS SCHLOSS ERLÖST

Am nächsten Morgen, sobald Gauwain sehen konnte, daß der Tag anbrach, erhob er sich, wie es sich für ihn gehörte, denn so war er es gewohnt. Auch der Fährmann erhob sich aus Liebe zu ihm, und beide lehnten sich an die Fenster eines Türmchens. Herr Gauwain betrachtete die Landschaft, die überaus schön war: er erblickte die Wälder und die Ebenen und das Schloß auf der Felsenklippe. «Wirt», hob er an zu sprechen, «so es Euch nicht belästigt, möchte ich Euch fragen, wer der Herr dieses Landes und jenes Schlosses dort drüben ist?» Und sein Wirt entgegnete ihm darauf: «Herr, ich weiß es nicht.» – «Ihr wißt es nicht? Was für ein Wunder! Habt Ihr mir doch gesagt, daß Ihr ein Diener des Schlosses seid, und Ihr habt so große Einkünfte und wißt nicht, wer sein Herr ist?» – «In Wahrheit kann ich Euch sagen, daß ich es nicht weiß und auch niemals wußte.» – «Lieber Wirt, nun sagt mir doch, wer verteidigt und hütet dieses Schloß?» – «Herr, da ist eine gar gute Wache drin, fünfhundert Mann, sowohl Bogenschützen als auch Armbrustschützen, die allezeit zu schießen bereit sind. Sobald einer etwas gegen sie unternehmen wollte, würden sie niemals aufhören zu schießen und wären niemals müde. Sie sind in solchen Werkzeugen wohlerfahren. Weiter kann ich Euch von den Zuständen sagen, daß eine Königin dort lebt, eine hohe, reiche und weise Frau von höchstem Geschlecht. Die Königin kam mit ihrem ganzen Schatz voll Gold und Silber, um in diesem Lande zu wohnen, und hat dieses starke Schloß bauen lassen, wie Ihr es hier erblicken könnt. Sie brachte eine Edelfrau mit, die sie so sehr liebt, daß sie ihr den Namen Tochter und Königin gibt. Diese wiederum hat ebenfalls eine Tochter, die ihrer Sippe keine Unehre noch Schande bereitet, denn ich glaube, daß unter dem Himmel keine schönere und besser gebildete Jungfrau lebt. Der Saal ist überaus gut geschützt durch Kunst und Zauberwerk, wie Ihr bald erfahren sollt, wenn es Euch beliebt, daß ich es Euch beschreibe: ein weiser Sternkundiger, den die Königin mitbrachte, richtete in dem großen Rittersaal ein so großes Wunder ein, desgleichen Ihr nie gesehen habt. Denn kein Ritter kann dort eingehen noch lebend und gesund und wohlbehalten dort bleiben, der voll Begehrlichkeit wäre oder in dem ein böses Laster, Verleumdung oder Habsucht lebte. Kein Feigling noch Verräter kann es dort aushalten, kein Treubrüchiger und Meineidiger, solche Menschen würden dort auf der Stelle sterben, da sie es dort nicht aushalten noch leben können. Es gibt dort genug Knappen, die aus manchen Ländern zusammenkamen und dienen, um das Waffenhandwerk dort zu lernen. Es sind ihrer wohl bis zu fünfhundert. Die einen sind bärtig, die anderen nicht, hundert haben weder Bart noch Schnurrbart, hundert anderen sprossen die Bärte und wiederum hundert rasieren und stutzen ihre Bärte jede Woche. Hundert sind darunter weißer als Wolle, und hundert haben graugemischtes Haar. Es gibt da alte Ritterfrauen, die weder Gatten noch Herrn haben, denn sie sind ihrer Länder und Ehren unter großem Unrecht enterbt worden, da ihre Gatten gestorben waren. Und Waisenfräulein leben da wiederum bei den zwei Königinnen, die sie in großen Ehren halten. All diese Leute gehen in dem Palast aus und ein. Sie erwarten ein ganz vernünftiges Ereignis, das nie geschehen kann: sie warten, daß ein Ritter dort eintreffe, der sie beschirme, der den Frauen ihre Ehren wiedergebe, den Jungfrauen Gebieter gebe und die Knappen zu Rittern schlage. Eher aber wird das ganze Meer zu Eis erstarren, als daß man einen solchen Ritter findet, der in dem Saale bleiben kann. Denn er müßte durchaus weise und großmütig, ohne Begehrlichkeit, schön und frei, kühn und treu, ohne Tadel und ohne jeden Makel sein. Könnte ein solcher dorthin kommen, so vermöchte er den Saal zu halten, den Frauen ihre Länder zurückgeben; er würde in vielen Kriegen Frieden stiften, er würde die Jungfrauen vermählen, die Knappen zu Rittern schlagen und restlos allen Zauber in dem Saale aufheben.»

Herrn Gauwain gefielen diese Nachrichten über die Maßen und klangen ihm schön: «Wirt», sprach er, «gehen wir hinab und laßt mir unverweilt meine Waffen und mein Roß bringen; denn ich will hier nicht länger weilen, sondern weiterziehen.» – «Herr, nach welcher Richtung? So bleibt doch noch heute, so Gott Euch hüten möge, und morgen und noch länger.» – «Wirt, es ist nicht an der Zeit. Gesegnet sei Eure Herberge! Ich aber will ausziehen, so Gott mir helfe, und jene Frauen dort oben aufsuchen und die Wunder sehen, die dort sind.» – «O schweigt davon, Herr! Solchen Wahnsinn solltet Ihr wahrlich nicht begehren, so es Gott gefallen möge! Bleibt hier und glaubet mir.» – «Schweigt, Wirt! Ihr haltet mich für einen Verräter und Feigling. Möge Gott an meiner Seele keinen Anteil haben, wenn ich hier einen Rat annehme.» – «Meiner Treu, Herr, und ich werde schweigen; denn es wäre verlorene Mühe. Da es Euch so sehr im Sinne steht hinzugehen, so sollt Ihr gehen, so sehr es mich im Herzen grämt; und es ist billig, daß ich Euch hingeleite; denn ein anderes Geleite, das wisset wohl, könnte Euch dabei nichts helfen; doch will ich ein Versprechen von Euch haben.» – «Wirt, welches Versprechen? Das will ich wissen.» – «Vorher müßt Ihr es mir versichern.» – «Lieber Wirt, ich will Euren Willen tun, sofern ich keine Schande davon habe.»

Hierauf befiehlt er, daß man ihm seinen Renner ganz zum Reiten gerüstet aus dem Stalle führe. Dann verlangt er seine Waffen, und man brachte sie ihm unverzüglich. Er waffnet sich, steigt auf und wendet sich zum Gehen. Der Fährmann seinerseits zögert ebenfalls nicht, seinen Zelter zu besteigen, denn er will ihn getreulich geleiten, wohin er nur widerwillig mitgeht. Sie reiten so lange des Weges, bis sie am Fuß der Treppe, die vor dem Palast war, auf einem Bund Binsen* einen Mann mit einem Stelzfuß finden, der ganz allein dasitzt. Er hatte ein silbernes Stelzbein, das wunderschön mit Schwarzschmelz vergoldet war. Es war allenthalben mit goldenen Reifen und Edelsteinen eingelegt. Der Stelzfuß ließ seine Hände nicht

* Im afr. Text heißt es glai = Schwertlilie, aber auch Binse und Schilf. Mit Binsen wurden in jener Zeit die Fußböden bestreut.

müßig ruhen, sondern hielt ein Messerchen in der Hand und war damit beschäftigt, einen Eschenstab zu glätten. Der Stelzfuß spricht kein Wort zu den beiden, die da vor ihm vorübergehen, und auch sie sprechen kein Wort zu ihm. Der Fährmann aber zieht Herrn Gauwain nahe zu sich heran und spricht: «Herr, was dünkt Euch von diesem Stelzfuß?» Herr Gauwain entgegnet: «Meiner Treu, sein Stelzbein ist nicht aus Espenholz. Was ich aber hier sehe, dünkt mich gar schön.» – «Beim Namen Gottes», entgegnet der Fährmann, «der Stelzfuß ist reich an großen und schönen Einkünften. Ihr würdet manches von ihm erleben, das Euch viel zu schaffen machen würde, wenn es nicht so wäre, daß ich Euch Gesellschaft leiste und Euch geleite.»

So gehen sie beide weiter, bis sie in den Rittersaal gelangt sind, dessen Eingang überaus hoch war. Die Pforten waren reich und schön, denn alle Angeln und Riegel waren aus feinem Gold, so bezeugt es die Geschichte. Eine der Pforten war aus Elfenbein und an der Oberfläche schön geschnitzt. Die andere Pforte war aus Ebenholz und ebenso schön an der Oberfläche bearbeitet. Jede war mit Gold und zauberkräftigen Steinen herrlich geschmückt. Der Estrich des Saales war grün und rot, indigo und persisch blau. In allen Farben prangte er und war reich gearbeitet und ganz glatt. Mitten im Saale stand ein Bett, woran nichts aus Holz war, sondern alles war aus Gold, außer den Schnüren, die ganz aus Silber bestanden.

Ich erzähle kein Märchen von dem Bett, aber an jedem Schnurknoten hing eine Glocke. Über das Bett war eine breite Atlasdecke gelegt. An jedem Bettpfosten war ein Karfunkelstein befestigt; diese Steine gaben eine größere Helligkeit als vierzig hellbrennende Kerzen. Das Bett stand auf vier gemeißelten Zwergen, die ihre Backen grimmig verzerrten, und diese Zwerge bewegten sich auf vier so schnellen und flinken Rädern, daß das Bett von einem Ende des Gemaches bis zum anderen lief, wenn man es nur ein wenig mit einem einzigen Finger anstieß. So war das Bett, wenn man die Wahrheit spricht. Nie war ein ähnliches für einen König oder

Grafen geschaffen worden, und kein solches wird es je wieder geben. Der Saal war ganz von reichen Stoffen ausgeschlagen, und nichts war mit Kreide geweißt, das muß man mir glauben. Die Wände waren aus Marmor. Hoch oben befanden sich Glasfenster, die so hell waren, daß man durch das Glas, sofern man achtgab, alle diejenigen sehen konnte, die in den Palast eintraten und durch die Türe schritten. Das Glas war mit den reichsten und besten Farben gemalt, die man ersinnen und herstellen kann; doch will ich nicht alles genau beschreiben und erzählen. In dem Saale waren wohl vierhundert geschlossene Fenster, und hundert standen offen. Herr Gauwain schritt ganz kühn durch den Saal und betrachtete genau alles von allen Seiten. Als er sich überall umgesehen hatte, rief er den Fährmann zu sich und sprach: «Lieber Wirt, ich sehe hier drinnen nichts, weshalb man diesen Saal fürchten müßte und warum man nicht hier eintreten dürfte. Nun sprecht, was meintet Ihr, als Ihr mir so heftig verboten habt, ihn zu besuchen? Ich will mich auf dieses Ruhebett setzen und nur ein wenig ausruhen, da ich nie ein so reiches Bett erblickte.» – «Ach, lieber Herr, Gott schütze Euch davor, daß Ihr dorthin gehet; denn wenn Ihr Euch dem Bette nähert, würdet Ihr des schlimmsten Todes sterben, den jemals ein Ritter starb.» – «Wirt, was soll ich dann tun?» – »Was Ihr tun sollt, Herr? Das will ich Euch gerne sagen, da ich sehe, daß Ihr im Sinne habt, Euer Leben zu bewahren: als Ihr hierher kommen wolltet, bat ich Euch in meiner Herberge um ein Versprechen, jedoch wußtet Ihr nicht welches. Nun will ich Euch um die Erfüllung dieses Versprechens bitten: begebt Euch in Euer Land zurück, erzählt Euren Freunden und den Menschen Eures Landes, daß Ihr einen Rittersaal gesehen habt, wie weder Ihr noch ein anderer einen reicheren erlebt habt.» – «Dann soll ich also sagen, daß Gott mich haßt und daß ich ganz und gar geschändet bin. Und dennoch, Wirt, scheint es mir, daß Ihr dies zu meinem Wohle gesagt habt. Doch werde ich es um keinen Preis unterlassen, mich auf das Bett zu setzen und die Jungfrauen zu sehen, die ich gestern abend an diese Fenster hier gelehnt sah.»

Der Fährmann antwortet ihm und weicht zurück, um besser fliehen zu können: «Ihr würdet hier keine von den Jungfrauen sehen, von denen Ihr sprecht, sondern Ihr geht nur ebenso wieder hinaus, wie Ihr hereingekommen seid; denn zu Eurem Nutz und Frommen ist hier um keinen Preis etwas zu erblicken, jedoch sehen Euch hier an diesem Orte durch die Glasfenster die Jungfrauen und Königinnen und alle anderen Frauen, die hier im Palaste ihre Gemächer bewohnen.» – «Meiner Treu, auf das Bett will ich mich wenigstens setzen», rief Herr Gauwain,; «wenn ich die Jungfrauen schon nicht sehe, so kann ich immerhin nicht glauben, daß ein solches Bett gemacht worden wäre, wenn nicht ein Edelmann oder eine hohe Frau darin liegen sollte. Und bei meiner Seele, ich werde jetzt hingehen und mich daraufsetzen, was mir auch darob geschehen sollte.» Der Ferge sieht, daß er ihn nicht zurückhalten kann und läßt es nun bei dem Worte bewenden. Er kann sich jedoch keinesfalls im Saale aufhalten, um den Ritter auf dem Bett sitzen zu sehen, sondern er macht sich auf den Weg und spricht dabei: «Herr, es tut mir leid und grämt mich sehr, daß Ihr sterben sollt; denn noch nie saß ein Ritter auf diesem Bett, der nicht darin gestorben wäre. Dies ist das Bett des Wunders, worin keiner schläft oder schlummert noch ausruht noch darauf sitzt, der mit dem Leben wohlbehalten davonkommen kann. Es ist so schade um Euch, daß Ihr ohne Erbarmen und ohne Lösegeld Euer Haupt als Pfand lassen müßt. Da ich weder durch Liebe noch durch Zureden Euch von hier wegbringen kann, so sei Gott Eurer Seele gnädig! Denn mein Herz könnte nicht ertragen, daß ich Euch sterben sehe.»

Hierauf eilte der Fährmann aus dem Saal, und Herr Gauwain setzt sich auf das Bett, bewaffnet wie er war und mit dem Schild am Hals. Da erheben die Schnüre ein Getöse, und alle Glocken läuten, so daß sie den ganzen Saal erschüttern. Alle Fenster öffnen sich, die Wunder enthüllen sich, und die Zauber treten zutage; denn durch die Fenster flogen Bolzen und Pfeile herein, und es trafen mehr als fünfhundert Herrn Gauwain auf den Schild. Er aber wußte nicht, wer auf ihn geschossen hatte. Der Zauber war so, daß kein Mensch sehen konnte, woher die Bolzen kamen, noch, welche Bogenschützen sie schossen. Und das könnt ihr euch wohl denken, daß ein großes Getöse entstand beim Abschießen der Armbrüste und der Bogen. Herr Gauwain hätte um diese Stunde nicht um tausend Mark dort bleiben mögen. Jedoch schlossen sich die Fenster ohne Verzug wieder, ohne daß einer sie anrührte. Herr Gauwain aber zog die Pfeile, die auf seinen Schild geschossen worden waren, wieder heraus; sie hatten ihm an mehreren Stellen den Körper verletzt, so daß das Blut herausquoll. Sobald er sie alle entfernt hatte, geschah ein zweiter Angriff auf ihn. Denn ein Knecht schlug mit einem Pfahl gegen eine Türe, die Türe öffnete sich, und ein gar gewaltiger, starker, grimmer und ausgehungerter Löwe springt durch die Türe auf Herrn Gauwain los, greift ihn in gräßlicher Wildheit und Wut an und schlägt alle seine Krallen in seinen Schild, wie wenn er aus Wachs wäre; er wirft ihn so nieder, daß er auf die Knie fällt. Jedoch springt Gauwain auf der Stelle wieder hoch, zieht aus der Scheide sein gutes Schwert und schlägt so gewaltig zu, daß er dem Löwen den Kopf und beide Pfoten abschneidet. Da ward Herr Gauwain froh, denn die Füße blieben an den Krallen in seinem Schilde hängen, so daß der eine darin stak und der andere herunterhing.

Als er den Löwen erlegt hatte, setzte er sich wieder auf das Bett. Da kehrte mit fröhlichem Gesicht sein Wirt ohne Verzug wieder in den Saal zurück, fand ihn auf dem Bette sitzen und rief aus: «Herr, ich versichere Euch, nun habt Ihr nichts mehr zu fürchten! Legt nur Eure ganze Rüstung ab, denn die Zauberwerke des Saales sind nun für immer und alle Tage durch Euch überwunden, da Ihr hereingekommen seid. Ihr werdet von den Jünglingen und Greisen hier drinnen bedient und geehrt werden, und Gott sei dafür angebetet und gepriesen!»

Alsbald kommen Knappen in Scharen gelaufen, mit Röcken schön gekleidet. Sie fallen alle auf die Knie und sprechen: «Lieber, teurer, guter Herr, wir bieten Euch unsere Dienste als dem, den wir so lange erwartet und ersehnt haben; denn allzulange habt Ihr zu unserem Nutz und Frommen gesäumt, dünkt uns.» Nun tritt einer von ihnen zu ihm und beginnt ihn zu entwaffnen. Andere wiederum führen sein Roß, das draußen stand, in den Stall. Und während er sich entwaffnete, trat eine Jungfrau in den Saal, die gar lieblich und schön war. Auf ihrem Haupte trug sie einen goldenen Reif, und ihre Haare waren ganz blond, so leuchtend wie Gold oder gar noch leuchtender. Ihr Angesicht war ganz weiß, doch hatte die Natur sie darüber mit roter, reiner Farbe strahlend geschmückt. Wie war die Jungfrau gewandt, schön und wohlgebildet, hoch und gerade gewachsen! Und nach ihr kamen andere edle und schöne Jungfrauen. Dann trat ein einzelner Knappe herein, der ein Rittergewand über der Schulter trug, Wams, Mantel und Überrock. Es war ein Hermelinfutter am Mantel und ein Zobelpelz, so schwarz wie eine Maulbeere, und die Außenseite leuchtete in rotem Scharlach. Herr Gauwain staunt über die Jungfrauen, die er da kommen sieht, und kann sich nicht enthalten, vor ihnen aufzuspringen und zu sprechen: «Ihr Jungfrauen, seid willkommen!» Die erste neigt sich vor ihm und spricht: «Meine Frau Königin, lieber, edler Ritter, entbietet Euch ihren Gruß und befiehlt allen diesen Jungfrauen, daß sie Euch für ihren rechten Herren halten und alle zu Euren Diensten stehen. Als erste verspreche ich Euch in aller Treue meinen Dienst, und die Jungfrauen, die hier hereintreten, halten Euch alle für ihren Herrn, denn sie haben Euch alle heftig ersehnt und freuen sich, daß sie den Besten aller Edlen hier in Euch erblicken. Herr, nun sind wir nur noch Euch zu dienen bereit.»

Bei diesen Worten knien alle nieder und verneigen sich, zum Zeichen, daß sie alle bereit sind, ihm zu dienen und ihn zu ehren. Er dagegen heißt sie ungesäumt sich wieder erheben und hierauf sich setzen. Denn es erfüllt ihn mit unsäglicher Freude, sie anzublicken, ein wenig, weil sie schön sind, mehr aber deshalb, weil sie ihn zu ihrem Fürsten und Herrn machten. Seine Freude über diese Ehre, die Gott ihm angetan, war so groß wie keine andere vorher. Hierauf trat die Jungfrau wieder vor und sprach: «Meine Herrin schickt Euch dieses Kleid, damit Ihr es anleget, bevor sie Euch besucht; denn sie glaubt, da sie der Höfischkeit und des guten Anstandes mächtig ist, daß Ihr große Leiden, Schmerzen und Mühsal aller Art gehabt habt. Legt das Gewand an und erprobt es, ob es gut nach Euren Maßen sei; denn nach der Wärme hüten sich die Weisen vor der Kälte, da durch Kälte das Blut gerinnt und erstarrt. Deshalb sendet Euch meine Herrin, die Königin, ein Hermelingewand, damit Euch die Kälte nicht schade. Denn so wie das Wasser zu Eis wird, so wird das Blut hart und gerinnt nach der Wärme, wenn man vor Kälte zittert. Und Herr Gauwain antwortet als der höflichste Edelmann der Welt: «Möge unser Herr, der aller guten Gnaden voll ist, meine hohe Frau Königin beschirmen! Und auch Euch, die Ihr so schön, so höfisch und gewandt sprecht! Wie weise muß die Herrin sein, dünkt mich, wenn ihre Boten so höfisch sind: sie weiß so gut, was einem Ritter nottut! Da sie mir ein Gewand hierher schickt, so danket ihr von Herzen in meinem Namen!» – «Das werde ich tun», erwidert die Jungfrau, «das versichere ich Euch; und Ihr möget nun auf der Stelle Euch ankleiden und die Lage dieses Landes durch diese Fenster betrachten. So es Euch gefällt, könnt Ihr diesen Turm besteigen, um die Wälder und Ebenen und Ströme zu schauen, bis ich wiederkehre.» Hierauf wendet sich die Jungfrau hinweg. Herr Gauwain legt das Gewand an, das überaus reich ist, und befestigt es am Halse mit einer Schließe, die am Saume des Gewandes hing.

Hierauf drängt es ihn, die Dinge zu sehen, die im Turme waren. Er begibt sich zusammen mit seinem Wirt dorthin, sie steigen auf einer Wendeltreppe zur Seite des gewölbten Saales hinauf, bis sie auf die Zinnen des Turmes gelangen. Da erblicken sie weit in der Runde das Land, schöner, als man es beschreiben könnte. Herr Gauwain bewundert den Fluß und die ebenen Gefilde und die Wälder reich an Wild. Hierauf blickt er seinen Wirt an und spricht zu ihm: «Wirt, bei Gott, es gefiele mir gar sehr, hier hinabzusteigen, um in jenen Wäldern dort unten zu jagen und zu pirschen.» – «Herr», entgegnet der Fährmann, «das müßt Ihr Euch aus dem Sinne schlagen; denn ich habe häufig davon sprechen hören, daß der Ritter, den Gott so lieb hätte, daß man ihn hier im Schlosse Herrn und Gebieter und Schutzherrn nennt – so sei es althergebrachter Brauch – niemals mehr dieses Haus verlassen darf, sei es zu Recht oder zu Unrecht. Deshalb geziemt es Euch nicht, von Jagen und Pirschen zu sprechen; hier drinnen habt Ihr Euer Heim, nie wieder dürft Ihr auch nur einen Tag heraus!» – «Wirt», erwidert er, «schweigt, und kein Wort weiter! Denn Ihr würdet mich ganz von Sinnen machen, wenn ich Euch noch weiter sprechen hörte! So wahr mir Gott helfe, nicht einmal sieben Tage, geschweige denn siebenundzwanzig Jahre könnte ich hier drinnen bleiben, wenn ich nicht nach meinem Belieben aus- und eingehen könnte, sooft ich es wünschte.»

Hierauf stieg er hinab, trat wieder in den Saal, doch diesmal erzürnt und sehr verdrossen. Er setzt sich wieder auf das Bett mit traurigem und düsterem Angesicht, bis die Jungfrau wiederkehrt, die vorher dagewesen war. Wie Herr Gauwain sie erblickt, richtet er sich gegen sie auf, so zornig wie er ist und begrüßt sie in dieser Haltung. Sie aber bemerkt, daß sein Wort und sein Antlitz sich verwandelt haben, und nach seinem Aussehen schien es wohl, daß er über etwas erzürnt war, doch wagte sie nicht, es sich anmerken zu lassen, sondern sprach: «Herr, wenn es Euch gefällig ist, so wird meine Herrin Euch besuchen. Doch ist auch das Mahl bereits gerichtet, und so Ihr wollt, könnt Ihr dort unten oder hier oben speisen.» Und Herr Gauwain erwidert: «Schöne, mich gelüstet es nicht zu essen! Möge es meinem Körper schlecht ergehen, wenn ich Speise zu mir nehme oder mich freue, solange ich nicht andere Kunde höre, über die ich Freude empfinden könnte; denn solche Kunde täte mir dringend not!» Darüber erschrak die Jungfrau über die Maßen und begab sich hinweg.

Die Königin berief sie zu sich und fragte sie. «Liebe Nichte, welche Nachricht bringt Ihr mir? In welchem Zustand und welcher Gesinnung habt Ihr den guten Herrn gefunden, den Gott uns hier beschert hat?» – «Ach! Verehrte Frau Königin, ich bin vor Schmerz fast tot und sehr betrübt über den freien, guten und freundlichen Herrn, aus dem man kein anderes Wort als Worte des Zornes und des Unmuts herausbekommen kann; und ich vermag Euch nicht zu sagen warum; denn er kündet es mir nicht, und so erfuhr ich es nicht und wagte nicht, ihn zu fragen. Wohl aber kann ich Euch von ihm sagen, daß ich ihn heute morgen beim erstenmal so gut gestimmt, so wohl beredt und gebildet fand, daß man nicht satt werden konnte, seinen Worten zu lauschen und sein schönes Angesicht zu sehen. Nun ist er völlig verwandelt, und ich glaube, er möchte tot sein, da es nichts gibt, was ihn nicht bekümmert.» – «Schöne Enkelin, nun seid mir nicht allzu traurig darüber, denn er wird wieder guten Mutes werden, wenn er mich nun erblicken wird. Er kann keinen so großen Kummer im Herzen tragen, daß ich ihn nicht bald wegnähme und Freude an die Stelle des Zorns setzte.»

Hierauf erhob sich die Königin, begab sich in den Saal, und mit ihr die andere Königin, der es wohl gefiel, sie zu begleiten. Und sie führten mit sich wohl hundertfünfzig Edelfräulein und mindestens ebensoviele Knappen. Sobald Herr Gauwain die Königin erblickte, die hereintrat und die andere Königin an der Hand hielt, da sprach sein Herz zu ihm und ahnte, daß sie die Königin sei, von der er hatte sprechen hören. Er konnte es auch wohl erkennen, da er die weißen Flechten sah, die ihr bis auf die Hüften hingen. Sie war mit einem weißen Damastgewande bekleidet, das mit goldenen Blumen kunstvoll durchwirkt war. Sowie Herr Gauwain sie erblickt, geht er ihr rasch entgegen, grüßt sie, und sie begrüßt ihn und spricht zu ihm: «Herr, ich bin nach Euch Herrin über diesen Palast. Ich überlasse Euch die Herrschaft darüber, denn Ihr habt sie wohl verdient. Doch seid

Ihr vom Gefolge des Königs Artus?» – «Edle Frau, ja, wirklich.» – «Und seid Ihr, das möchte ich gerne wissen, einer der Ritter der Leibwache des Königs, die so manche Heldentaten verrichtet haben?» – «Nein, hohe Frau.» – «Das glaube ich wohl. Seid Ihr jedoch, tut mir dies kund, einer von der Tafelrunde, die die höchsten Helden der Welt sind?» – «Herrin», entgegnet er, «ich möchte nicht wagen zu sagen, daß ich zu den Erlauchtesten gehöre und zähle mich nicht zu den Besten, doch glaube ich nicht unter den Schlechtesten zu sein.» Sie entgegnet ihm hierauf: «Lieber Herr, Ihr habt in großer Höfischkeit gesprochen, da Ihr nicht Euch den Preis des Besten und nicht den Tadel des Schlechtesten zusprecht. Nun sprecht mir jedoch von König Lot: wie viele Söhne hatte er von seiner Gemahlin?» – «Herrin, vier.» – «Nun nennt sie mir!» – «Herrin, Gauwain ist der Älteste, und der zweite ist Agrewain, der Stolze mit den harten Händen; Gaheriet und Guerehet heißen die beiden anderen.» Die Königin sprach darauf: «Herr, so Gott der Herr mir helfe, dies sind ihre Namen, dünkt mich. Möchte es doch Gott gefallen, daß sie alle zusammen hier bei uns wären! Nun kündet mir: kennt Ihr den König Uriien?» – «Herrin, ja.» – «Und hat er einen schönen Sohn bei Hofe?» – «Herrin, ja, er hat zwei Söhne von großem Ruhm. Der eine heißt Herr Ywain, der Höfische, der Wohlgebildete. Ich bin den ganzen Tag in meinem Herzen viel fröhlicher, wenn ich ihn am Morgen sehen kann, für so weise und so höfisch halte ich ihn. Der andere heißt ebenfalls Ywain; er ist jedoch nicht sein leiblicher Bruder; deshalb nennt man ihn den Bastard, und er übertrifft alle Ritter und überwältigt sie, die mit ihm zum Kampf antreten. Diese beiden sind bei Hofe überaus edel, weise und höfisch.» – «Lieber Herr», entgegnet sie, «wie ergeht es nun König Artus selbst?» – «Besser als es ihm je erging, er ist wohlbehaltener, frischer und stärker.» – «Meiner Treu, Herr, dies ist nicht zu Unrecht so; denn König Artus ist gar jung: wenn er hundert* Jahre alt ist, kann er nicht älter sein, denn mehr Jahre zählt er unmöglich. Nun möchte

* Zwei Handschriften unter den fünfzehn vorhandenen sagen: «Nicht mehr als dreißig Jahre.»

ich noch von Euch erfahren, wie das Wesen und Befinden der Königin ist, wenn es Euch nicht lästig ist.» – «Herrin, wahrlich, sie ist so höfisch, so edel und so weise, daß Gott kein Reich und kein Volk schuf, wo man eine ihr ebenbürtige weise Frau fände. Seit Gott die erste Frau aus der Rippe Adams schuf, war keine edle Dame so berühmt. Und sie muß es auch mit Recht sein; denn so wie der weise Meister die kleinen Kinder unterweist, so belehrt und unterrichtet meine Herrin, die Königin, jedermann. Von ihr kommt alles Gute, sie ist alles Guten Quelle und Ursprung. Keiner kann von meiner Herrin scheiden, der unberaten wegginge; denn sie weiß wohl, was jeder gilt und was sie für jeden tun muß, damit sie ihm gefalle. Es gibt bei Hofe keinen Mann, der Preis und Ehre anderen erweist, den es nicht meine Herrin gelehrt hätte, und keiner ist so kummervoll, daß er von meiner Herrin im Grolle scheidet.» – «Dies sollt Ihr auch bei mir nicht erleben, guter Herr.» – «Hohe Frau», entgegnet er, «ich glaube Euch; denn bevor ich Euch sah, hatte ich an nichts Freude, so traurig und bekümmert war ich. Nun bin ich jedoch so fröhlich und freudevoll, wie ich es nicht besser sein könnte.» – «Herr, bei dem Gott, der mich erschuf», entgegnet die Königin mit den weißen Flechten, «Eure Freuden sollen sich noch verdoppeln, und Eure Fröhlichkeit soll alle Tage wachsen, und niemals soll sie Euch fehlen. Da Ihr nun so guten Mutes seid, möge es Euch gefallen zu speisen, an welchem Orte es Euch genehm ist; denn das Mahl ist schon gerüstet: so es Euch gefällt, könnt Ihr hier oben speisen, und wenn es Euch anders gefällt, könnt Ihr in die Gemächer dort unten zum Speisen mit uns kommen.» – «Herrin, ich begehre nicht, diesen Rittersaal gegen ein anderes Gemach zu vertauschen; denn man sagte mir, daß nie ein Ritter hier speiste oder saß.» – «Nein, Herr, keiner wenigstens, der hier lebend herauskam oder lebend länger als anderthalb Stunden hier verweilte.» – «Herrin, so werde ich denn hier speisen, wenn Ihr mir Urlaub dazu gebt.» – «Das gewähre ich Euch gerne, Herr, und Ihr werdet der erste Ritter sein, der hier gespeist hat.»

Hierauf begibt sich die Königin hinweg und läßt bei ihm wohl hundertfünfzig der schönsten Jungfrauen, die an seiner Seite im Saale speisen, ihn bedienten und ihm allerlei Kurzweil bereiteten, wonach nur immer der Sinn ihm stand. Es dienten mehr als hundert Knappen bei dem Mahle, von denen die einen ganz weiß waren, die anderen hatten graugemischte Haare, und die dritten waren noch nicht ergraut. Andere wiederum hatten weder Bart noch Schnurrbart, und zwei von diesen knieten vor ihm: der eine legte ihm vor, und der andere schenkt ihm den Wein.

Herr Gauwain ließ seinen Wirt Seite an Seite mit sich beim Mahle sitzen; und das Mahl war nicht kurz, sondern dauerte länger als einer der Tage um die Zeit der Christgeburt. Als vollständig finstere Nacht eingebrochen war, wurden dicke Fackeln entzündet. Bevor das Mahl zu Ende war, wurden viel schöne Worte gewechselt, und nach dem Mahle gab es Tanz und Reigenspiel, bis sie zu Bette gingen. Alle mühen sich, ihrem Herrn, den sie so sehr lieben, Freude zu bereiten. Als er zu Bette gehen wollte, legte er sich in das Bett des Wunders. Eine der Jungfrauen legte ihm ein Kopfkissen unter das Ohr, auf daß er recht behaglich schlafe. Am nächsten Morgen hatte man ihm zum Erwachen ein Kleid aus Hermelin und Atlas richten lassen. Der Fährmann trat am Morgen vor sein Bett, hieß ihn aufstehen, sich ankleiden und die Hände waschen. Seinem Erwachen wohnte Clarissant bei, die Edle, Schöne, Tüchtige, Weise, die das Wort so zierlich setzen konnte. Sie begab sich hierauf wieder in das Gemach zurück, kniete vor der Königin nieder, und diese fragt sie und umarmt sie: «Enkelin, bei der Treue, die Ihr mir schuldet, hat sich Euer Gebieter schon erhoben?» – «Ja, wahrlich Herrin, bereits vor langer Zeit.» – «Und wo ist er, meine liebe Enkelin?» – «Herrin, er bestieg dort oben das Türmchen, doch weiß ich nicht, ob er schon wieder herabkam.» – «Enkelin, ich will mich zu ihm begeben, und so es Gott gefällt, soll er heute nur Gutes erleben, nichts als Freude und Fröhlichkeit.»

Hierauf erhebt sich die Königin, da sie wünscht, zu ihm zu gehen. Sie schreitet hinauf, bis sie ihn oben an den Fenstern eines Türmchens vorfand, von wo aus er eben eine Jungfrau und einen bewaffneten Ritter erblickte, der über eine Wiese hinabritt, wo er ihn erschauen konnte. Siehe, da kamen nun die beiden Königinnen Seite an Seite zu ihm heran. Sie fanden Herrn Gauwain und seinen Wirt an zwei Fenstern. «Herr, möge Euer Erwachen gut gewesen sein!» sprachen die beiden Königinnen; «dieser Tag sei Euch fröhlich und wonnesam! Dies gebe der ruhmreiche Vater, der seine Tochter zu seiner Mutter erkor!» – «Herrin, große Freude gebe Euch Gott, der seinen Sohn auf die Erde sandte, um die Christenheit zu erhöhen! Und so es Euch beliebt, so tretet doch zu diesem Fenster und kündet mir, wer diese Jungfrau sein kann, die dort herankommt und einen Ritter bei sich hat, der einen viergeteilten Schild trägt?» – «Das will ich Euch gerne sagen», erwidert die Königin, die hinabschaut und sie erblickt: «Es ist die nämliche, die Euch gestern abend hierher brachte und die das böse Feuer brennen möge! Macht Euch ja nichts aus ihr! Denn sie ist allzu tükkisch und verschlagen. Laßt Euch auch nichts an dem Ritter gelegen sein, ich bitte Euch, den sie bei sich hat; denn er ist wohl ohne Zweifel, das mögt Ihr wissen, allen anderen Rittern an Mut voraus. Ein Kampf mit ihm ist kein Kinderspiel; denn er hat vor meinen Augen manchen Ritter an jenem Hafen besiegt und zu Tode gebracht.» – «Herrin», entgegnet er, «und doch will ich hingehen und mit dem Fräulein sprechen, so Ihr mir Urlaub dazu gebt.» – «Herr, es möge Gott nicht gefallen, daß ich Euch so in Euer Unheil laufen lasse! Laßt dieses tückische Fräulein seinem Werke nachgehen; denn, so es Gott gefällt, einer so schändlichen Frau wegen solltet Ihr niemals Euren Saal verlassen. Ihr dürft ihn überhaupt niemals verlassen, wenn Ihr uns nicht Unrecht zufügen wollt.» – «Wehe! O gütige Königin! Nun habt Ihr mich zutiefst erschreckt; denn ich würde mich für schlecht belohnt halten für die Erlösung des Saales, wenn ich ihn niemals verlassen dürfte. Möge es Gott nicht gefallen, daß ich lange Zeit ein Gefangener hier sei!» – «Ach, Herrin!» sprach nun der Fährmann, «haltet ihn nicht wider seinen Willen zurück, sondern laßt ihn nach seinem Gutdünken handeln; er könnte sonst vor Kummer sterben.» – «So werde ich ihn denn ausreiten lassen», erwidert die Königin, «jedoch unter der Bedingung, daß er noch heute Nacht zurückkomme, so Gott ihn vor dem Tode schützt.» – «Herrin», erwidert er, «sorgt Euch nicht, denn ich werde zurückkommen, wenn ich kann. Jedoch habe ich eine Bitte an Euch und begehre, so es Euch gefällt und nach Eurem Wunsche ist, daß Ihr vor sieben Tagen nicht nach meinem Namen fragt, so es Euch nicht grämt.» – «Und da es Euch so beliebt, Herr, werde ich mich darein ergeben», erwidert die Königin, «denn ich will mir Euren Haß nicht zuziehen; jedoch ohne Euer Verbot wäre es das erste gewesen, um das ich euch gebeten hätte, daß Ihr mir Euren Namen sagtet!»

9. WIE GAUWAIN ZUM ZWEITEN MALE DIE ORGELUSE FAND UND DIE GEFÄHRLICHE FURT ÜBERSPRANG

Sie steigen von dem Turme hinab, und es kommen die Knappen und übergeben ihm seine Waffen, um ihn zu rüsten. Sie führen sein Pferd vor, und er steigt völlig gerüstet auf. Hierauf reitet er zum Hafen hinab, und der Fährmann begleitet ihn. Beide treten in ein Boot und fahren hurtig über den Strom, bis sie zum anderen Ufer kamen. Herr Gauwain verließ die Fähre. Der andere Ritter sprach zu der unbarmherzigen Jungfrau: «Freundin, wer ist dieser Ritter, der in Waffen uns entgegenkommt, sprecht, kennt Ihr ihn?» Und die Jungfrau antwortet: «Nein! Wohl aber weiß ich, daß es derselbe ist, der mich gestern hierher brachte.» Und der Ritter antwortet: «So Gott mich schütze, keinen anderen suchte ich. Schon hatte ich große Furcht, daß er mir entronnen wäre. Denn kein Ritter, den eine Mutter gebar, befuhr die Häfen von Galvoien, der anderswo sich rühmen konnte, er sei aus diesem Lande entkommen, wofern ich ihn nur sah und vor mir fand. Auch dieser ist bereits so gut wie gefangen, da Gott mich ihn erblicken läßt.» Ohne Herausforderung und Drohung sprengt der Ritter heran, spornt sein Roß, umfaßt den Schild, und Herr Gauwain richtet sich gegen ihn und schlägt ihn so, daß er ihn stark am Arm und an der Seite verletzt; jedoch war er nicht zu Tode getroffen, denn sein Ringpanzer hielt so fest, daß das Eisen nicht hindurchdringen konnte, außer daß zwei Finger breit der Lanzenspitze ihm in den Leib drang und ihn zu Boden schleuderte. Der Ritter erhebt sich und gewahrt sein Blut, und das macht ihm heftige Beschwerde, denn es lief ihm aus Arm und Seite über den blanken Kettenpanzer. Jedoch greift er Gauwain heftig mit dem Schwerte an. Aber er war in kurzer Zeit so ermattet, daß er sich nicht mehr halten konnte und um Gnade bitten mußte. Herr Gauwain nimmt ihm das Treuwort ab und übergibt ihn dann dem Fährmann, der dies erwartete. Und die böse Jungfrau war von ihrem Zelter abgestiegen. Er tritt zu ihr, grüßt sie und spricht: «Steigt wieder auf, schöne Freundin! Denn ich werde Euch nicht hier lassen, sondern mit mir über jenes Wasser geleiten, das ich überschreiten muß.» – «Wehe!» erwidert sie, «Herr Ritter, wie tut Ihr doch kühn und stolz! Ihr hättet einen harten Kampf gehabt, wenn mein Freund nicht von alten Wunden, die er empfangen hat, bereits ermattet gewesen wäre. Er hätte Euch schon den Mund gestopft, und Ihr hättet nicht so laut geprahlt, sondern wäret stummer als ein Spieler, der am Rande des Schachbretts mattgesetzt ist! Doch nun bekennt mir die Wahrheit: wähntet Ihr, Ihr seiet besser als er, weil Ihr ihn niedergeworfen habt? Häufig geschieht es, das wißt Ihr wohl, daß der Schwache den Starken niederwirft. Wolltet Ihr jedoch diesen Hafen verlassen und mit mir zusammen zu jenem Baume gehen und etwas tun, das mein Freund, den Ihr eben in das Boot gesetzt habt, für mich tat, sooft ich wollte, dann würde ich Euch wahrlich bezeugen, daß Ihr besser seid als er, und ich würde Euch nicht mehr verachten.» – «Jungfrau», erwidert er, «um dorthin zu reiten, soll es nicht daran fehlen, daß ich Euch zu Willen bin.» Und sie erwidert: «Möge es Gott nicht gefallen, daß ich Euch von dort zurückkehren sehe!» Hierauf begeben sie sich auf den Weg, sie voraus und er hinter ihr. Die Jungfrauen oben am Saale und die edlen Frauen alle raufen sich die Haare, zerreißen sich die Kleider und rufen aus: «Ach weh! Wir Unglücklichen! Warum leben wir noch, da wir den Mann in seinen Tod und sein Verderben gehen sehen, der unser Herr sein sollte? Die böse Jungfrau führt ihn und bringt ihn, die Tückische, zu dem Ort, von wo kein Ritter wiederkehrt. Weh uns! Wie sind wir im Herzen tief betrübt, die wir eben noch unter einem so guten Stern geboren zu sein schienen; denn Gott hatte uns den Mann gesandt, der aller Güte Fülle kannte, dem nichts fehlte, weder Mut noch andere Tugend.»

So jammerten diese um ihren Herrn, den sie der bösen Jungfrau folgen sahen. Die beiden kamen unter den Baum, und als sie dort angekommen waren, sprach Herr Gauwain sie an: «Jungfrau», spricht er, «nun saget mir, bin ich nun jeder Verpflichtung ledig? So es Euch gefällt, daß ich mehr tue, so werde ich es verrichten, wenn ich es jemals kann, ehe ich Eure Huld verliere.» Und die Jungfrau entgegnet ihm hierauf: «Seht Ihr dort jene tiefe Furt, deren Ufer so hoch sind? Mein Freund pflegte dort hinüberzuspringen, sooft ich wollte, und holte mir Blüten und Blumen, die Ihr dort an jenen Bäumen und auf jenen Wiesen seht.» – «Jungfrau, wie gelangte er hinüber? Ich weiß nicht, wo die Furt ist. Das Wasser ist allzu tief, fürchte ich, und das Ufer allenthalben so hoch, daß man nicht hinabreiten könnte.» – «Ihr würdet Euch nicht hineinwagen», entgegnet die Jungfrau, «das weiß ich wohl. Aber glaubte ich wahrlich nie, daß Ihr so viel Herz hättet hinüberzuspringen; denn dies ist die Gefährliche Furt, die keiner zu überspringen wagt, wenn er nicht überaus beherzt ist.» Da treibt Herr Gauwain unverzüglich sein Roß bis an das Ufer und erblickte das tiefe Wasser drunten und das steil aufragende Ufer an der anderen Seite; der Fluß jedoch war eng. Als Herr Gauwain den Fluß erblickt, sagt er sich, daß sein Roß schon manchen breiteren Graben übersprungen habe, und er denkt in seinem Sinn, er habe schon an verschiedenen Orten erzählen und sagen hören, das derjenige, der das tiefe Wasser der Gefährlichen Furt überspringen könnte, den Preis der ganzen Welt bekäme. Hierauf entfernt er sich ein wenig von dem Strom und kommt in vollem Galopp zurück, um hinüberzuspringen, jedoch mißrät es ihm, denn er hat seinen Sprung nicht gut genug bemessen, sondern sprang mitten in die Furt hinein. Sein Roß jedoch schwamm so lange, bis es mit den vier Hufen Grund faßte und sich anstemmt, um hinaufzuspringen. Es schwingt sich auf, so daß es auf das Ufer gelangt, das doch so hoch war. Als es ans Ufer gekommen war, hielt es sich dort ganz stille und unbeweglich, da es sich nicht mehr rühren konnte. So mußte denn Herr Gauwain notgedrungen absteigen, da er sein Pferd so erschöpft sah. Alsbald sprang er ab und war darauf bedacht, ihm den Sattel abzunehmen. Das tat er schnell und legte ihn zum Trocknen beiseite. Als er ihm den Brustgurt abgenommen hatte, strich er ihm das Wasser vom Rücken, den Flanken und den Beinen. Hierauf legt er ihm den Sattel wieder auf, sitzt auf und reitet in leichtem Schritt dahin, bis er einen einzelnen Ritter erblickte, der mit einem Falken das Wild jagte. Auf dem Anger vor dem Ritter sprangen drei Hühnerhunde. Der Ritter war schöner, als ein Menschenmund beschreiben könnte. Wie Herr Gauwain sich ihm nähert, grüßt er ihn und spricht: «Lieber Herr, Gott, der Euch vor allen anderen Geschöpfen so schön gestaltete, möge Euch heute ein gutes Abenteuer gewähren!» Dieser war mit seiner Antwort schnell bereit: «Du bist der Gute, du bist der Schöne! Doch sprich und verschweige mir nicht, wieso du die böse Jungfrau dort drüben allein gelassen hast? Wohin ritt ihr Begleiter davon?» – «Herr», entgegnet er, «ein Ritter, der einen viergeteilten Schild trägt, führte sie herbei, als ich sie traf.» – «Und was tatest du mit ihm?» – «Ich überwältigte ihn im Waffengang.» – «Und was wurde aus dem Ritter?» – «Der Fährmann, der sagte, er müsse ihn bekommen, hat ihn hinweggeführt.» – «Wahrlich, lieber Herr, er sprach die Wahrheit! Die Jungfrau aber war meine Freundin, jedoch war sie nie bereit, mich zu lieben oder zu geruhen, mich ihren Freund zu nennen; denn ich hätte ihr Gewalt antun müssen, um ihr auch nur einen Kuß zu rauben, das versichere ich Euch, und niemals tat sie mir etwas zuliebe; denn ich liebte sie wider ihren Willen, da ich ihr einen Freund entriß, den sie mit sich zu führen pflegte; ich tötete ihn und führte sie hinweg und bemühte mich, ihr zu dienen. Doch stand ihr nicht der Sinn nach meinen Diensten; denn sobald sie nur konnte, suchte sie eine Gelegenheit, mich zu verlassen, und machte den Ritter zu ihrem Freund, den du ihr nun geraubt hast. Es war nicht zu spaßen mit dem Ritter, sondern er war gar edel, so Gott mir helfe, doch war er nie so tapfer, daß er an einen Ort zu kommen wagte, wo er mich zu finden wähnte. Du aber hast heute eine Tat getan, die kein Ritter zu tun wagt, und weil du dies zu verrichten wagtest, hast du den Preis und Ruhm der ganzen Welt durch deine große Tapferkeit erworben. Als du in die Gefährliche Furt sprangest, war größter Wagemut in dir und wisse, daß nie ein anderer Ritter wieder herauskam.» – «Herr», erwidert er, «so hat also das Fräulein mich belogen, das mir sagte und in Wahrheit versicherte, ihr Freund sei aus Liebe zu ihr jeden Tag einmal hinübergesprungen.» – «Das sagte sie, die Treulose? Ha! Wäre sie doch auf der Stelle im Wasser ertrunken, da sie so voll des Teufels ist! Als sie Euch eine so große Lüge erzählte, tat sie es aus Haß gegen Euch, das kann ich nicht leugnen, und wollte Euch in dem rauschenden und tiefen Wasser ertrinken lassen, die Teufelin, die Gott vernichten möge! Nun aber gib du mir dein Wort und schwöre mir, und ich dir ebenfalls: wenn du mich etwas fragen willst, sei es zu meiner Freude oder zu meinem Schmerz, so werde ich dir nicht die Wahrheit darüber verhehlen, wenn ich sie weiß. Und du wiederum sollst mir alles erzählen und in keinem Punkte mich belügen bei allem, was ich wissen möchte, wenn du mir die Wahrheit davon berichten kannst.»

10. WIE GAUWAIN UND DER GUIROMELANT EINEN VERTRAG SCHLIESSEN

So leisteten sich beide diesen Treueschwur, und Herr Gauwain beginnt als erster zu fragen: «Herr», sagte er, «ich frage Euch nach einer Stadt, die ich dort sehe; wem gehört sie und wie heißt sie?» – «Freund», erwidert der Ritter, «ich will Euch die Wahrheit über diese Stadt sagen: sie gehört so vollkommen mir, daß niemand lebt, dem ich etwas darob schulde. Ich besitze sie nur von Gott selbst; sie heißt Orquelenes.» – «Und wie heißt Ihr?» – «Guiromelant.» – «Herr, Ihr seid sehr edel und tapfer, das habe ich wohl sagen hören, und Ihr seid Herr über ein großes Land. Und wie heißt die Jungfrau, von der allerorten weit und breit nichts Gutes erzählt wird, wie Ihr selbst bezeugt?» – «Ich kann wohl», entgegnet er, «bezeugen, daß sie vom Guten weit entfernt ist; denn sie ist zu böse und hochmütig; deshalb heißt sie die Orgeluse von Logrien, wo sie geboren wurde und von wo sie als kleines Kind weggebracht wurde.» – «Und wie heißt ihr Freund, der zu dem Fährmann in Gefangenschaft gekommen ist, ob er wollte oder nicht?» – «Freund, wisset, daß er ein gewaltiger Ritter ist und er heißt der Orgelus vom Felsen am Engpaß, und er hütet die Häfen von Galvoien.» – «Und wie heißt das Schloß, das so stattlich und schön dort drüben steht, aus dem ich heute kam und wo ich gestern abend speiste und trank?»

Bei diesem Worte wandte sich der Guiromelant wie im Schmerz ab und begann, sich zu entfernen. Gauwain jedoch ruft ihn wieder zurück und spricht weiter: «Herr, Herr! Sprecht mit mir, gedenkt Eures Treuwortes!» Hierauf bleibt der Guiromelant stehen, wendet das Haupt über die Schulter zurück und ruft: «Die Stunde, da ich dich sah und dir mein Wort verpfändete, sei geschmäht und verflucht! Geh hinweg, ich gebe dir dein Wort zurück, und gib du mir das meinige wieder; denn von dort drüben gedachte ich dich um Kunde zu bitten; du aber, dünkt mich, weißt ebensoviel vom Monde wie von jenem Schlosse.» – «Herr», erwidert er, «ich verbrachte dort diese Nacht und schlief im Bett des Wunders, dem kein anderes Bett gleichkommt; sah ich doch nie seinesgleichen.» – «Meiner Treu», entgegnet der Ritter, «die Kunde, die du mir da gibst, verwundert mich über die Maßen. Nun ist es mir ein Trost und eine Wonne, deinen Lügen zu lauschen, denn was du da erzählst, könnte ich auch von einem Gaukler zu hören bekommen. Du bist ein Gaukler, das sehe ich wohl. Ich jedoch wähnte, du wärest ein Ritter und hättest dort drüben eine Heldentat verrichtet. Und dennoch bitte ich dich, mir zu künden, ob du dort irgend eine Tat verrichtet und was du dort gesehen hast.» Und Herr Gauwain hob an zu sprechen: «Herr, als ich mich auf das Bett setzte, entstand im Saale ein gewaltiger Aufruhr; es liegt mir nicht im Sinn, Euch zu belügen, aber die Schnüre des Bettes kreischten und einige Glöckchen läuteten, die an den Schnüren des Bettes hingen. Und die Fenster, die geschlossen waren, öffneten sich alle von selbst. Dann schoß man auf meinen Schild Bolzen und glatte Pfeile, und es blieben die Krallen eines grimmen, wilden und rauhmähnigen Löwen darin hängen, der lange in einer Kammer angekettet lag. Der Löwe wurde mir zugeführt, und ein Knecht ließ ihn los. Er sprang auf mich zu und schlug auf meinen Schild, so daß er mit den Krallen darin hängen blieb und sie nicht zurückziehen konnte. So Ihr glaubt, daß keine Spur davon geblieben ist, so seht doch hier die Krallen. Ich aber schnitt ihm, Gott sei Dank dafür, Kopf und Füße mit einem Schlage ab. Was dünkt Euch nun von diesem Zeichen?»

Bei diesem Wort sprang der Guiromelant so rasch er konnte zu Boden, kniet nieder, faltet die Hände und bittet ihn, er möge ihm die törichten Worte verzeihen, die er gesprochen. «Ich spreche Euch davon gerne los», erwidert Gauwain, «doch steigt nun wieder zu Pferde.» Der Ritter steigt wieder auf und schämt sich sehr ob seiner Torheit und spricht: «Herr, so Gott mich schütze, ich wähnte, daß nirgends, weder nah noch fern, einer sein könnte, und vergingen auch hundert Jahre, der die Ehre bekäme, die

Euch zugekommen ist. Nun sprecht mir doch und erzählt, ob Ihr die weißhaarige Königin gesehen habt und ob Ihr sie nicht gefragt habt, wer sie ist und woher sie kam?» – «Das fiel mir niemals ein», entgegnet er, «doch sah ich sie und sprach mit ihr.» – «Und ich», entgegnet jener, «werde es Euch sagen: sie ist die Mutter des Königs Artus.» – «Bei der Treue, die ich Gott und seiner Kraft schulde, ich denke, König Artus hat schon seit vielen Jahren seine Mutter nicht mehr, es mag wohl schon sechzig Jahre oder noch länger her sein, glaube ich.» – «Doch wirklich, Herr, sie ist seine Mutter. Zur Zeit, als sein Vater Uter Pendragon zur Erde bestattet ward, geschah es, daß Königin Yguerne in dieses Land kam, ihren ganzen Schatz mitbrachte und auf diesem Felsen das Schloß und den so reichen, schönen Saal erbaute, den ich Euch beschreiben hörte. Ihr sahet wohl auch die andere Königin, die andere edle Frau, die große und schöne, die die Gemahlin des Königs Lot war und die Mutter des Mannes, der heute auf schlimmer Straße fahren möge: sie ist die Mutter Gauwains.» – «Gauwain, lieber Herr, kenne ich wohl, und ich wage zu behaupten, daß dieser Gauwain seit wenigstens zwanzig Jahren keine Mutter mehr hat.» – «Doch, Herr, zweifelt nicht daran. Sie kam nach ihrer Mutter Yguerne hierher und war schwanger eines lebenden Kindes, der überaus schönen und großen Jungfrau, die meine Freundin ist und Gauwains Schwester, Gauwains, dem Gott große Schande geben möge, das will ich Euch nicht verhehlen; denn wahrlich, er trüge sein Haupt nicht mehr, wenn ich ihn hier vor mir hätte und ihn besiegte, so wie ich jetzt Euch vor mir habe; denn ich würde ihm auf der Stelle das Haupt abschlagen; selbst seine Schwester könnte ihn nicht davor bewahren, daß ich ihm mit eigenen Händen das Herz aus dem Leibe risse, so sehr hasse ich ihn!» – «Bei meiner Seele, Ihr liebt nicht in der gleichen Weise wie ich», entgegnet Herr Gauwain, «wenn ich eine Jungfrau oder Dame liebe, würde ich aus Liebe zu ihr ihr ganzes Geschlecht lieben und ihm dienen.» – «Ihr habt recht, ich denke wie Ihr; doch wenn ich Gauwains gedenke, wie sein Vater den meinigen erschlug, da kann ich ihm nichts Gutes mehr wünschen. Und er selbst tötete mit seinen Händen einen tapferen und edlen Ritter, der mein leiblicher Vetter war. Niemals konnte ich dahin kommen, ihn auf irgendeine Weise zu rächen. Doch nun tut mir einen Dienst: geht in jenes Schloß zurück, überbringt diesen Ring meiner Freundin und steckt ihn ihr an. In meinem Namen wünsche ich, daß Ihr hingehen und ihr sagen möget, daß ich so sehr ihrer Liebe traue und glaube, sie sähe lieber ihren Bruder Gauwain eines bitteren Todes sterben, als daß mir die kleinste Zehe meines Fußes verletzt würde. Grüßt mir denn meine Freundin und überreicht ihr diesen Ring von mir, ihrem Freunde.»

Hierauf steckt Herr Gauwain den Ring an seinen kleinen Finger und spricht: «Herr, bei der Treue, die ich Euch schulde, Ihr habt eine höfische und weise Freundin, eine edle Dame von hohem Geschlechte, eine schöne, vornehme und gütige Jungfrau, wenn sie Euch alles so gewährt, wie Ihr mir hier nun erzählt habt.» Und der Ritter entgegnet: «Herr, Ihr würdet mir einen großen Dienst erweisen, das versichere ich Euch, wenn Ihr meiner lieben Freundin meinen Ring als Geschenk brächtet; denn ich liebe sie wahrlich aus tiefem Herzen. Ich will es Euch auch lohnen; denn nun will ich Euch den Namen dieses Schlosses nennen, nach dem Ihr mich gefragt habt. Das Schloß heißt, so Ihr es nicht wißt, La Roche de Chanpguin. Man färbt dort viel gutes Tuch grün und blutrot und manches Scharlachtuch, und man verkauft und kauft dort viel Gut.»

«Nun habe ich Euch berichtet, was Ihr vernehmen wolltet, und habe Euch mit keinem Worte belogen, und Ihr wiederum habt mir viel Gutes gesagt. Wollt Ihr nun keine Frage mehr tun und nichts mehr verlangen?» – «Nein, Herr, nichts als Urlaub und Abschied.» Der Ritter entgegnet: «Herr, nennt mir Euren Namen, so es Euch nicht leid ist, bevor ich Euch von mir ziehen lasse.» Und Herr Gauwain erwidert ihm: «Herr, so Gott mir helfe, mein Name soll Euch nicht verheimlicht werden: ich bin der, den Ihr so sehr haßt, ich bin Gauwain.» – «Gauwain bist du?» – «Wahrlich, der Neffe des Königs Artus.» – «Bei Gott, dann bist du sehr kühn oder ein ausgemachter Narr, daß du mir deinen Namen sagst, obwohl du weißt, daß ich dich bis auf den Tod hasse. Nun grämt und schmerzt es mich sehr, daß ich nicht meinen Helm umgeschnürt und den Schild am Halse habe; denn wenn ich so bewaffnet wäre wie du, bei meinem Wort, den Kopf würde ich dir auf der Stelle abschlagen und es um keinen Preis unterlassen. Doch wenn du mich zu erwarten wagtest, würde ich meine Waffen holen und zurückkommen, um mit dir zu kämpfen. Ich würde drei oder vier Mann mitbringen, um bei unserem Kampfe Zeugen zu sein. Oder, wenn du willst, soll es anders gehen: laß uns bis zu sieben Tage warten und am siebten Tage in voller Rüstung an diesen Ort zurückkommen; du mögest den König und die Königin mitbringen und ihren ganzen Hofstaat entbieten, und ich wiederum will meine Leute von überallher aus meinem Lande bestellen. So wird dann unser Kampf keineswegs im Geheimen ausgefochten werden, sondern es werden ihn alle sehen, die ihn sehen wollen. Wahrlich, ein Kampf von solchen Helden, wie wir beide es sein sollen, darf nicht im Hinterhalte stattfinden, sondern es ist recht, daß dabei edle Frauen und Ritter in großer Zahl zugegen seien. Und wenn der eine ermattet, so daß die ganze Welt es erfährt, wird der Sieger tausendmal mehr Ehre davon haben, als wenn keiner außer ihm es wüßte.»

«Herr», entgegnet Herr Gauwain, «gerne würde ich mit weniger zufrieden sein, wenn es sein könnte und Euch gefiele, daß kein Kampf stattfände; und wenn ich mich irgendwie gegen Euch vergangen habe, so will ich es gerne vor Euren Freunden und den meinigen wieder gutmachen, so wie es recht und billig ist.» Der Ritter erwidert: «Ich kann nicht einsehen, welchen Grund es gibt, daß du nicht mit mir zu kämpfen wagst. Ich habe dir zwei Dinge vorgeschlagen, nun wähle du, welches du willst. Wenn du es wagst, so erwarte mich hier, und ich werde meine Waffen holen, oder aber entbiete innerhalb von sieben Tagen aus deinem Lande deine ganze Streitmacht; denn zu Pfingsten wird der Hof des Königs Artus in Orcanien sein, diese Kunde habe ich wohl vernommen, und es sind nur zwei Tagereisen bis dorthin. Dein Bote kann den König und seine Leute dort gerüstet finden. Schicke also dorthin und du wirst weise handeln; denn ein Tag

Aufschub ist hundert Groschen wert.» Und Gauwain antwortet: «So Gott mich schütze, dort wird der Hof ohne jeden Zweifel sein. Ihr wißt die Wahrheit darüber ganz genau, und ich verpflichte Euch mit Handschlag, daß ich morgen einen Boten senden werde oder noch bevor ich ein Auge zum Schlafe schließe.» – «Gauwain», erwidert der Ritter, «und ich will dich an den besten Hafen der Welt führen. Dieses Wasser hier ist so reißend und tief, daß kein lebendes Wesen hinüberschwimmen noch zum anderen Ufer springen kann.» Und Herr Gauwain antwortet: «Ich will weder Furt noch Brücke aufsuchen, was mir auch zustoßen möge; denn ehe mich die treulose Jungfrau für feige hält, werde ich mein Versprechen einlösen und auf dem geraden Wege zu ihr gehen.» Hierauf spornt er sein Pferd, und es springt ganz leicht über die Furt und findet kein Hindernis.

11. WIE DIE JUNGFRAU ORGELUSE IHR WAHRES WESEN ENTHÜLLT UND MIT GAUWAIN ZUM SCHLOSS ZURÜCKKEHRT

Als ihn die Jungfrau, die ihn so heftig mit Worten gescholten hatte, auf sich zusprengen sah, band sie ihr Pferd an den Baum und kam ihm zu Fuß entgegen: ihr Herz und Sinn waren ihr verwandelt, denn nun grüßte sie ihn sofort und spricht, sie sei gekommen, ihn wegen ihrer Untat um Gnade zu bitten, da er sich ihretwegen in so große Mühsal gestürzt habe: «Lieber Herr», spricht sie weiter, «nun vernimm, weshalb ich so tückisch gegen alle Ritter der Welt war, die mich in ihrem Gefolge geleitet haben. Ich will es dir sagen, wenn es dich nicht verdrießt: jener Ritter – Gott möge ihn vernichten – der dort drüben mit dir sprach, richtete in böser Gesinnung seine Liebe auf mich, da er mich liebte, obgleich ich ihn haßte. Denn er bereitete mir so großen Gram, daß er den Ritter tötete, dessen Freundin ich war, das will ich nicht verhehlen. Dann glaubte er mir große Ehre anzutun, da er mich zur Liebe verlocken wollte; jedoch nützte es ihn nichts, denn sobald ich nur konnte, stahl ich mich weg aus seiner Gesellschaft und gesellte mich zu dem Ritter, den du mir heute geraubt hast; an dem aber liegt mir nicht das geringste. Als jedoch der Tod mich von meinem ersten Freunde schied, da war ich lange Zeit so maßlos irren Sinnes, ich gebrauchte so anmaßende, häßliche und tolle Worte, daß ich nicht darauf achtete, wen ich damit beschimpfte, sondern ich tat es absichtlich, um einen zornmütigen Ritter zu finden, den ich zu solcher Raserei gegen mich reizen könnte, daß er mich ganz und gar in Stücke schlüge; denn ich wollte schon lange eines jähen Todes sterben. Lieber Herr, nun laß mir Gerechtigkeit geschehen, damit keine Jungfrau, die von mir Kunde erfahre, jemals wieder einen Ritter zu schmähen wage.» – «Schöne», erwidert er, «es ist nicht meine Sache, daß ich an Euch Gerechtigkeit übe! Möge es Gottes Sohn nicht gefallen, daß Ihr durch mich Unbilden erleidet! Nun steigt auf und säumet nicht, laßt uns bis zu jenem starken Schlosse reiten. Seht dort den Fährmann am Hafen, der bereits uns erwartet, um uns überzusetzen.»

«Ich will Euren Willen ganz und gar erfüllen, Herr», erwidert die Jungfrau. Hierauf besteigt sie den Sattel ihres kleinen langmähnigen Zelters, sie kommen zu dem Fährmann, der sie über das Wasser führt, was ihm weder Mühe noch Arbeit bereitet. Die Frauen sehen ihn kommen sowie auch die Jungfrauen, die so große Trauer um ihn gehabt hatten, und auch die Knappen alle aus dem Saale waren vor Schmerz außer sich gewesen: eine solche Freude bekundeten sie nun, wie man sie noch niemals erlebte. Vor dem Saale saß die Königin, um ihn zu erwarten, und sie hatte alle ihre Jungfrauen Hand in Hand aufstellen lassen, um zu tanzen und großen Jubel zu beginnen. Sie jubeln ihm entgegen, sie singen und tanzen und spielen Reigen. Er kommt heran und steigt in ihrer Mitte ab. Die Frauen und Fräulein und die beiden Königinnen umarmen ihn und sprechen in großer

Freude zu ihm alle zumal. Sie entwaffnen ihm in festlichem Eifer Beine und Arme, Füße und Haupt. Auch bewillkommnen sie die Jungfrau, die er mit sich brachte, mit großer Freude. Um seinetwillen dienten ihr alle Männer und Frauen, denn um ihrer selbstwillen taten sie nichts. In hoher Freude ziehen sie in den Saal und setzen sich dort rings im Kreise. Herr Gauwain jedoch faßte seine Schwester an der Hand, setzte sie neben sich auf das Bett des Wunders und sprach und beriet leise mit ihr: «Fräulein, ich bringe Euch von jenseits dieses Hafens einen Ring, dessen Smaragd gar grün erstrahlt. Ein Ritter schickt ihn Euch aus Liebe und grüßt Euch und sagt, Ihr seiet seine liebe Freundin.» – «Herr», entgegnet sie, «das glaube ich wohl, jedoch wenn ich ihn auch wirklich liebe, so bin ich seine Freundin nur von ferne; er sah mich nie, noch sah ich ihn außer über jenes Wasser hin. Jedoch hat er mir schon lange, ihm sei Dank dafür, seine Liebe geschenkt. Er kam noch niemals herüber, doch haben seine Boten mich so inständig gebeten, bis ich ihm meine Liebe gewährt habe, das möchte ich nicht abstreiten, jedoch weiter bin ich seine Freundin noch nicht.» – «Ha, Schöne, er hat sich gerühmt, Ihr wolltet lieber, daß Herr Gauwain, der Euer leiblicher Bruder ist, tot wäre, als daß der Ritter an seiner Zehe Schaden leide.» – «Wehe, Herr, nun wundere ich mich sehr, wie er etwas so Törichtes sagen konnte. Bei Gott, ich hätte nicht geglaubt, daß er so schlecht beraten wäre. Er ist wahrlich sehr unbesonnen gewesen, daß er mir solches entboten hat. Ach, weh mir! Mein Bruder weiß nicht einmal, daß ich geboren bin und hat mich nie gesehen. Der Guiromelant hat mich verleumdet, denn, bei meiner Seele, ich möchte Gauwains Unglück ebenso wenig als das meinige.»

Als sie so unter sich sprachen und die edlen Frauen ihnen lauschten, da sprach die alte Königin, die neben ihrer Tochter saß: «Liebe Tochter, was dünkt Euch von diesem Herrn, der neben Eurer Tochter, meiner Enkelin, sitzt? Er hat mit ihr schon lange Zeit beraten, ich weiß nicht worüber, jedoch macht es mir große Freude, und es wäre nicht recht, wenn es Euch verdrießt; denn es kommt ihm aus seiner hohen adeligen Gesinnung zu, daß er sich an die Schönste und Weiseste hält, die in diesem Saale weilt, und so hat er recht. Möchte es doch Gott gefallen, daß er sich mit ihr vermähle und sie ihm so gefalle, wie Aeneas Lavinia gefiel.» – «Ach, edle Frau», erwidert die andere Königin, «möchte doch Gott sein Herz so richten, daß sie wie Bruder und Schwester wären, und daß sie so einander lieben, wie wenn sie beide ein Wesen wären!» Mit ihrem Gebete meint die hohe Frau, daß er sie lieben und zur Frau nehmen solle, denn sie erkennt ihren Sohn nicht. Wohl werden sie wie Bruder und Schwester sein, und eine andere Liebe wird nicht zwischen ihnen sein. Wenn sie voneinander erfahren werden, daß sie seine Schwester und er ihr Bruder ist, dann wird ihre Mutter eine andere hohe Freude darüber haben, als sie nun empfinden.

Herr Gauwain sprach mit seiner Schwester, der Schönen, so lange, bis er sich erhob und einen Knappen heranrief, den er zu seiner Rechten stehen sah und der ihm von allen Knappen im Saale am geschicktesten, edelsten und dienstfertigsten, am weisesten und vernünftigsten dünkte. Er begibt sich in ein Gemach nach unten und nimmt den Knappen allein mit. Als sie beide unten beisammen waren, sprach er zu ihm: «Knappe, ich halte dich für überaus edel, weise und wohlbelehrt! Wenn ich dir nun einen Auftrag gebe, so mahne ich dich, ihn gut geheim zu halten, damit es dir zum Ruhme gereiche. Denn ich will dich an einen Ort schicken, wo dir große Freude bereitet werden soll.» – «Herr, lieber wollte ich mir die Zunge aus der Kehle reißen lassen, als daß nur ein einziges Wort, das geheimgehalten werden muß, meinem Munde entfahre.» – «Bruder», spricht Gauwain weiter, «du sollst dich also zu meinem Herrn König Artus begeben; denn ich bin Gauwain, sein Neffe. Der Weg ist nicht lange noch beschwerlich; denn der König hat seinen Hof in der Stadt Orcanien eingerichtet, um dort das Pfingstfest zu feiern, und wenn der Weg dorthin dich etwas kostet, so halte dich an mich. Wenn du vor den König kommst, wirst du ihn in tiefer Trauer finden, und wenn du ihn von mir begrüßest, wird seine Freude überaus groß sein. Es wird keinen einzigen bei Hofe geben, der nicht darüber voll Freude wäre, wenn er diese Kunde vernimmt. Hierauf bestelle ihm bei der Treue, die er mir schuldet, da er mein Herr und ich sein Vasall bin, er möge es um keinen Preis versäumen, daß ich ihn am fünften Tage nach dem Feste unter diesem Turm auf dem Anger lagern sehe, und er möge alle hohen und niederen Begleiter, die an seinen Hof gekommen sind, mit sich führen. Habe ich doch einen Kampf gegen einen Ritter unternommen, der weder mich noch den König im geringsten achtet: wahrlich, es ist der Guiromelant, der mich mit tödlichem Hasse haßt. In gleicher Weise sollst du der Königin entbieten, sie möge hierher kommen, um der großen Treue willen, die zwischen ihr und mir sein soll, da sie meine Herrin und Freundin ist. Und sie wird es nicht unterlassen, sobald sie die Kunde vernommen hat und wird alle Frauen und Jungfrauen, die an diesem Tage an ihrem Hofe sind, aus Liebe zu mir mitnehmen. Nun fürchte ich aber, daß du kein Jagdroß hast, das dich rasch dorthin tragen könnte.» Der Knappe dagegen antwortet, er habe ein großes und schnelles, starkes und gutes Roß zu eigen, das er mitnehmen würde. «Das soll mir recht sein», entgegnet Gauwain. Der Knappe führt ihn zu einem Stalle und holt zwei gut ausgeruhte Jagdrosse heraus, von denen eines bereits zum Reiten und Reisen ausgerüstet war. Er hatte es auch neu beschlagen lassen, und es fehlte ihm weder Sattel noch Zügel. «Meiner Treu», spricht da Herr Gauwain, «Knappe, du reitest mit gutem Geschirr. Nun eile davon, und möge der Herr der Könige dich hin und zurück wohl beschirmen und die rechte Straße halten lassen!»

So schickt er den Knappen auf den Weg, geleitet ihn bis zum Wasser und befiehlt dem Fährmann, er möge ihn übersetzen lassen. Der Fährmann setzt ihn über und brauchte sich nicht selbst abzumühen, da er genug der Ruderer besaß. Der Knappe kam ans andere Ufer und schlug den richtigen Weg nach der Stadt Orcanien ein; denn wer den rechten Weg zu erfragen weiß, kommt durch die ganze Welt.

Herr Gauwain kehrt in seinen Saal zurück, wo er in großer Freude und mit viel Kurzweil die Zeit verbringt; denn sie lieben und bedienen ihn alle. Und die Königin ließ Badestuben richten und in fünfhundert Zubern Wasser wärmen; hierauf ließ sie alle Knappen eintreten, um zu baden und sich zu waschen, und man hatte ihnen Kleider zugeschnitten, mit denen sie geschmückt wurden, als sie das Bad verlassen hatten. Die Kleider waren mit Gold durchwebt und die Besätze aus Hermelin. Die Knappen wachten stehend im Münster bis nach der Matutine und knieten niemals nieder. Am Morgen legte Herr Gauwain mit eigener Hand einem jeden den rechten Sporen an, gürtete ihnen das Schwert um und gab ihnen den Ritterschlag. So hatte er nun eine Schar von fünfhundert neuen Rittern um sich.

Der Knappe jedoch ritt so lange, bis er zur Stadt Orcanien kam, wo der König seinen festlichen Hof hielt, wie es sich an jenem Tage geziemte. Und die Gelähmten und Lupuskranken, die den Knappen kommen sehen und ihm nachschauen, sprechen untereinander: «Der kommt in einer großen Sache daher; mich dünkt, er bringt aus weiter Ferne seltsame Kunde an den Hof, jedoch wird er den König stumm und taub finden, das kann er sagen; denn der König ist voller Trauer und Schmerz. Und wer wird nun da sein, der einen Rat zu geben vermag, wenn der König gehört hat, was für Kunde der Bote bringt?» – «Geh doch!» erwidern andere, «was schiert es uns, von dem Rate des Königs zu sprechen? Ihr solltet entsetzt und verstört und betrübt sein, da wir den verloren haben, der uns im Namen Gottes alle kleidete und von dem uns durch Almosen und aus wahrer Nächstenliebe alles Gute zukam!» So beweinten in der ganzen Stadt die armen Menschen Herrn Gauwain, da sie ihn sehr liebten. Der

Knappe aber reitet weiter; er ritt so lange, bis er den König in seinem Saale sitzen fand, rings um ihn hundert Pfalzgrafen, hundert Herzöge und hundert Könige. Der König saß umdüstert und versonnen, da er so große Herrenmacht erblickte und seinen Neffen nicht darunter sah; so fiel er denn in herbem Schmerz ohnmächtig zu Boden. Eilfertig hob ihn der Ritter auf, der als erster hinzukommen konnte, denn alle liefen, um ihn zu stützen. Frau Lore sitzt in einem Gemach und hört das Getümmel der Trauer, das sich im Saale erhob. Sie eilt aus ihrem Gemach hinab und gelangte zu der Königin, die ebenfalls völlig verstört war. Und als die Königin sie erblickte, da fragte sie, was ihr fehle und was sie erschreckt habe*.

«Ach! Liebe, hochgeehrte Frau Königin, nichts kann mich beschwichtigen, denn ich habe einen Boten gesehen, der in den Palast eintrat, und ich sah nie so viele Ritter und Höflinge in solchem Entsetzen. Der Bote brachte ihnen, wie mich dünkt, eine Kunde, die den ganzen Hof trostlos machte. Der König selbst ist in Ohnmacht gefallen, und ich fürchte, daß sie ihn darob tadeln. Jeder menschlichen Kreatur kann dies zustoßen, und wenn es so war, braucht es nicht so zu bleiben.» Der Königin begann es zu schwindeln und sie fiel ohnmächtig zu Boden. Da hättet ihr große Kümmernis erleben können: schmerzlich weinten die Jungfrauen, die edlen Frauen und Fräulein, zerrissen sich die Kleider und rauften sich die Haare; nie vorher ward solche Trauer erlebt.

Der König jedoch erholte sich von der Ohnmacht, und der Knappe trat vor ihn: «Herr König», hob er an zu sprechen, «Gott segne Euch und Eure edle Schar! Gruß entbietet Euch, seinem König, Herr Gauwain, Euer Nef-

* Hier brechen die verschiedenen Handschriften ab und erklären, daß «der alte Perceval» zu Ende sei und «der neue Perceval» beginne. Mit Ausnahme des belgischen Gelehrten Wilmotte sind alle Forscher der Ansicht, daß an dieser Stelle auch das Werk der Fortsetzer des Percevalromanes einsetzte. Die Handschriften weichen von hier an sehr stark voneinander ab, während sie bis hierher alle, von kleinen Unterschieden abgesehen, den gleichen Text zeigen. Man kann die Manuskripte in zwei Gruppen teilen, die wohl die gleichen Episoden berichten, in der Fassung jedoch sehr voneinander verschieden sind. Wir bringen hier zur Abrundung des Gauwain-Abenteuers ein weiteres Stück der Handschrift P.

fe, durch mich.» Der König vernahm die Worte, sprang auf und ward noch nie so fröhlich gesehen. Er nahm den Knappen in die Arme und zog ihn rasch an sich, herab von dem Pferde, auf dem er saß. Der ganze Hof, der dies mit ansah, begehrte heftig zu wissen, was der Knappe dem König entdeckt hatte. König Artus ergriff das Wort und sprach: «Freund, so Gott dir helfe, möge er Gauwain und dich schirmen und schützen! Ihn liebe ich nicht weniger als mich selbst. Doch sage mir die Wahrheit, ob Gauwain gesund und wohl ist.» – «Herr, so Gott mich fröhlich mache, ich ließ ihn gesund und wohlbehalten ferne von hier in einem guten und schönen Schlosse, das er erobert hat. Es hat keines auf der ganzen Welt eine stattlichere Lage. Er entbietet Euch durch mich und fordert Euch auf als seinen Oheim und Herrn, Ihr möchtet ihm Hilfe und Ehre angedeihen lassen; denn er hat einen Kampf unternommen und begehrt von Euch, Ihr möchtet ihn ohne Verzug schirmen. Sein Feind hat sich gerühmt, er werde ihn in Unehre bringen. Weder Ihr noch Gauwain noch Eure Freunde haben einen schlimmeren Gegner. In der Not bewährt sich der Freund. Und so hat mich in seiner großen Not Herr Gauwain hierher gesandt zu dem, der die Bedürftigen gegen die Hochmütigen schützt.»

Niemals war der Hof so erfreut über eine Kunde wie über die, die er da vernommen hatte. Nun bedurften sie nichts anderes, da sie den am Leben wußten, der ihnen höfische Gesinnung zeigte und den sie für verloren gehalten hatten. Da hörte man, wie der Hof zusammenlief, wie die Harfen erklangen und die Glocken ertönten, wie man die Leier spielte und Lieder sang; der ganze Rittersaal hallte davon wider. Kein Lebender könnte euch sagen, welch süße Melodie sie da sangen. Mit einem Male erhob sich unter allen große Freude, keiner tat etwas anderes, wenn er es nicht nötig hatte, und sie hatten die beste Zeit der Welt. Freude und Liebe forderten sie dazu auf; denn etwas Großes ist es um die Freude, und ich kann ihr nichts Besseres vergleichen.

Frau Ysaune de Kahais vernahm den großen Jubel im Palast. Sie begab sich aus einem Gemach, wo sie saß, geradewegs zur Königin und sprach:

«Frau Königin, ich denke, Ihr werdet bald eine gute Nachricht vernehmen. Der König freut sich über die Maßen über eine Botschaft, die ihm das Herz erleichtert und labt. Ihr werdet wohl gar schöne Kunde bekommen von Herrn Gauwain, so es Gott gefällt, denn das meinen die Instrumente, die dort drinnen süß ertönen, und mein Herz errät es wohl, daß wir bald eine herrliche Freude haben werden über Gauwain, den Neffen des Königs.» – «Schöne Frau, Gott möge Euch und mich und diese Frauen und Jungfrauen erhören und uns gute Kunde schicken!»

Die Königin erhob sich und verlor keine Zeit damit, den Mantel anzulegen; denn wegen der Freude, die sie im Herzen hegt, dachte sie nicht daran. So schritt sie ohne Mantel zum Rittersaal. Und da war kein Fräulein, keine Edelfrau noch Jungfrau, die nicht ihren Mantel abgelegt hätten und in großer Eile ihr gefolgt wäre. Niemals verließen die Edelfrauen ihre Gemächer in so heftiger Erregung, und niemals vorher betraten Frauen und Jungfrauen den Rittersaal auf diese Weise.

Der König wandte sich zu dem Knappen und sprach: «Freund, geh also gleich zur Königin und künde ihr das, womit du mich so sehr ergötzt hast; ich will lieber, daß sie es durch dich selbst höre, als durch mich oder einen anderen.» Dieser trat ohne weitere Entgegnungen zur Königin und sprach: «Der Gott, der dort oben thront und alles durch seine Weisheit geschaffen hat, möge Euch, so entbietet Euch Gauwain, schirmen und behüten, Euch und euer liebes Gefolge!» Und die Königin antwortete ihm mit frohem Angesicht und sprach: «Gott möge ihn schirmen und ihn fröhlich und kühn machen! Ist er wohlbehalten und ganz gesund?» – «Ja, Herrin, und er ist voller Freude als Euer Untertan und Freund; und durch mich, den er hierher geschickt hat, entbietet er Euch bei der großen Treue, die Ihr ihm schuldet, Ihr möget ihn unterstützen. Führt alle Eure Jungfrauen, Frauen und edlen Fräulein, die an diesen Hof gekommen sind, hin zu ihm und alle sollen Euch begleiten. Der ist kein Freund, der da zögert, und der falsche Heuchler sei mit Schande bedeckt. Wenn Gauwain es nicht wußte, so soll er es nun erfahren, ob er einen Freund in der Not hat; denn niemand weiß, ob man ihn liebt, außer wenn er in Not ist. Kann sich doch ein Freund nicht verweigern, wenn er einen anderen bedroht sieht. Der, dem nichts fehlt, kann nicht wissen, ob man ihn liebt oder haßt, so wahr mir Gott helfe!»

Als Keu, der Seneschall, dies vernahm, sprach er gar höfisch; denn er hatte Gauwain sehr häufig verunglimpft und ihn um seine Ritterschaft beneidet; aber ich glaube, mancher ist neidisch, der in der Not doppelt seinen Mann stellt. Und mancher macht sich aus Gewohnheit lustig, der seinen Spott wie Schaum zerrinnen läßt, wenn es nottut. «Herr», sprach der Seneschall, «die Kunde lindert Eure Schmerzen nun gar sehr, da Herr Gauwain am Leben ist. Erheben wir deshalb alle zu Gott unsere Hände! Wie waren wir erbittert gegen Gott und deshalb betrübter und niedergeschlagener, als wir uns über alles übrige freuen konnten. Nun hat es Gott auf sein Geheiß alles gut gemacht. Nun wird man erfahren können, welche Siege unser Held davontrug; waren wir doch eben außer uns vor Freude, da wir bisher Sorge hatten, ob er nicht im Elend gestorben sei. So Gott mich ansehen möge, es spricht die Wahrheit, der da sagt: keiner weiß, was ein Edelmann wert ist, bis zu der Stunde, wo er fehlt. Gott hat der Königin, unserem Herrn und uns allen, wie mir scheint, große Ehre erwiesen, als wir hier wohl unser dreißigtausend betrübt und traurig beisammensaßen. Nun klärt und lichtet sich alles für uns, da er gesund und rüstig lebt, der aller Ritterschaft Meister ist. Niemals waren wir so voller Angst, und nie auch machte uns der Gute, der Liebe, der Tapfere, der Weise, der so voll der guten Dinge ist, daß keiner auf der Welt ihm gleich sein kann, so freudenvoll und heiter.»

Hierauf ließen sie eine Glocke ertönen, und dann konntet ihr die Junker gut gekleidet sehen in feinen Röcken und mit weißen Tüchern um den Hals. Da war kein Knecht noch Diener, der nicht wußte, wo er anpacken sollte. Ich kann Euch sagen, ohne zu lügen: die Schüsseln waren einen ganzen Schatz wert, worin sie die Speisen fein und vornehm auftrugen; denn die meisten waren aus feinem Gold und andere aus feinem Silber.

Sie setzten sich im Rittersaal zu Tisch, und es gab so viele Speisen, daß ich lieber davon schweige. Niemals war ein so köstliches Mahl in kürzerer Zeit vollendet, und an keinem Hofe wurde je eines in so großer Freude eingenommen: es beschwingte sie die Liebe zu Gauwain, der schon so manche Tat für sie verrichtet hatte. Da sah man alsbald die spanischen Maultiere, die guten Pferde und Zelter bereitstehen, und alle Ritter waren in großer Furcht, daß sie nicht zu rechter Zeit gepackt haben könnten. Niemals beeilten sie sich so zu speisen, wie ich denke, um nur rasch aufbrechen zu können.

13. WIE KÖNIG ARTUS MIT DEM GANZEN HOFSTAAT AUSZOG

Den ganzen Tag sah man die Diener viele Taschen und reiche Koffer packen. Der König säumte nicht länger, sondern saß zu Pferde und ritt aus der Stadt. Wohl dreißigtausend Ritter und fünfzehntausend Jungfrauen, Edelfrauen und Fräulein waren bei ihm. Niemals hatte man ein so gerüstetes Heer gesehen wie dieses, das nun aus Orcanien ausritt. Ein reicher Troß war dabei, um des Königs Lebensmittel, Zelte und Hütten zu tragen. Der Zug dauerte lange und erstreckte sich weithin, und die Straßen waren bis in die Ferne damit bedeckt.

Schließlich mußten sie in Laubhütten herbergen, und von da gelangten sie zuerst an einen Fluß in einer Ebene und brachen am nächsten Morgen wieder in großer Freude und Fröhlichkeit auf. Dann führte sie der Knappe geradewegs zu dem Schlosse, das Gauwain bewohnte. Am siebenten Tage kam der König dorthin, und der Knappe begann zu ihm zu sprechen:

«Seht dort das Schloß, lieber Herr, das Euer Neffe erobert hat.» Der König stieg vom Pferde, und dann sah man auch die Barone absteigen. Sie ließen Zelte und Hütten aufschlagen, und die Walliser, die darin gewandt sind, stellten viele wallisische Lauben her. Man brachte viel Gezweig aus dem Walde, man beschnitt es und entblätterte es und richtete es zu. Die einen machten Hütten für die Pferde und für den Troß, andere erbauten die Küche aus den Ästen und dem Holz. Herr Ywain, der Sohn des Königs Urien, und Giflet, der Sohn des Duo, stießen zu ihnen. Die Königin, zu der sie kamen, war in Gesellschaft der Jungfrauen, der Frauen und Fräulein. Und da kamen dazu dreitausend Ritter, unter denen nicht einer war, der kein Streitroß gehabt hätte. Hierauf erschienen wiederum die großen Karren, die größten der Welt, und darauf eine große Fülle von Lebensmitteln. Und sie ließen die Königin auf der Heide vor dem Zelte absteigen, das dem König aufgebaut worden war.

Yguerne, die Königin, stand am Söller des Rittersaales und erblickte das große Heer auf dem Anger und erschrak so heftig darüber, daß sie im Herzen zitterte und bebte. Sie nahm ihre Tochter an der Hand und sprach: «Liebe Tochter, nun schaut hin, nun haben wir lange genug gelebt. Niemals sah ich ein solches Heer beisammen, nie so viele erprobte Ritter. Seht doch die vielen Lanzen und Schwerter! Sind das wohl Edelfrauen oder Feen? Ich weiß es nicht, doch sah ich niemals ein Fräulein, eine Frau oder Jungfrau so im Heereszuge anrücken, nie sah ich sie ein Heer führen oder gar kämpfen; sehr grämt mich dies im Herzen.»

Herr Gauwain und seine Schwester traten nun aus ihrem Gemach, und die Königin konnte sich nicht zurückhalten, als sie ihn auf sich zukommen sah, sondern sprach zu ihm: «Lieber guter Freund, seht, wie viele Ritter Euch belagert haben! Jeder von ihnen hat eine Edelfrau oder ein Fräulein mitgebracht. Herr, Ihr habt mich um der Liebe willen um eine Gnade gebeten: ich sollte vor dem siebenten Tage keine Frage an Euch tun und mich nicht nach Eurem Namen erkundigen. Ihr wißt wohl in Wahrheit, daß der siebente Tag vorüber ist; nun will ich Euren Namen wissen.» –

«Frau Königin, ich werde ihn euch in Wahrheit sagen, denn nie wurde mein Namen verheimlicht: Herrin, Gauwain bin ich geheißen.»

Als sie dies Wort vernahm, umarmt sie ihn auf der Stelle, küßt ihm die Wangen und das Angesicht, und ihre Tochter kann sich nicht zurückhalten: das Herz, das niemals stillestehen konnte, seit sie von einer Mutter geboren war, hüpft ihr vor Freude im Leibe; sie küßte ihm Wangen und Brust. «Lieber guter Freund», sprach die Königin, «bei der Treue, die ich Gott und seiner Kraft schulde, ich bin die Mutter des Königs Artus, sieh hier meine Tochter, die deine Mutter ist.» Und Clarissant, die Schwester Gauwains, die dabeistand, wollte in ihr Zimmer flüchten, als sie dies vernahm; denn sie begann zu trauern, weil ihr Bruder ihre Geschichte wußte, daß sie den Guiromelant liebte, der ihm so feindlich gesinnt war.

«Lieber Herr Enkel», sprach die Königin, «Ihr kennt die ganze Lage: sie haben Euch belagert, das sehen wir, und was wird nun mit uns geschehen?» – «Wir werden keine Gefahr dabei laufen, Herrin, das ist König Artus, der dort lagert!» erwidert er. – «Ist dies die Wahrheit?» – «Ja, Herrin! Zweifelt nicht daran, er ist es.» – «O! Nun verlangt es mich herzlich, daß ich ihn sehe, denn es widerfuhr mir nie eine größere Freude.» Gauwain erwidert: «Ich will jenes Wasser überschreiten und mit ihm sprechen, Frau Königin, so es Euch gefällt.» Wiederum drängt es sie, ihn zu küssen; manchen Kuß bekam da Gauwain von seiner Großmutter und Mutter.

Rasch nahm er Abschied von den Frauen und besteigt ein schnelles Roß, und ein edler und erfahrener Ritter fuhr mit ihm über das Wasser. Keu, der Seneschall, der eben vom Zelte des Königs herkam, erblickte ihn. Er lenkt in großer Eile sein Roß wieder dem Zelte des Königs Artus zu, er kam zum König und hub an zu sprechen: «Hier kommt Euer Neffe, lieber Herr!» Hierauf steigt er vor dem König ab und der König besteigt des Seneschalls Zelter, da es ihm zu lange dünkte zu warten. So rasch er nur das Pferd lenken kann, sprengte er seinem Neffen entgegen, und als er zu ihm kam, küßte er ihn zwanzigmal, bevor er ein Wort sprach, auf Mund und Angesicht. Er hatte so große Freude, daß er nicht wußte, was er tat, als er seinen Neffen erblickte. Herr Gauwain sprach zu ihm: «Herr, große Freude wartet Euer, denn Eure Mutter begehrt herzlich, Euch zu erblicken und mit Euch zu sprechen, so es möglich ist.» Bei diesen Worten des Ritters lächelte der König und sprach: «Lieber guter Neffe, teurer Freund, bei der Treue, die ich meinem Vater schulde, schon seit dreißig Jahren habe ich keine Mutter mehr.» – «Ehre sei Eurem Worte, Herr, doch habt Ihr eine Mutter, das kann ich euch in Wahrheit sagen. Als Uter Pendragon starb, zog Yguerne fort und floh. Sie nahm viel von ihrem Schatze mit und ritt so lange durch die Länder, bis sie hierher gekommen war. Von dem großen Gut, das sie mitbrachte, gründete sie dieses Schloß und machte es zu ihrem Wohnsitz, und ich kenne weder ein besseres noch ein ebenso gutes. Als König Lot, mein Vater, der Orcanien besaß, das Leben verlor, da entbot sie meine Mutter zu sich, und sie kam ebenfalls in dieses Schloß, und so wohnt dort meine Mutter mit der Eurigen. Sie verließ das ganze Land, das uns gehört, und zog hinweg. Sie war guter Hoffnung und gebar eine Tochter, die nun dort oben wohlgestaltet und schön und edel lebt. Und viele edle Fräulein sind bei ihnen.»

Der König und alle Anwesenden empfanden über diese Kunde große Freude und die Königin desgleichen. Gar fröhlich küßte Gauwain die edlen Frauen und Jungfrauen. Mancher Küsse, die er da empfing, hätte er sich gerne enthalten, doch wenn ein Mann so hoch in Ehren steht, so nimmt jeder von ihm, so viel sein Herz nur begehrt; denn er versagt es nicht. Das ganze Heer freut sich herzlich seiner. Nun aber will ich von der Mutter des Königs, die oben im Schlosse wohnt, berichten, was sie bei Einbruch der Nacht tat: sie hatte bei sich im Schlosse die fünfhundert neu zu Rittern geschlagenen Junker. Diese ließ sie ihre Waffen, die gar wunderbar voll kostbarer Steine waren, über die Balkone und allenthalben durch die Fenster hinaushalten, so daß die edlen Steine vermöge ihrer Kraft dem Heere des Königs Artus eine solche Helligkeit spendeten, wie wenn es heller Mittag wäre, das versichere ich euch. Diese aber erschraken so sehr ob solcher Lichtfülle, daß sie sich für verzaubert hielten. Auch der König war keines guten Mutes, denn er fürchtete, er sei behext. Sie beschuldigten Gauwain in großer Härte, er sei voller Zauberei. Jedoch sprach Herr Gauwain so lange, bis es dem König gut dünkte, mit vier seiner Getreuen hinzureiten, die er heimlich bestellt hatte. Und die Königin desgleichen mit drei treu ergebenen Jungfrauen. Sie machten nicht Halt, bis sie zum Schlosse kamen; sie ritten zur Furt und setzten über, und die Königin des Schlosses empfing ihren Sohn schön und gut. Sie hatten gar große Freude miteinander, und Yguerne feierte auch Königin Ginevra in herzlicher Weise.

Nun muß ich euch jedoch den Zustand des Heeres berichten; denn Keu, der Seneschall, versammelt die Edlen alle, um heimlich zu beratschlagen, sobald der König hinweggeritten war. Er teilte ihnen unverzüglich mit, daß er den König nicht in seinem Zelte finde, und sie erschraken gar sehr darüber. Das gleiche könnt ihr von den Jungfrauen, Edelfrauen und Fräulein hören: sie suchten die Königin in ihrem Zelte, und es war keine, die nicht laut geklagt hätte, als sie ihre Herrin dort nicht fanden. Sobald die Kunde davon im Lager verbreitet war, erhob sich ein überaus lautes Jammern. Der eine beklagte den Verlust seines Herrn, die andere ihre Herrin, die sie verloren hatte, und niemals waren sie so verstört gewesen; und sie hätten dort nicht länger verweilt, wenn es gegen den Tag gegangen wäre, statt gegen Abend. Sicher wären sie alle wie geschlagen und trostlos hinweggezogen; denn ihr hättet sehen können, wie mancher seine goldverzierte Brünne anlegte, und keiner war so kühn und verwegen, daß er sich nicht unverweilt gerüstet hätte. Sie wußten jedoch nicht, wovor sie sich hüten sollten, aber sie fürchteten, das Lager werde angegriffen. Am frühen Morgen jedoch hatte König Artus, als es zu tagen begann, die Messe gehört, dann saß er zu Pferde und kehrte zurück. Die fünfhundert jungen Ritter, mit denen das Schloß wohl besetzt war, und fünfhundert Jungfrauen, Edelfrauen und Fräulein führte er mit sich, und so überschritten sie den Fluß alsbald. Da wunderten sich die Herren des Heeres mächtig, als sie König Artus heranziehen sahen. Wenn er ein wenig länger noch ausgeblieben wäre, so wären seine Genossen und alle miteinander aufgebrochen und hätten Feuer an das Heerlager gelegt.

So aber freuten sie sich über seine Ankunft, und das ganze Heer zog wieder zurück in die reichen und guten Zelte. Jeder von ihnen stieg ab und trat hinein. Die Königin stieg vor ihrem Zelte ebenfalls ab, und manch edle Frau und alle Jungfrauen taten das gleiche.

14. WIE GAUWAIN MIT DEM GUIROMELANT KÄMPFTE

Herr Gauwain legte unverzüglich vor dem Bischof von Carlion seine Beichte ab, und der Bischof hielt ihm eine feierliche Ansprache und redete ihm sanft ins Gewissen. Herr Gauwain beichtete ihm demütig alle seine Sünden. Als der heilige Mann sie gehört hatte und sah, daß er bereute, da sprach er ihn milde los vor Gott und der Heiligen Maria und ihrer frommen Schar. Nachdem er nun in aller Wahrheit gebeichtet hatte, brauchte er nichts mehr zu fürchten; denn Gott wird ihn überall beschirmen, wenn er ihn reinen Herzens anruft. Damit hatten sie ihre Zwiesprache beendet.

Nun blieb wohl im ganzen Heere kein gutes Roß, das man ihm nicht schenken wollte, wenn es ihm irgendwie gefiele. Und wiederum konnte er sich dessen rühmen, daß im ganzen Heere kein gutes Schwert war, das man ihm nicht sofort dargeboten hätte, und wer eine gute Lanze oder einen guten Helm besaß, bot sie ihm. Gauwain prüfte seinen Gringalet, den Yonet in seiner Hut hatte, diesen ließ er rüsten, und die Knappen, die ihn umgaben, legten keine Schabracke auf den Sattel; denn er war von Natur gut zum Ritterkampf. Sie legten Herrn Gauwain über einem feinen Seidengewand die Rüstung an, und er, der gar mutig war, schaute geradewegs nach der Gefährlichen Furt und erblickte wohl dreitausend Ritter, die mit allen Waffen gerüstet im Anzug waren, und er schätzte ihrer ebensoviele, die Spieße und Hellebarden trugen. Gar gut waren sie mit solchen Waffen gerüstet.

An dem Baume nahe bei dem Heerlager des Königs stiegen die drei Scharen ab. Gauwain sah sie und blieb stattlich stehen, und der Mut wuchs ihm und erfüllte ihn; denn es war seine Gewohnheit, daß er da, wo er Unrecht hatte, und wäre es gegen einen noch so schwachen Mann gewesen, der eine Forderung an ihn hatte, sich wie gelähmt fühlte. Deshalb wuchs ihm hier der Mut, da er jede Bosheit haßte: so war er gegen jeden bösen, hochmütigen und verschlagenen Menschen sehr stolz und tapfer; gegen einen freimütigen Menschen jedoch war er fromm und mild, gegen einen hochmütigen stolz und kühn.

Die drei Scharen, die dorthin gekommen waren, waren am Baume abgestiegen. Sie rückten hintereinander an. Manch gutes Pferd, rot und braun, und manchen Ritter von großem Ansehen, konnte man am Baume gewahren. Artus dagegen ließ nahe bei seinem Heerlager, um in Frieden und Sicherheit zu sein und das Lager gut zu schützen, fünfzehntausend der Seinigen sich rüsten, die alle Ritter von hohem Ansehen waren.

Herr Gauwain, dünkt mich, blickte hinab nach der Furt und sah in guter Ordnung einen Zug von dreitausend Jungfrauen, Edelfrauen und Fräulein heranziehen. Diese Schar stieg auf der grünen blühenden Heide ab, dort, wo der Kampf stattfinden sollte, damit ihn jede in aller Muße sehen könne, so es ihr gefiel und ihr Herz es aushielt. Gauwain schickt sich an und beruft zu sich Ywain, König Uriiens Sohn, und mit ihm Giflet, den Sohn des Do: sie waren die besten Redner des Lagers. Er sprach zu ihnen: «Ihr Herren, geht zum Guiromelant und sagt ihm, ich sei bereit, mein Wort einzulösen, und ich entbiete ihn zum Kampfe. In jener Schar ist er der erste, und müht Euch nicht vergebens zu fragen, welcher es ist, sondern begebt Euch ohne Zögern zu dem Schönsten und besten jenes Heeres, Ihr

Herren, und zeigt ihm meinen Willen an, so wie ich es Euch gesagt habe.»

Unverzüglich saßen nun ohne Widerrede die beiden Boten auf, sobald man ihre Rosse, die in reichem Schmucke prangten, gerüstet hatte. Sie ritten in leichtem Schritt, bis sie in das Lager des Ritters kamen, der Gauwain für seinen Feind hielt. Sie fanden ihn nicht allein; denn die berühmten Ritter aller Inseln des Meeres, die zu Pferde sitzen, wollten König Artus mit Freuden bekriegen und dem Guiromelant beistehen. Alle Ritter, die Artus nicht liebten, waren um ihn. Die Boten gelangten in das Lager und fanden sofort Guiromelant heraus, denn ohne sich aufzuhalten und zu fragen, wußten sie wohl, welcher es sei. Der Ritter stand auf einer reichen und stattlichen Decke aus neuem, rotem und feingestepptem Atlas und stützte seine beiden Arme auf zwei Knappen, die ihn sehr liebten. So stand er in edler Haltung. Der Herr erblickte die beiden Boten und bevor sie noch ein Wort sprechen konnten oder abgestiegen waren, rief er ihnen zu: «Seid mir willkommen!»

Herr Ywain hob in edlem Sinn zu Sprechen an: «Ihr seid uns zuvorgekommen, denn wir sind Boten und hätten Euch als erste grüßen sollen, doch nun sei es so! Gauwain bestellt Euch, das versichere ich hiermit, er sei bereit, sein Wort einzulösen.» – «Und ich bin ebenfalls ohne Zögern bereit», erwiderte der Herr, «und jeder von uns muß sich nun so gut halten, wie er kann.» Hierauf fuhr er fort: «Ihr Freunde, verhehlt mir nicht, wie seid Ihr geheißen?» – «Herr, ich bin nicht berühmt, doch wisset, ich bin Ywain, der Sohn des Königs Uriien.» – «Freund, Gott möge Euch viel Gutes gewähren! Und wer ist Euer Begleiter?» – «Giflet, Sohn des Königs Do, ist er. So heißen wir und haben Euch nichts verhehlt.» – «Ywain», entgegnete er, «ich wußte es vorher nicht, nun aber erlebe ich und sehe, daß es wahr ist, was man von Gauwain sagt, er sei gar höfisch, da er keine anderen zu mir geschickt hat, um mir dies zu entbieten. So Gott mich schützen möge, gewähre er mir Kraft gegen Gauwain! Denn in der ganzen Schar des Königs Artus ist kein Baron von so hoher Macht, den ich lieber hätte sehen mögen als Euch beide, die er hierher gesandt hat. Wenn Gott mir großes Gut versprochen hätte, so wäre ich jetzt schon wohl belohnt, da er mir Euch beide geschickt hat, um des Guten willen, das ich von Euch gehört habe. Und bei dem Gott, der über uns thront, versichere ich Euch, Herr Ywain, mein Wort in Eure Hand, daß Gauwain keinen treueren Freund hat, als er an mir einen Feind hat. Und wenn ich ihn besiegen kann, so wird nichts ihn davor schützen können, daß er mir seinen Kopf zum Pfande lasse. Eine andere Bürgschaft will ich nicht von ihm annehmen. Darauf werde ich ihm mit dieser Hand, mit der ich Euch halte, das Herz aus dem Leibe reißen, wenn er nicht so gefeit ist, daß kein Stahl ihn durchdringt. So soll es sein, wenn ich ihn besiegen kann!» – «Möge Gott nicht zulassen, lieber Herr», erwiderte Ywain, «daß er Euch so gewaltig spüre! Zu sehr würde uns Gott schädigen, wenn er duldete, daß Gauwain so schlimm verletzt würde. Die Welt würde mehr an ihm verlieren, als alle übrigen wert sind.» – «Ywain, so betet, wer ihn liebt! Aber bei dem, den man Gott nennt, wenn die ganze Welt ihn so haßte, wie ich es tue, dann würde er nur kurze Zeit leben, denn dann wären wir beizeiten seiner ledig.»

Ywain entgegnete unverzüglich in aller Ruhe: «Herr, kein Mensch, der jetzt am Leben ist, könnte aus Zorn oder Neid so viel Böses von ihnen sagen, als daß nicht tausendmal mehr Gutes in ihm wäre.» – «Ywain, für weise halte ich Euch. Und keinen anderen Boten außer Euch will ich ihm senden. Kündet ihm denn von mir, daß ich bereit sei, mein Wort einzulösen.» – «Von Herzen gerne!» entgegnete Ywain. Nun begaben sie sich hinweg und kamen in Artus' Lager zurück. Sie fanden Gauwain bereits vor seinem Zelte zum Kampfe bereit. Herr Ywain sprach: «Teurer Herr, Guiromelant, der Stolze, entbietet Euch und tut Euch durch mich kund und zu wissen, er sei bereit, sein Wort einzulösen.» – «Und ich ebenfalls das meinige, Herr! Gott gebe mir Ehre dadurch, so es ihm gefällt!» Auf dieses Wort hin antworteten Tausende: «Lieber teurer Herr, so sei es!»

Nun gibt es kein Verweilen mehr, er steigt zu Pferde, nimmt den Schild, den ihm seine Lehensmannen reichen, faßt ihn an der Schlinge und hängt ihn rasch um den Hals. Da waren ungefähr zehn Junker, und wisset wohl ich hörte da sagen, daß jeder ein starkes Schwert in die Hand genommen hatte, und noch waren sie im Zweifel, welches er vorziehen werde; bald jedoch werden sie es erfahren: denn Yonet, König Yders Sohn, der ihm manchen Winter hindurch gedient hatte, reichte ihm ein starkes und hartes Schwert, mit dem er schon manchen Ritter erlegt hatte. Die Schneide war scharf und aus Stahl, und der starke Griff aus Apfelholz. Darauf war ein Zeichen geritzt mit seinem eingewirkten Wappen, das mit goldenen Nägeln befestig war. Und wollt ihr wissen, woher es kam, dies Liebespfand: es war aus Seide von Almeria.

Rein und schön war die Heide! Gauwain ritt seinem Gegner, der ihn herausforderte, von einer Seite aus dem Lager entgegen, und der andere kam aus seinem Lager von der anderen Seite. Der Schild hing ihm am Halse, weithin sichtbar, und sein Roß war mit einer schönen Decke von roter und gelber Farbe bedeckt. Seine Lanze war dick und stark, und in ihrer großen Stärke lag seine Hoffnung. Da gab es kein Aufhalten mehr, und sie taten auch keinen Schwur, sondern da sie beide in Waffen wohl geübt waren, fassen sie die Schilde an den Griffen und spornen die Rosse. Angesichts des Königs und seiner Barone gaben sie sich so heftige Schläge auf die Schilde, die sie am Halse trugen, daß die Eisenspitzen hindurchdrangen und ihre Brünnen beschädigten. Sie durchschneiden die Seidenröcke bis auf die Haut, so daß das Blut herausrinnt. Sie halten sich darob nicht auf, sondern prallen in solcher Wucht mit den Körpern und Pferden zusammen, daß beide zu gleicher Zeit rasch zu Boden stürzen. Doch hurtig springen die Ritter wieder auf, auf zum Kampfe! Jeder löst seinen Schild vom Halse, die Lanzen sind in Stücke gesprungen, und so legen sie die Hand an die Schwerter. Ein jeder nimmt voll Kraft seinen Schild an den Schlingen, und wiederum stürzen sie wild gegeneinander. Das war ein hartes Treffen, denn sie geben sich Schläge auf die Helme, daß alles dröhnt und die Kämpfer fast wie betäubt sind. Auf die Schilde sausen die hellblitzenden Schwerter herab, zerschneiden und spalten sie, so daß große Stücke davonfliegen. So wild rennen sie aufeinander, daß einer den anderen häufig aus der Stellung treibt. In dieser Weise kämpfen sie den ganzen Morgen. Sobald die dritte Stunde geschlagen hatte, zeigte sich Gauwain als starker Ritter, denn vorher kämpfte er nicht gerne, außer wenn man ihn angriff. Dann wurde der geschlagen, der ihn schlug, dann setzte er ihn schachmatt wie im Schachspiel mit der Dame. Seitdem die dritte Stunde vorüber war, verdoppelte sich sein Mut und Ingrimm. Nun sollt ihr genug hören, wie er sich wieder aufraffte und der Mut ihm wuchs, denn niemand hatte je einen so harten Kampf erlebt. Das Schwert Gauwains schneidet und schlägt kräftig drein, und das seines Feindes ebenso. Sie hieben erbittert aufeinander ein, und da die dritte Stunde geschlagen hatte, verstärkt sich so ihr Gedränge, und so hart greifen sie einander an, wie diejenigen sehen, die ringsum stehen, daß sie sich wundern, wie da bei aller Stärke und Härte ein Mann so lange standhält. Ich kann euch sagen, die Umstehenden waren voll Schmerz und Trauer, sowohl über den Besseren als über den weniger Guten, und jeder hilft jetzt dem Seinigen, denn immer feuert man sie durch Tadel und Zuruf an: «Schlecht bist du und nichts wert!» Ich tadle sie nicht darum und entschuldige sie gern; denn der eine ist mehr wert und der andere noch mehr. In großem Mitleid schmelzen und entbrennen die Herzen derjenigen, die ihnen beim Fechten und Parieren zuschauten.

Nun braucht man nicht zu fragen, ob der König Schmerz und Trauer empfindet, denn er wagte kein Wort zu sprechen, da er seinen Neffen in solchem Zustande sah, und es gab nichts, das er nicht gelobte, auf daß, wenn der Kampf zu Ende wäre, keiner zuschaden käme und sein Neffe dennoch die Ehre habe und jener keine Unehre. Gerne hätte er gewollt, daß auf diese Weise seinem Freunde die Ehre gerettet werde. Der König haßte so sehr die Bosheit, die zu schlechten Lastern führt, so sehr haßte er Begehrlichkeit und Hinterlist; auch liebte keiner so die Höfischkeit und die Kraft des Guten, worauf er sein Herz gesetzt hatte.

Wer dort anwesend war, sah häufig, wie beide Gegner ihre Pferde spornten und Platz und Stellung wechselten. Sei kämpften bis zum Mittag. Kein Menschenleib, so kräftig er auch wäre, könnte dies, ohne müde zu werden, aushalten. Sie schlugen so lange Zeit aufeinander ein, bis Mittag vorüber ist. Denn Guiromelant hatte seine Kraft den ganzen Tag gehalten, wie auch seine Tapferkeit und seinen Mut, sein Herz, seinen Groll und seine Wut, und dem Neffen des Königs Artus wuchs Mut und große Tugend und Kraft, wie es sein mußte. So ist es ihm recht, und so gefiel es ihm. Den Feind läuft er gar kühn und ohne Schwanken mit dem Stahlschwert an. Dieser wiederum fällt ebenso kühn gegen ihn aus, das Schwert in der Faust, und sie schlagen sich auf die Helme, daß die Reifen davon abplatzen. Auf die Schilde gleiten die Schwerter ab, sie sind scharf geschliffen, und alles zerschneiden sie, was sie treffen. Denn die beiden Gegner hören nicht auf, einander zu schlagen, da sie sich bis auf den Tod haßten. Ihre Brünnen sind fest und stark, aber die harten und schweren Schläge können sie nicht durchaus abwehren, da die Ritter einander so hart angreifen, daß beiden in gleicher Weise das Blut über den Panzer rinnt. Haut und Sehnen haben sie ganz zerrissen, die Helme ganz zerhämmert und ihre Schilde ganz zerstückt, so daß jeder nur noch eines Fußes Breite davon hält. Gänzlich sind sie in Stücke zerschnitten, und die Kämpfer wechseln oft die Stellung. O Gott, wie große Trauer um solche Helden! Gegen einen Schlag, den der Feind ihm gibt, und von dem er keinen zweiten verlangt, versetzt ihm Herr Gauwain zwei, da er gar hurtig im Schwertschlag ist.

Die Frauen, die dies mit ansehen, freuen sich über die Maßen im Lager des Königs, und sie rufen voll Jubel, daß er in Wahrheit siegen werde. Das aber sage ich euch, daß im Lager des Gegners die Jungfrauen große Trauer haben, nachdem sie nun den ganzen Tag Freude gehabt hatten. Clarissant jedoch ist darüber so betrübt, daß sie in Wahrheit doppelten Schmerz und doppelte Trauer empfindet; ob sie nun ihren Bruder besiegt sieht, woran sie sterben müßte, oder ob sie ihren Freund tot sieht, worüber sie niemals Freude noch Trost noch Hilfe in ihrem ganzen Leben hätte! Vor Angst ist sie so erschüttert, daß ihr das Herz schwindet und versagt; sie wirft sich auf die Knie zu Boden vor ihrem Oheim und weint und betet, und weinend fleht sie um Gnade und spricht zu ihm: «Lieber Oheim, lieber Herr, gar wohl hörte ich sagen, daß keiner unerhört von dir weggeht. Wenn ich nun eine Fehlbitte tue, so soll es schmerzlich mich betrüben. Guter König, vor dem keiner vergeblich noch gefleht hat, bewilligt mir das Ende dieses Kampfes und gib mir, Herr, solche Ehre, daß ich Guiromelant, der mich liebt, und dem ich meine Liebe geschenkt habe, als meinen Gebieter erhalte. Nie vorher bat ich dich um etwas, so gewähre mir dieses, und du wirst gut handeln.» – «Nichte», erwidert der König, «das kann ich nicht gewähren, so sehr ich auch darüber Trauer und Schmerz empfinde, und so sehr es mich betrüben muß. Da mein Neffe den Sporen zum Kampfe an den linken Fuß geschnallt hat, darf ich ihn nicht unterbrechen. Nicht, so Gott mir Ehre schenke, einen guten Herrn würdet ihr an Guiromelant bekommen, und ich würde mich für beglückt halten, so ihr ihn zum Gemahle nehmet, und in aller Wahrheit haben diejenigen, die ihn waffenlos gesehen, mir versichert, daß er überaus schön sei. Eile doch rasch von hier zu deinem Bruder und rufe Gnade, daß er den Kampf beende um Gottes und seiner Barmherzigkeit willen. Bitte die beiden Kämpfer, daß sie sich von nun an lieben! Viel würde die Menschheit dadurch gewinnen, so Gott mich segne!»

Nun höret, wie gar mutig Clarissant da wurde; denn es kam ihr aus edlem Herzen. Sie wirft den Mantel ab, legt ihn nieder vor allen Augen und vor allen Augen schreitet sie hin, ihren Bruder um Gnade anzuflehen und auf den Knien zu bitten, er möge doch den Kampf beenden und Guiromelant ihr zum Herren geben, da er sie doch als seine Schwester aus treuem Herzen liebe. Da entgegnet Gauwain seiner Schwester: «Edle Freundin, süße Schwester, Ihr entdeckt mir offen Eures Herzens Gefühl; des Ritters Willen aber weiß ich nicht, doch ich muß ihn für allzu hochmütig halten, und ich will Euch nicht verhehlen, daß manche Jungfrau eines Ritters Freundin war und nicht geliebt wurde, sondern in Schande und Spott geriet.» – «Herr Ritter!» rief er nun dem Guiromelant zu, «habt Ihr vernommen?» – «Lieber Herr, ja!» – «Also sprecht, was Euer Wille ist, zu dem, was meine Schwester hier verlangt hat.» – «Herr, so Gott mich segne, was soll ich Euch wohl sagen? Bis jetzt haben wir uns bekämpft, und ich will wohl noch weiterkämpfen; doch so Ihr mir Eure Schwester gebt, sollt Ihr nicht entehrt sein und auch Eure Schwester nicht, denn mit sieben Städten soll sie begabt werden.» Hierauf antwortete Herr Gauwain: «Guiromelant, so Gott mir helfe, hättet Ihr sie heute morgen begehrt, so hätte ich ganz nach Eurem Willen gehandelt. Vielleicht habt Ihr es absichtlich getan, damit Ihr um so höher steiget in der guten Liebe, die Ihr genießen wollt. So Gott der Herr es zulassen will, sollt Ihr allein die Süße haben und die Wonne meiner Schwester, die so schön und stattlich ist. Nehmt hin die schöne Clarissant, die ich gar sehr und aus vollem Herzen als meine Schwester liebe, das wisset! Ihr seid zu Recht der Beste, den es nun auf dieser Welt gibt.» Und Guiromelant erwidert ihm, ohne sich zu erregen, in aller Ruhe, ohne Groll und Vorwurf: «Herr, weh, weh! Wenn hier kein Besserer und Tapferer als ich wäre! Wahrlich, und das sage ich Euch mit Fug und Recht, dann wäre Euer Wert vermindert, doch Gott sei Dank, ich bin der Geringere, und mir wird es zu großer Ehre dienen, daß ich mich so lange gegen den Besten, den es auf der Welt gibt, gehalten habe. Euch danke ich mit lauter Stimme für die Ehre, die Ihr mir ausgesprochen habt, und angesichts Eurer Schwester, die Ihr mir gebt, lieber Herr!» Gauwain antwortet: «Das tue ich aus ganzem Willen, denn gut handle ich auf diese Weise, das ist mein Glaube. Ihr seid ein Ritter von hohem Wert.»

So ward nun der Kampf zwischen diesen dreien beendet, und sie besprachen den Vertrag. Die Scharen, die ihnen zugeschaut hatten, legten rasch die Waffen ab. Es stoßen die beiden Heere zueinander, und wohl sahen alle Leute des Guiromelant, daß der Kampf zu Ende war, und daß er ohne Zweifel des Königs Mann wurde und sein Land von ihm zu Lehen entgegennahm. Hoch ehrte der König den Ritter, der so edel und tapfer war, und es dünkte seinem königlichen Willen gut, daß er ihm seine Nichte zur Gemahlin gab. Gauwain will es und bittet ihn darum.

Ihr Herren, dies ist die ganze Wahrheit: der König begabt sie mit zwei Städten, eine in Wales, Dinadaron, wie sie die Barone nennen, die andere Nottingham überm Meere, so hörte ich den Namen. Dazu verlieh er ihnen wohl dreißig Burgen mit allen schönen Einkünften.

Elios, der Herr von Dynadire und manchen anderen Herren, kann ich euch sagen, huldigen König Artus von neuem. Der König hatte eine edle und schöne Nichte von jugendlichem Alter. Paumontagréel die Kleine hieß das edle Fräulein; sie war aller Schönheit vollkommenes Ebenbild. Diese vermählte er in hoher Feier mit Guinganbresil; er hätte sie nicht besser vermählen noch einem Höheren geben können. Dadurch wurde dieser ein Lehensmann des Königs und mit ihm manch andere Barone. Aus seiner Hand empfangen sie ihren Besitz und werden seine Lehensleute.

ZUM ABSCHLUSS DES LETZTEN KAPITELS

Mit der kurzen Schilderung der Hochzeit von Gauwains Schwester hat der erste Fortsetzer Chrestiens das von Chrestien nicht vollendete Gauwain-Abenteuer zu Ende geführt. Wie in der Fußnote zu Seite 186 schon erwähnt wurde, gehen nun die Fortsetzungen eine gewisse Strecke weiter in zwei verschiedenen Strömen und mannigfaltigen Varianten nebeneinander her, um sich dann wieder zu vereinigen. Wenn wir der Ausgabe von Potvin, d. h. der längeren Fassung, folgen, so erfahren wir, daß König Artus mit all seinen Helden, jedoch ohne Perceval, einen Feldzug gegen Brun von Branlant unternimmt, weil nach dem Kampfe mit Guiromelant Brun der einzige Fürst im Lande ist, der die Oberhoheit von König Artus nicht anerkennen will. Bralant wird belagert, und Gauwain wird im Zweikampf mit Brun so schwer verwundet, daß er zwei Monate siech darniederliegt. Darauf verläßt er halb geheilt ohne besonderen Grund das Königslager und erlebt ein neues Abenteuer, das ihn in der Folgezeit in schwere Bedrängnis bringt: eine Schwester des Fürsten Brandelis schenkt ihm ihre Liebe, der darob erzürnte Vater der Jungfrau wird von Gauwain im Kampfe getötet, und ihr Bruder, der ebenfalls mit Gauwain kämpft, setzt den Kampf ab, da Gauwains frühere Wunde wieder aufbricht. Die beiden Helden verschieben den Zweikampf auf eine bessere Zeit, und Gauwain kehrt in das Königslager zurück, wo unterdessen Branlant zur Übergabe gezwungen worden ist.

Von hier an sind die obenerwähnten zwei Ströme wieder zu einem geworden. Es folgt das ganz für sich stehende Buch Caradoc, das mit dem Gral nichts zu tun hat. Hierauf gehen Gauwains Abenteuer weiter: Belagerung des Schlosses Orgelus, Fortsetzung und Schluß der Episode mit Brandelis, dessen Schwester unterdessen einem Sohn Gauwains das Leben gegeben hat. Zuletzt kommt Gauwain unter merkwürdigen Umständen zur Gralsburg, wo er in der Gralsprozession nicht nur wie einstmals Perceval die blutende Lanze, den Gral und die silbernen Teller, Leuchter und Tischgeräte erblickt, sondern auch vor eine Bahre geführt wird, auf der unter einer Decke ein Toter liegt. Auf der Bahre liegt ein zerbrochenes Schwert, und Gauwain wird aufgefordert, sich durch lückenlose Zusammenfügung der Schwertstücke als berufener Gralsheld zu erweisen. Er versagt jedoch beim Zusammenfügen des Schwertes und verfällt in einen tiefen Schlaf, aus dem er in einer Einöde am Ufer des Meeres erwacht. Das Gralsschloß ist weit und breit nicht mehr zu erblicken. Es ist auffällig, daß Gauwain während seines ganzen Aufenthaltes auf der Gralsburg mit keinem Wort verlangt, daß ihm für den König von Escavalon die blutende Lanze ausgeliefert wurde. Nach diesem Erlebnis Gauwains auf der Gralsburg geht die Erzählung mit einer langen Reihe von Abenteuern Percevals weiter.

Die andere der beiden Strömungen schiebt zwischen der Hochzeit von Clarissant mit Guiromelant und der Belagerung von Branlant mehrere Abenteuer Gauwains ein, die nach der ganzen Anlage des Romans eine im geistigen Sinne viel geschlossenere Fortsetzung ergeben, und vor allem die Waagestellung des Lebensganges von Perceval und Gauwain in schlagender Weise bestätigen würde: Gauwain ist erzürnt, weil König Artus die Vermählung seiner Schwester mit Guiromelant ohne sein Wissen bereits vollzogen hat, verläßt im Zorn das Lager, gelangt an die Gralsburg, versagt auch in dieser Folge von Abenteuern beim Zusammenfügen des Gralsschwertes und wird schlafend an einem öden Strande ausgesetzt. Hierauf erinnert er sich der Frist von einem Jahre, die ihm in Escavalon gegeben worden war. Er reitet also dorthin und wird unterwegs von einem fremden Ritter namens Dynadares an den Hof von Escavalon gefordert. Dort soll er nun zwei Kämpfe zu gleicher Zeit bestehen: mit Guinganbresil und mit Dynadares. König Artus erfährt davon, zieht hinaus, verhindert den ungleichen Kampf und versöhnt die Gegner. Er besiegelt den Frieden durch die Vermählung seiner zwei Nichten mit Guinganbresil und Dynadares.

Mit diesen Episoden wäre der Ring der in Chrestiens Romananteil angesponnenen Abenteuer Gauwains geschlossen. Und es würde dann nur noch Percevals Einzug in die Gralsburg als Abschluß fehlen. Wolfram von Eschenbach hat diesen Abschluß nach dem großen Zweikampf Gauwains mit Gramoflanz (Guiromelant) so gestaltet, daß er Parzival seinen Bruder Feirefis treffen und beide zusammen in die Gralsburg einziehen läßt, wo Parzival zum König gekrönt wird.

In unserem französischen Roman kommt dieser Abschluß erst nach einer bunten Folge weitläufig erzählter Abenteuer, die von den verschiedenen Fortsetzern des Chrestienschen Werkes hinzugefügt wurden. Von einem Bruder Percevals ist nur nebenbei die Rede. Perceval herrscht als Gralskönig, am 1. November, dem Allerheiligentag, von Artus gekrönt, nach dem Tode des Fischerkönigs in Frieden und zum Glück des Landes.

Das Leben ist nach der langen Öde in reicher Fülle aufgeblüht. Als letzte Tat vor der Krönung hat Perceval den großen Gegner des Gralsreiches, Partinel, der den Fischerkönig einst verwundet hatte, mit dem von ihm wieder zusammengefügten Gralsschwert besiegt und getötet. Dadurch war der Fischerkönig gesund geworden. Perceval geht am Ende seiner Zeit als Einsiedler in den Öden Wald, wird am Johannistag dort zum Priester geweiht und lebt, vom Gral gestärkt, bis zu seinem Tode in jener Klause. Am Vorabend von Lichtmeß, 2. Februar, scheidet er aus dem Leben dieser Welt. Gott holt ihn zu den Freuden des Paradieses und setzt ihn zu seiner Rechten, wo alle Guten zu sein begehren. Am Tage seines Todes wird auch der Gral mit der Lanze und der Silberplatte in den Himmel entrückt, ganz unverhüllt vor den Augen aller Menschen.

HINWEISE

Seite 7 Die göttliche Liebe: dies ist das geheime, wahre Thema der Erzählung.

Seite 15 Valdone: In manchen Handschriften steht statt «Valdone» «esnaudone», somit wäre das Waldschloß von Percevals Mutter am Fuße des Snowdon in Wales gelegen.

Seite 39 Das Schwert ist kein neues, von Gornemant geschenktes, sondern das des Roten Ritters.

Seite 79 Ich habe im allgemeinen die Namen, die Chrestien angibt, in ihrer altfranzösischen Form gelassen. Als einzige Ausnahme habe ich den Namen «Orgueilleux de la Lande» und im Gauwainteil «Orgueilleuse de Logres» etwas an Wolfram von Eschenbachs entsprechende Formen angeglichen, weil die Bedeutung dieser Namen = «Stolz, Hochmütig» auch in dieser Form noch zu erkennen ist.

Seite 121 Escalibor: Es bleibt ungewiß, ob Gauwain dies Schwert aus den Waffen im Turm bekommt, oder ob er, was wahrscheinlicher ist, das Schwert mitgebracht hat. Es ist das Schwert des Königs Artus.

Seite 125 Ogrier: Die Ogrier sind als Riesen zu denken, die nach alten keltischen Sagen in grauer Vorzeit England, d. h. wallisisch Loegrien, bewohnt haben.

Seite 200 Ingrimm: Die Handschrift von Montpellier sagt noch deutlich: «Sowie Mittag vorüber ist, wächst und verdoppelt sich Gauwains Kraft; so war es stets bei ihm zwischen Mittag und der neunten Stunde» (d. i. 3 Uhr nachmittags). Auch sonst wird Gauwain als Sonnenheld und Lichtspender gepriesen.

Seite 204 Guinganbresil: Die Erwähnung dieses Namens von Gauwains Gegner in Escavalon deutet auf eine Verwirrung in bezug auf den weiteren Aufbau des Romans von seiten der Fortsetzer; denn er nimmt den Schluß der in unseren Schlußworten kurz angedeuteten Gauwain-Abenteuer nach der kürzeren Fassung vorweg (siehe Seite 160). Man könnte dies fast als einen Beweis dafür sehen, daß Chrestien de Troyes tatsächlich schon den Plan seines Werkes so skizziert hat: in zwei Kreisen Perceval und Gauwain bis zum Ende zu führen, jeden zur Vollendung seines Lebensweges. Perceval müßte daher nach der Einsiedlerszene zur Gralsburg zurückfinden und ähnlich wie bei Wolfram von Eschenbach feierlich zum Gralkönig gekrönt werden – Gauwain dagegen müßte zur Gralsburg gelangen, aber versagen, dann endlich nach Escavalon zurückkehren, kämpfen und durch Artus mit seinen Gegnern versöhnt werden. So erzählt es auch einer der Fortsetzer, nur unter vielen Abschweifungen.

Wir bringen im Folgenden eine Aufstellung der Verszahlen der drei vorhandenen Originalausgaben im Vergleich zu den Seitenzahlen unserer Übersetzung.

Hilka und Roach	Potvin	Vorliegende Ausgabe
Vers 1	Vers –	Seite 7
69	1283	11
200	1412	13
400	1594	16
600	1794	20
800	1992	23
1000	2191	28
1200	2392	31
1400	2592	35
1600	2792	37
1800	2992	42
2000	3192	46
2200	3390	49
2400	3576	52
2600	3776	57
2800	3976	60
3000	4178	63
3200	4378	67
3400	4578	70

Hilka und Roach	Potvin	Vorliegende Ausgabe
Vers 3600	Vers 4776	Seite 75
3800	4974	79
Hilka Seite 468–473	5102–5304	81–84
4000	5378	85
4200	5578	88
4400	5778	91
4600	5978	96
4800	6178	102
5000	6378	105
5200	6578	109
5400	6778	112
5600	6978	115
5800	7178	118
6000	7378	122
6200	7574	125
6400	7774	132
6600	7964	138
6800	8162	142
7000	8362	145
7200	8560	150
7400	8760	152
7600	8962	157
7800	9174	160
8000	9374	163
8200	9570	166
8400	9770	171
8600	9969	175
8800	10169	178
9000	10367	181
9200	10567	185
9234	10601	185
–	10800	190

Hilka und Roach	Potvin	Vorliegende Ausgabe
Vers –	Vers 11000	Seite 193
–	11200	197
–	11400	200
–	11592	203

NACHWORT ZUR ZWEITEN AUFLAGE

In Erinnerung an die erste Ausgabe dieser Übersetzung, die vor nunmehr dreißig Jahren erschienen war und in der ich in tiefer Dankbarkeit Rudolf Steiner als den Anreger meiner Gedanken nennen durfte, möchte ich auch jetzt damit beginnen und wiederholen, daß ich ihm alles Wesentliche in den folgenden Ausführungen verdanke. Rudolf Steiner hat in vielen Vorträgen sowie auch in den vielen Gesprächen mit seinen Freunden und Schülern auf die große Bedeutung der Geschichten vom Heiligen Grale als des Zeichens aller geistig Strebenden hingewiesen. Wenn man auf die Geschichte des Grals vom 12. Jahrundert bis in unsere Zeit blickt, so leuchtet die Tatsache der Bedeutung des Grals ein, selbst wenn man nur auf Richard Wagners Parzifal schaut. Die Wirkung des Grals jedoch äußert sich in intimer Weise in vielen Menschen, und das Wort Gral erfüllt jeden, der es hört, unwillkürlich mit geheimnisvoller Ahnung, und selbst die Gelehrten, die sich nüchtern mit der Erforschung der alten Gralsliteratur beschäftigen, sind davon nicht frei.

Die folgenden Ausführungen wollen in bescheidener Weise die erste literarische Gestalt eines Gralromanes, eben des Perceval von Chrestien de Troyes, in ihre Zeit hineinstellen und einiges zum Verständnis ihrer Form und ihres Inhalts beitragen. Wir betrachten die Zeit von etwa 1130 bis 1250 als die Zeit, in der die mittelalterlichen Gralromane erschienen sind. Es ist eine bedeutende Zeit in jeder Beziehung, eine pfingstliche Zeit, in der der Heilige Geist in besonderem Glanze aufleuchtet. Auf allen Gebieten des menschlichen Lebens zeigten sich große Erscheinungen, und das Christentum überstrahlte in vielfältiger Art das ganze Leben der Menschen. Darum ist es nicht zu verwundern, daß in dieser Zeit gerade alle die großen Formen und Symbole gestaltet wurden, die von dem Wesen des Christentums als der alles durchdringenden Macht künden. So entstanden auch zum ersten Male in literarischer Form die großen Sagen um König Artus und die Artusritter. Ein englischer Geschichtsschreiber, Gottfried von Monmouth, schrieb sie zum ersten Male um 1135 auf und schuf damit etwas Gewaltiges. Kein Geringerer als Alanus ab Insulis drückt sein Erstaunen über die weltweite Bedeutung der Artussagen in folgenden Worten aus:

«Wo ist ein Ort innerhalb der Grenzen der Christenreiche, zu dem die beflügelte Lobpreisung des Briten Artus nicht gelangt ist? Wer spricht wohl nicht von Artus dem Briten, da er doch den Völkern Asiens kaum weniger bekannt ist als den Bretonen, wie unsere Pilger nach ihrer Rückkehr aus den Ländern des Ostens erzählen? Die östlichen Völker sprechen von ihm ebenso wie die westlichen, obwohl sie durch die Weiten der ganzen Erde voneinander getrennt sind. Ägypten spricht von ihm, und der Bosporus schweigt nicht darüber; Rom, die Königin der Städte, besingt seine Taten, und seine Kriege sind dem alten Gegner Roms, Karthago, nicht unbekannt. Antiochien, Armenien und Palästina feiern seine Werke. . . . Geht in das Reich Armorika, d. h. die Bretagne, und verkündet auf den Marktplätzen und in den Dörfern, daß Artus, der Brite, tot sei, so wie andere Menschen tot sind, und die Tatsachen werden beweisen, wie wahr die Prophezeihung Merlins ist, die besagt, daß das Ende des Königs Artus zweifelhaft sei. Ihr werdet kaum unbeschädigt davonkommen, ohne mit Flüchen überschüttet oder von den Steinen eurer Zuhörer zerschmettert zu werden.»

Wir wissen, welches die Aufgabe der Artusritter war: sie sollten alle Bedrängten, Frauen, Jungfrauen und Kinder beschützen, alle Verfolgten erlösen, das Unrecht in Recht verwandeln und die Welt von Ungeheuern befreien. Eine wahrhaft christliche Haltung tritt uns in ihnen entgegen. In unserem Roman ist Gauwain der Inbegriff dieser Artusritter. Er ist gleichsam der ewig ruhende Pol aller Rittertugenden, um den das Leben zu kreisen scheint. Jedoch tut er alles völlig selbstlos, wie es eben ein christlicher Ritter tun soll: er ist selbst ganz bescheiden, und alles geschieht zum höheren Ruhm seines Oheims, des Königs Artus, und dieser wiederum schaut hinauf zum höchsten Herrn der Welt, dem Christus, in dessen Licht unser aller Leben geboren ist. So strömt also die christliche Gesinnung der Artusritter von Westen her im Geiste der Freiheit über ganz Europa bis zum Osten, in dem Christus selbst lebte.

Nun fügt sich zu diesem Artus-Christentum ein noch höheres Symbol, das unmittelbar aus dem Osten zu kommen scheint, wenn auch Anklänge an die Bilder, in deren Begleitung der Gral erscheint, in der westlichen keltischen Welt bis nach Irland hin zahlreich vorhanden sind. Dies Symbol ist der Gral. Sein Bild hat lange im verborgenen gelebt, bevor es seinen Namen bekam, und im 12. Jahrhundert trat es in unserem Percevalroman zum ersten Male mit seinem Namen auf. Über kein Ding der Geistesgeschichte wurde so viel gerätselt wie über diesen Gral, in welchem das innerste Wesen des Christentums, das Wesen des Christus und das Zeichen seiner Verbindung mit der Erde im Abendmahl erscheint. Aber die Sehnsucht der Menschen, zu den undurchdringlichen Geheimnissen des Daseins immer neue Symbole zu finden, die mit neuer Kraft den Menschen erfüllen sollen, scheint auch hier zu wirken: so entsteht der Gral wie ein Baum des Lebens selbst, und an die Seite der Artusritter tritt die erhabene Schar der Gralsritter: die Artusritter hüten mehr das seelische Leben, die Gralsritter mehr das geistige.

Betrachten wir das Leben jener Zeit in einzelnen Bildern, die nur als kurze Andeutungen des gewaltigen Zeitgemäldes gewertet sein wollen. Die Kirche stand auf dem Höhepunkt ihrer Macht und strebte zu der Verwaltung der Heilsgüter des Christentums auch die Herrschaft über die Herren der Welt in mehr oder weniger verhüllter Form an. Männer der Kirche waren die Ratgeber des Kaisers, der Fürsten und Könige. Der Investiturstreit ist das Zeichen für jene gewaltigen Auseinandersetzungen zwischen Staat und Kirche, die das ganze Mittelalter erfüllen. Sie führten dazu, daß im Nordwesten die Irische Kirche auf Betreiben des Papstes durch König Heinrich II. von England ihrer Freiheiten beraubt und in die weltweite Organisation der römischen Kirche eingegliedert wurde, und daß im Süden die Bewegung der Katharer mit Feuer und Schwert unterdrückt wurde. Große Persönlichkeiten wie Bernhard von Clairvaux traten auf und lenkten das Abendland. Die Kreuzzüge zeugen von dem großen Enthusiasmus, mit dem die abendländischen Fürsten und Völker in das Heilige Land zogen und nicht nur die Werte der Begeisterung, sondern auch große Reichtümer und wirtschaftliche Schätze und Kulturgüter mitbrachten.

Das Lehenswesen wirkte sich in blutigen Kämpfen aus, in denen die großen Vasallen den Königen gegenüber sich selbst behaupten wollten. Es schien, als ob die Gesellschaftsform des Feudalstaates nur dazu da sei, in Schlachten und Kriegen Kräfte zu betätigen, die sonst wesenlos verpufft wären. Neben diesen Einrichtungen des Lehenswesens meldeten sich aus den Städten neue Kräfte, die in der Zukunft erst zu großer Bedeutung heranwachsen sollten, die Kräfte des Handel und Wandel treibenden Bürgertums, am stärksten vielleicht zuerst in Flandern.

Die Geistesgeschichte dieser Zeit bietet ein Beispiel unerhörten Glanzes von allergrößter Bedeutung, und gerade in Frankreich sammelten sich in jener Zeit die bedeutendsten Persönlichkeiten. Im 12. Jahrhundert hatte die Schule von Chartres ihren Höhepunkt und versuchte den Geist Platos mit dem Christentum zu verbinden zu einem neuen Weltbild. Bernardus Silvestris lehrte dort neben vielen anderen, und Alanus ab Insulis trug ihren Geist in das 13. Jahrhundert hinüber. Allenthalben blühte innerlichstes Leben in den Seelen der Menschen. Man hat den Eindruck eines brodelnden Kessels, aus dem die verschiedenartigsten Geister Nahrung schöpfen wollten. Die Menschheit war nicht zufrieden damit, daß die Formen des Lebens in dogmatischer Weise ihrem eigenen Studium und Zugriff entrückt und zu bloßen Glaubensartikeln gestaltet werden sollte, und so blühte in jener Zeit in vielfältiger Gestalt freies Geistesleben. Die

Römische Kirche nannte die Vertreter solchen Geisteslebens Ketzer und suchte sich schließlich durch das Feuer ihrer zu entledigen. Es war vom Standpunkt der Kirche aus eine Art von Selbstverteidigung, mit der sie die Schwächen und moralischen Verfehlungen ihrer eigenen Vertreter verdecken wollte; denn jene Katharer in Südfrankreich, die so unerschrocken und so zahlreich ihre reine christliche Überzeugung mit dem Feuertode bezahlten, gaben den Kirchenmännern ein nicht zu übersehendes Beispiel reiner moralischer Lebensführung im christlichen Geiste. Jener Alanus ab Insulis, den wir oben schon zitierten, warnte die Kirche davor, die Katharer um des Glaubens willen zu töten. Er stellte dagegen die Forderung, daß man sie mit gleicher Reinheit bekehren müsse. Dies versuchte der heilige Dominikus mit der Gründung des Dominikanerordens. Die Anregung des Alanus wurde jedoch von der Kirche nicht aufgegriffen, und so wurde der Dominikanerorden zum Werkzeug der Inquisition gemacht.

Im 13. Jahrhundert verlor die Schule von Chartres an Bedeutung, da in der Hochscholastik die großen Persönlichkeiten, die in Paris ihren Mittelpunkt fanden, das christliche Denken nicht mehr so sehr unter dem Namen Platos, sondern mehr unter dem Namen des Aristoteles zu dem Denkgebäude der Scholastik ausbildeten. Es erhoben sich gewaltige Geisteskämpfe zwischen den Realisten unter der Führung von Albertus Magnus und Thomas von Aquin und den Nominalisten, geführt von Abälard und Roger Bacon. Der Gegensatz zwischen den Realisten und den Nominalisten bildet von da an den geheimen Unterton der ganzen europäischen Geistesgeschichte. Damals lebte auch in den Nominalisten noch anschauende Geisteskraft, die sie befähigte, in Bildern die Auswirkungen ihres eigenen Denkens in der Zukunft zu erleben. Haben wir doch den merkwürdigen Ausspruch von Roger Bacon, dem Franziskanermönch aus England, über Erfindungen, die durch das nominalistische Denken ermöglicht werden. In einer Schrift, die um 1250 erschien, ruft er der Menschheit zu: «Erforscht die Natur und macht Experimente! Dann werdet ihr ungeahnte Dinge hervorbringen können. Ich kann mir denken, daß dann ein

Wagen entsteht, der sich ohne Zugtiere mit ungeheurer Geschwindigkeit über die Erde hinwegbewegt: ein einziger Mann sitzt darin, drückt auf einen Hebel, und der Wagen läuft dahin. Ich kann mir ein Schiff denken, das mit viel größerer Geschwindigkeit, als sie mit Rudern möglich ist, das Meer befährt, indem ein einziger Mann im Innern des Schiffes auf einen Hebel drückt und allein dadurch das Schiff in die schnellste Bewegung versetzt. Ich kann mir denken, daß der Mensch wie ein Vogel durch die Luft fliegt, indem er in einem Gerät sitzt mit Flügeln nach Art eines Vogels, die er mit Hilfe einer Vorrichtung in Tätigkeit setzt.»

Wir können das Bild des Grals als Ausdruck der tiefsten Erkenntnissehnsucht des Menschen an den den Gedankenbildern Roger Bacons entgegengesetzten Pol des menschlichen Strebens setzen: auf der einen Seite strebt der Mensch danach, die Kräfte der Erde und der Natur zu erforschen, und dann gelangt er zu den Erfindungen der modernen Technik. Auf der anderen Seite muß er seine ganze Geisteskraft daransetzen, die Geheimnisse der geistigen Welt zu durchdringen, und dieses kann er unter dem Zeichen des Grals. Deshalb ist es in einem höheren Sinn naturnotwendig, daß in jener Zeit, die wir betrachten, sowohl der Gral als die Imagination der modernen Erfindungen auftaucht.

Wenn wir nun unsere Blicke auf das Gebiet des künstlerischen Schaffens jener Zeit lenken, steht vor unserem Auge ein unausschöpfbares Bild blühender Vielfältigkeit. Die romanische Plastik und Architektur überziehen ganz Europa, vor allem jedoch Frankreich mit einem Mantel von Gotteshäusern, Statuen, Kreuzgängen und Profanbauten. Jede kleine Ortschaft hat in einer Kirche ihren Mittelpunkt, aber besondere Zentren künstlerischen Schaffens strahlen mit ihren Formen in weitem Kreise in ihre Umgebung hinaus. Alles künstlerische Schaffen geschieht im Zeichen des Christentums, und was die Denker in Begriffen zu fassen versuchen, wird von den Künstlern in sichtbaren Symbolen in Stein und Farbe dargestellt. Man könnte meinen, daß jedes einzelne Individuum durch die Art und Formung seines eigenen Lebens all die geistige und künstlerische

Kraft verdichtet und stärkt, die dann in den begnadeten Künstlern zur Darstellung gelangt. Man muß sich überhaupt, um jene Zeit richtig zu sehen, in das Wesen der Einheit versenken. Einheitlich, nicht in einzelne, einander widerstrebende Bemühungen zersplittern, muß man sich die Fülle des Lebens der schaffenden und schöpferischen Geister in der damaligen Zeit vorstellen. Unser heutiges Leben erscheint uns wie ein in tausend kleine Splitter zersprungenes Glasgemälde: damals war das Glasgemälde noch ganz, und jeder erlebte sich im Ganzen.

Die Literatur hatte eine Hochblüte in ganz Europa, und Frankreich schuf zu allem die Form, denn in Frankreich war die Formkraft des europäischen Menschen besonders stark verkörpert. Und so kommt es, daß alle Formen des literarischen Schaffens in Frankreich vorgebildet, jedoch von den anderen Kulturvölkern Europas wie selbstverständlich als die ihrigen aufgenommen wurden: Im Drama erbauten sich Städte und Dörfer an den großen Zyklen der in der Volkssprache gestalteten Mysterienspiele der biblischen Heilsgeschichte, in der Lyrik waren die Troubadoure von Südfrankreich vorbildlich, in der Epik zuerst die Dichter der Chansons de Geste Karls des Großen, dann die Dichter der antiken Romane, z. B. des Alexanderliedes, und an letzter Stelle die Dichter der Artus- und Gralromane. Alle diese Werke erschienen zuerst auf Französisch, fanden aber dann in englischer, skandinavischer, deutscher, spanischer Sprache eigenartige und selbständige Weiterbildungen. Man könnte auch hier von einer pfingstlichen Atmosphäre des Geistes in den Sprachen Europas sprechen. Der einzelne Dichter trat noch nicht so wie heute mit seinem persönlichen Leben hervor, wir wissen von keinem der Artusdichter viele Lebensumstände. Um so mehr zeugen ihre Werke von geistiger Einheit.

Auch vom Dichter des ersten Gralbuches, Chrestien de Troyes, wissen wir sehr wenig. Er hat die Bildung eines Klerikers und machte die Schule der sieben Freien Künste durch. Er lebte an verschiedenen Fürstenhöfen, zuerst an dem der Grafen von Champagne und später an dem der Grafen von Flandern. Er war geboren in der Stadt Troyes in der Champagne, wo jedoch nichts als der Name einer Straße an ihn erinnert. Sein Geburtsjahr wird auf ungefähr 1140 angesetzt, jedoch ist urkundlich nichts darüber bekannt. Seine Werke aber zeigen eine deutliche Entwicklung. Sie stehen alle unter dem Zeichen der Liebe in allen Formen und Stufen. Wir wissen, daß er zuerst Stücke aus dem Ars Amandi von Ovid sowie einige der Metamorphosen dichterisch bearbeitete, die jedoch zum größten Teil verloren sind, und daß er dann dazu überging, Artusromane in Versform zu gestalten. Alles dichterische Leben jener Zeit stand unter der Wirkung der höfischen Liebe, der Minne, wie unsere mittelhochdeutschen Dichter sagen. Ihren ersten Ausdruck gaben ihr die fürstlichen und ritterlichen Dichter des französischen Südens, die Troubadoure, die in ihren kunstvollen, zugleich in Wort und Ton gesetzten Liedern das Ewigweibliche als eine reine Kraft göttlichen Ursprungs priesen. Diese Minne nahm die verschiedenartigsten Gestalten an, und es bildeten sich Liebeshöfe, in denen die verschiedenen Formen der Liebe erörtert wurden. In dem «Sängerkrieg auf der Wartburg» haben wir ein bedeutsames Beispiel für diese leidenschaftlichen Erörterungen, die bis zu Kämpfen über Schuld und Verdammnis führen konnten.

Die höfische Minnedichtung der Troubadoure und Minnesänger fand eine großartige Fortsetzung und Ergänzung in den höfischen Romanen, deren Hauptvertreter in Frankreich unser Dichter Chrestien de Troyes ist. Während die mehr in die erste Hälfte des 12. Jahrhunderts fallenden Karlsepen die höfische Liebe nicht zum Thema hatten und auch die aus dem antiken Sagengut schöpfenden Romane von Alexander dem Großen, Troja und Äneas noch davon frei waren, entwickelte sich das Thema der Liebe hauptsächlich in den Artusromanen und bildete ihren alles durchziehenden Lebensgeist. Man kann hier eine interessante völkerpsychologsiche Feststellung einschalten: in dieser Zeit der literarischen Hochblüte meldeten sich die drei Hauptbestandteile der eben dadurch zum ersten Male in literarische Erscheinung tretenden französischen Volksseele in bedeutsamer Weise zum Wort. Der germanisch-fränkische Anteil ist der jüngste und gestaltet auch die jüngste geschichtliche Vergangenheit der Karolingerzeit in den Chansons de Geste, worin aber geistige Kräfte der Engel und Erzengel in ähnlicher Weise an entscheidenden Stellen in die Handlung eingreifen wie die griechischen Götter in den Homerischen Gesängen der Ilias und Odyssee: Geisterlebnis und Geschichtsablauf bilden darin eine christliche Einheit. In den antiken Romanen spricht das römisch-klassische Element in besonderer Weise, und auch da sind Geisterlebnis und Geschichtserlebnis innig vermischt. In den Artusromanen gibt das keltische Element den Dichtungen einen farbig-schweifenden, bildreichen Charakter. Dies wollen wir am Percevalroman am Schluß unserer Betrachtungen im einzelnen ausführen.

Wir wollen nun zur Betrachtung der Werke unseres Dichters Chrestien de Troyes übergehen und vor allem seine Artusromane kurz an uns vorüberziehen lassen. Liebe in allen Gestalten, das ist das innere Thema Chrestiens. Es zeigt sich sogar eine Entwicklungslinie, wenn wir in Betracht ziehen, daß die verlorenen ersten Werke Chrestiens sich mit Ovid beschäftigten, also die Kunst der irdischen Liebe behandelten, dann aber die höheren und reineren Formen der höfischen Liebe darstellten, wobei die Gattenliebe nicht das Wesentliche war, jedoch durchaus eine Form höfischer Liebe bilden konnte. In dem ersten erhaltenen Werk Chrestiens, im Erec, haben wir das Hohelied der treuen Frau vor uns. Erec gewinnt seine Gemahlin Enide durch einen Zweikampf, versinkt eine Zeitlang im Genuß seines neuen Liebesglückes und scheint sein Rittertum ganz vergessen zu haben. Er hört des Morgens, aus dem Schlaf erwachend, seine Gemahlin darüber klagen, daß er seine Rittertaten vergessen habe. Im Zorn zieht er mit ihr aus und befiehlt der Gemahlin, auf der ganzen Ritterfahrt stumm vor ihm herzureiten und kein Wort an ihn zu richten. In den entscheidenden Augenblicken der Gefahr jedoch ist Enide trotz dieses Verbotes eine wache Warnerin und rettet jedesmal den Ritter aus Tod und Not. Das letzte Abenteuer, das Erec zu bestehen hat, die sogenannte «Hoffreude», läßt uns einen Blick in die dichterische Werkstatt Chrestiens tun und enthüllt uns die Grundkraft, aus der er arbeitet: die formende Kraft der Antithese, des Gegensatzes. Erec muß in diesem letzten Abenteuer in einem geheimnisvollen Frucht- und Blütengarten, der durch eine überirdische Luftmauer vor jedem unbefugten Eindringling geschützt ist, den Ritter Mabonagrain besiegen, dessen Gemahlin von ihm verlangt hat, daß er so lange ihre Liebe in Rittertaten verteidigen muß, bis ein Stärkerer ihn besiegt. Dieser Ritter darf den Zaubergarten nicht verlassen. Erec, der eben in freien Rittertaten sich selbst und die treue Liebe seiner Gemahlin bewährt und dadurch höchste Kraft erworben hat, dringt in den Garten ungehindert ein, besiegt und erlöst den in Liebe gefangenen Ritter und gewinnt somit die «Freude des Hofes», zu dem der Ritter gehört. Es ist also dieses Abenteuer das Spiegelbild von Erecs erster Haltung: er verliert seine Tatkraft in der Liebe und erlöst den zu Rittertaten verurteilten Mabonagrain. Dieser Grundform der antithetischen Gestaltung seiner Werke können wir in allen Romanen Chrestiens finden, aber in höchster Meisterschaft im Perceval bewundern.

Die auf «Erec» folgenden Romane wollen wir kürzer behandeln, obwohl es sich lohnen würde, die Entwicklung des Gesamtwerkes unseres Dichters im einzelnen zu verfolgen. Die Reihenfolge der Werke steht nicht einwandfrei fest. Man nimmt an, daß die Abfassungszeit der Werke Chrestiens zwischen 1165 und 1188 liegt. Im «Cliges» verbindet Chrestien eine byzantinische Geschichte mit dem Artushof. Cliges, der Sohn des byzantinischen Kaisers Alexander, zieht an den Artushof, wird ein hervorragender Artusritter und gewinnt in langen Abenteuern und seltsamen Geschehnissen seine Gemahlin Fenice.

«Ywain, der Löwenritter» ist wieder ein reiner Artusroman. Ywain ist einer der hervorragendsten Vorkämpfer für die Ideale des Artushofes. Er gewinnt durch einen Zweikampf mit dem «Herrn der Quelle» seine Gemahlin Laudine, verläßt die Burg seiner Gemahlin, um mit seinem Freund Gauwain auf Rittertaten auszuziehen und wieder am Artushof zu leben, muß jedoch sein Wort geben, daß er nach Jahr und Tag wieder zu seiner

Gemahlin zurückkehrt. Er wird wortbrüchig und muß sich nun in gewaltigen Kämpfen zum Schutz der Armen und Bedrängten als Ritter bewähren. Dadurch wird seine Gemahlin, die ihn vollkommen verstoßen hatte, so sehr gerührt, daß sie ihn endlich wieder in Glück und Gnade aufnimmt. Ywains edelste Tat ist die Befreiung eines Löwen aus der Umklammerung einer Schlange. Der Löwe begleitet ihn von da an und schützt ihn in allen Fährnissen, so daß Ywain den Beinamen «Löwenritter» bekommt. Wir sehen, in welch feiner Weise hier Liebe und christliches Rittertum zu einem Bild des edelsten Menschenstrebens verwoben werden.

Das nächste Werk Chrestiens, «Lancelot der Karrenritter», ist eine Erzählung, die Chrestien de Troyes nicht selbst vollendet hat. Es scheint, daß ihm die Liebesthese, wie sie ihm offenbar von seiner Herrin, der Gräfin Marie de Champagne, vorgetragen wurde, nicht mehr zusagte. Auf jeden Fall übergab er das Werk zur Vollendung einem anderen Dichter. Die Gräfin Marie de Chapagne steht in eigenartiger Weise im Mittelpunkt der literarischen Ereignisse ihrer Zeit. Ihre Mutter, Eleonore von Aquitanien, war die Enkelin des ersten Troubadours, des Herzogs Wilhelm IX. von Aquitanien. Diese Mutter trug den Impuls der Troubadourdichtung durch ihre Vermählung mit König Ludwig VII. von Frankreich von Süden nach Norden und nach ihrer Scheidung von Ludwig VII. und Vermählung mit König Heinrich II. von England noch weiter nach Norden an den englischen Königshof. In ihrem Gefolge war zum Beispiel einer der bedeutendsten Troubadoure, Bertrand de Born, der Freund von Richard Löwenherz.

Im «Lancelot» haben wir zum ersten Male die ausgesprochene Form einer Suche, einer «Queste». Guinevra, die Gemahlin des Königs Artus, wird von Melegant, dem Sohn des Königs Baudemagus, in das Reich jenseits des Flusses, ein geheimnisvolles Geisterreich, entführt und wird von Lancelot und Gauwain nach einer Reihe von Abenteuern und Kämpfen wieder zurückgebracht. Lancelot erscheint als der Ritter, der der Königin in treuer Liebe ergeben ist, jedoch ist seine Liebe nicht frei von Schuld, so daß er in vielfältiger Weise heimgesucht wird und viele Leiden auszustehen hat. Dieser Zug der alten Sage, der auch in der Tristansage eine so große Rolle spielt, mag den Dichter veranlaßt haben, den Schluß der Geschichte von einem anderen Dichter erzählen zu lassen.

In plötzlicher Wendung geht Chrestien nach dem «Lancelot» an die Gestaltung einer christlichen Legende in dem kurzen Werk «König Wilhelm von England». In dieser Legende erzählt Chrestien, daß König Wilhelm in drei aufeinanderfolgenden Nächten von der Stimme eines geistigen Wesens aufgefordert wird, sein weltliches Reich und all seinen Besitz aufzugeben, um arm und unerkannt durch die Welt zu ziehen. Seine Gemahlin begleitet ihn trotz der Warnung der Stimme des Engels und bringt bald nach ihrem Aufbruch in die Wildnis in einer Höhle zwei Knaben zur Welt. Durch merkwürdige Fügungen wird gleich nach der Geburt der Kinder die ganze Familie auseinandergerissen und findet sich erst nach langen Schicksalsprüfungen in Schottland wieder zusammen, nachdem die beiden Knaben, jeder in einer anderen Stadt, zu jungen Männern herangewachsen waren. Wir erkennen die Absicht des Dichters: in der Form einer Suche soll König Wilhelm seine Familie und seinen irdischen Besitz und Rang wieder erwerben, aber so, daß er zu einem höheren Menschentum emporgeläutert worden ist. So stellt sich dieses Werk als eine Art Vorstufe vor das letzte, vollendete Werk Chrestiens, den «Perceval». Die höfische Liebe ist verwandelt und zur Gottesliebe geworden, das heißt aber, die Liebe ist zu einem Werkzeug der Vollendung im Geiste geworden. (König Wilhelm wird durch die Stimme aus der geistigen Welt auf den Weg der Läuterungen gewiesen, seine Gemahlin jedoch folgt ihm aus ihrer Liebe zu ihrem Mann; sie erkennt die Notwendigkeit der Fahrt ihres Gemahls vollkommen an.)

Den Inhalt des «Perceval oder Geschichte vom Gral» brauchen wir nicht zu erzählen, jedoch ist es notwendig, auf einzelne Probleme und Eigenschaften des Werkes erklärend hinzuweisen. Es besteht zunächst die Tatsache, daß das Werk dem Dichter von einem neuen Herrn und Meister, dem Grafen Philipp von Flandern, angeregt wurde. Ob Chrestien de

Troyes deshalb den Dienst der Gräfin Marie de Champagne audrücklich verlassen hat, kann angenommen werden. Es bestanden aber intime Verbindungen politischer und freundschaftlicher Art zwischen den beiden Fürstenhöfen der Champagne und Flandern, hatte doch Philipp von Flandern, Graf von Elsaß, um die Hand der verwitweten Marie de Champagne angehalten und war sicher häufig auch früher schon am Fürstenhof von Troyes oder Provins erschienen. Die dem kirchlich-religiösen Leben zugewandt und stark in den politischen Intrigen stehende Art des Grafen Philipp mochte wohl der heiteren und sinnenfrohen Lebensart der Gräfin Marie nicht ganz entsprechen, so daß es nicht zu einer ehelichen Verbindung zwischen diesen beiden Persönlichkeiten kam. Chrestien de Troyes dagegen zeigt in seinen letzten Werken, daß seine Wesensart mit der seines neuen Herrn verwandt war. Wenn wir auch nicht wissen, wo Chrestien seinen «Perceval» schrieb, so können wir doch vermuten, daß es in einer der flandrischen Städte geschah. Chrestien berichtet im Prolog zu seinem «Perceval», daß Graf Philipp ihm das Buch zu diesem Werk übergeben habe. Was der Inhalt dieses Buches in Wahrheit erzählte, können wir nicht wissen. Es kann die Geschichte der Gralswanderung vom Osten nach dem Westen gewesen sein. Auf jeden Fall ist die Form und ist der Aufbau des «Perceval» ganz und gar Chrestiens dichterisches Eigentum und bildet in diesem Sinne die Krönung seines Gesamtwerkes und die seines menschlichen und künstlerischen Strebens, obwohl der Tod ihm nicht gestattet hat, die letzten Abenteuer seiner beiden Helden Gauwain und Perceval abzurunden. Es ist bemerkenswert, daß die Meinungen der Gelehrten und Forscher gerade über den Aufbau und die Komposition dieses Werkes in der sonderbarsten Weise auseinandergehen. Die einen behaupten, daß der zweite Teil des Romanes, der Gauwainteil, eine sinnlose Aneinanderreihung unverständlicher Abenteuer sei, die anderen erblikken gerade darin einen bewundernswerten und von höchster Form zeugenden Charakter des Gedichtes. Wenn wir einfach die Tatsachen sprechen lassen, so müssen wir finden, daß das Werk wirklich in seinem Aufbau ganz vollkommen ist. Chrestien de Troyes hat schon in seinen früheren Werken den vollkommensten Artusritter Gauwain als eine Art ruhender Pol dargestellt, an dessen Stetigkeit, Geduld, Ausdauer und Maß die gesamte Ritterwelt Halt und Vorbild findet. Mancher Gelehrte hat mit vollem Recht Gauwain ein Muster des ewig gleichen Seins genannt. Er bewährt sich in allen Lebenslagen, die Ritter des Artushofes fühlen sich verlassen, wenn er nicht da ist, oder wenn sie nicht wissen, in welcher Lebenslage er sich befindet. In der Gestalt des Perceval dagegen hat Chrestien eine ganz neue Seite des Menschentums dargestellt, die in ihm erstmalig in der europäischen Literatur auftritt. Er schildert einen Helden, der in einer deutlichen Entwicklung aus gehemmten, unwissenden Anfängen bis zur Stufe des edelsten Rittertums, Gauwain ebenbürtig, gelangt und dann, über Gauwain hinausschreitend, eine Stufe höher steigt und Gralsritter wird, der nicht nur die Aufgaben der Artusritter im seelischen Bereich erfüllt, sondern noch dazu zur höchsten Erkenntnis menschlichen Strebens vordringt, nachdem ihn der Einsiedler in die Geheimnisse des Grals eingeweiht hat und ihm den verlorenen Anschluß an Christus, den Herrn der Welt, ermöglicht hat. So hat also Gauwain Seinscharakter, während Perceval das Wesen des Werdens und der Entwicklung für alle Zukunft darstellt. Damit haben wir das Formprinzip des Gegensatzes in diesen beiden Persönlichkeiten angedeutet, und daraus ergibt sich auch für den Dichter das Prinzip des Aufbaus der Handlung. Die Ritterwelt ist die gegebene Zeitlage, in die hinein der fragende und wißbegierige Tor Perceval bei seinem ersten Auftreten in der Begegnung mit den fünf Rittern im Walde ungestüm hineinplatzt. Er verhält sich ganz formlos und wird dennoch in all seinen Begegnungen mit der Ritterwelt ahnungsweise erkannt und geduldig unterrichtet. Wir kennen seine Entwicklungslinie von seinem Auszug als wallisischer Dummkopf bis zu seiner Begegnung mit Gauwain, der ihn am Artushof als nunmehr vollendeten Ritter einführt. Er erlebt dann den jähen Sturz in den Zustand des Ausgestoßenen, der seine Aufgabe und geheime Sendung nicht erfüllen könnte. Dann tritt Gauwain seine Fahrt der Abenteuer an, und Szene für Szene wird das Gegensätzliche zwischen beiden Gestalten in ihrem Verhalten in ähnlichen Lebenslagen dargestellt. Gauwain tritt als vollendeter Artusritter auf und erfüllt die Pflichten der Höfischkeit mit ewig gleicher innerlicher Geduld, Ausdauer und Tatkraft. Er ist von Anfang an der vollkommene Held, der allen Abenteuern gewachsen ist. Es ist eigentümlich, daß er auf seiner langen abenteuerlichen Ritterfahrt immer wieder verkannt, geschmäht und verleumdet wird. Er erträgt alles mit Gleichmut im Bewußtsein seiner Untadeligkeit und reinen Ehre. Selbst im Hinblick auf den Vorwurf hinterlistigen Mordes können wir vermuten, daß der Dichter in den fehlenden Schlußstücken seiner Geschichte Gauwain von jeder Schuld gereinigt hätte. Das Gebiet, auf dem sich Gauwain betätigt, ist ein seelisches: Im ersten Abenteuer beschützt er in humorvoller Weise ein Kind, die kleine Jungfrau mit den kurzen Ärmeln, gegen ihre hochmütige Schwester, die die Ritterehre in so grober Weise verletzt. Dies steht in scharfem Gegensatz zu der Haltung Percevals in der Begegnung mit dem schlafenden Fräulein im Zelt, wo Perceval auf der Stufe eines brutalen Kaliban steht, der alle Regeln der menschlichen Gesellschaft roh beiseite wirft. In Gauwains zweitem Abenteuer im Burgturm von Escavalon erfüllt er wiederum die Pflichten des höfischen Lebens, da der junge König von Escavalon ihn so eindringlich der höfischen Liebe seiner Schwester empfohlen hat. Wiederum zeigt sich ein Gegensatz zu Percevals Haltung bei Blanchefleur in Belrepeire, wo Perceval stumm und unbeholfen dasitzt und die versammelten Ritter und Frauen sich verwundert fragen, ob dieser schöne junge Ritter wohl stumm sei.

Darauf folgt jene Reihe von Abenteuern Gauwains, die von manchen Gelehrten als sinnloses Chaos bezeichnet wird, jedoch in Wahrheit die höchste Erfüllung eines Artusritters darstellt. Es ist eine zweifache Erlösungsfahrt: Gauwain führt die «tückische» Jungfrau Orgeluse aus ihrem Schloß bis zu einem Strom, wo er den großen Zweikampf mit dem Ritter Guiromelant ausführen muß. Auf dieser Fahrt erlebt Gauwain nur Schmähungen und Schande von seiten der anscheinend so tückischen Jungfrau. Sie bringt ihn in mehrfache Todesgefahr, aber er besteht alle Gefahren und Drangsale mit unerschütterlicher Geduld, und als er endlich die Gefährliche Furt übersprungen und wieder zu Orgeluse zurückgekehrt ist, da geht eine erschütternde Verwandlung dieser im Kerne edlen Seele der Orgeluse vor sich, und sie enthüllt ihr wahres Wesen. Sie hatte ihren Lebensweg im höchsten Vertrauen auf das Rittertum angetreten, war aber in der schmählichsten Weise eben von jenem Guiromelant in die tiefste Enttäuschung und Verzweiflung gestürzt worden, da er ihr den treuen Freund getötet hatte und sie dann zur gemeinen Genußsucht der Liebe ohne Liebe erniedrigen wollte. Sie aber verschloß ihr edles Wesen und hatte sich von da an vorgenommen, gegen alle Ritter sich so schmachvoll zu verhalten, bis ihr einer im Zorne das Leben nehmen würde. Statt dessen war sie dem Edelmut Gauwains begegnet, und dieser gab ihr wieder das Vertrauen zu den höchsten Lebensgütern zurück. Wie könnte man die Aufgabe eines Ritters besser schildern als durch diese Geschichte einer enttäuschten und wieder befreiten Seele? Und dazu gesellt sich ein zweiter genialer Kunstgriff des Dichters: er verbindet mit dieser Erlösung einer einzelnen Seele die Erlösung aller Frauen, die in dem «Schloß der Wunder» gefangengehalten sind. Denn darum handelt es sich in dem hochragenden Schloß auf dem roten Felsen am Strom: die Mutter von König Artus und Gauwains eigene Mutter und Schwester mit all den vielen Hunderten von edlen Frauen und Jungfrauen können das geheimnisvolle, durch Zauberkraft jenes Stelzfußes entstandene Schloß nicht verlassen, bis ihr Erlöser kommt und sie durch Bestehung der Abenteuer des Wunderbettes und des Löwen erlöst. Die Jungfrau Orgeluse wird in den Kreis dieser erlösten Frauen aufgenommen.

Und nun der große Gegensatz zu Perceval! Perceval befreit die reine Seele Blanchefleur von ihren Gegnern, die sie von außen belagern und bedrängen, während die Orgeluse ihre Feinde in der eigenen Seele hat. Perceval schreitet dann weiter aus dem seelischen Gebiet in das geistige und gelangt zur Gralsburg, so wie Gauwain zum «Schloß der Wunder» gelangt und dort die eigentliche Vollendung seiner Aufgabe findet. Was Gauwain dann noch zu tun hätte, ist einerseits die Durchführung seines Zweikampfes mit dem Guiromelant, der in Verbindung mit dem «Schloß der Wunder» steht, andererseits die Erfüllung seiner Verpflichtung, die blutende Lanze im Gralsschloß zu holen, während Perceval zum zweiten Male zur Gralsburg gelangt, die Frage tun und dadurch das Land und den Fischerkönig erlösen muß. Dies hat, wie erwähnt, der Dichter nicht mehr darstellen können. Die Konsequenz der Abenteuer jedoch würde ergeben, daß Gauwain die blutende Lanze nicht zu holen braucht, da die Voraussetzung dazu, seine Schuld gegenüber dem König von Escavalon, nicht zu Recht besteht.

Im einzelnen könnten wir noch viele Antithesen zwischen den Abenteuern Percevals und Gauwains aufweisen, wir wollen aber statt dessen mit einer Art von schematischer Gegenüberstellung schließen.

Percevalabenteuer	Gauwainabenteuer
1. Percevals Begegnung mit den fünf Rittern im Walde und Auszug an den Artushof	1. Gauwain begegnet einer Schar von Rittern und wird nach Tintaguel gewiesen
2. Perceval beleidigt das Fräulein im Zelt	2. Gauwain beschützt in Tintaguel die Kleine mit den kurzen Ärmeln.
3. Perceval von der lachenden Jungfrau erkannt	3. Gauwain in Tintaguel als Kaufmann geschmäht
4. Perceval erlegt den Roten Ritter	4. Gauwain heilt den Ritter Greoreas
5. Perceval in Belrepeire; die Stadt ganz verödet ohne Leben	5. Gauwain in Escavalon; die Stadt voll Reichtum in Handel und Wandel; ein Bild des Weltlebens
6. Perceval auf der Gralsburg; er	6. Gauwain auf der Wunderburg,

versagt vor seiner Aufgabe wegen seiner Mutter	er bewährt sich mit höchstem Rittermut und erlöst Mutter, Großmutter und Schwester
7. Perceval bestraft Keu für die Züchtigung der lachenden Jungfrau	7. Gauwain wird von Greoreas geschädigt
8. Perceval von der Gralsbotin verflucht	8. Gauwain von Guinganbresil als Verräter verleumdet

Aus unseren Ausführungen geht hervor, daß der Percevalroman mit Recht ein Buch der Verwandlungen genannt werden kann. Perceval selbst verwandelt sich fortwährend auf seinem Lebenswege, er wird von außen geformt und tritt nach seinem Besuch im Gralsschloß den Weg ins eigene Innere an, der ihn dann wieder zur Gralsburg als Sieger über sich selbst zurückführt. Die Kraft der Verwandlung ist seinem Freund Gauwain gegeben, und er betätigt sie so wie die Sonne, die über Gute und Böse leuchtet. Der Mittelpunkt alles Lebens ist der Hof des Königs Artus. Zu ihm werden alle Abenteuer hingetragen, zu ihm werden alle von Perceval gefangenen Ritter geschickt und erfahren in ihm Verwandlung zum Guten, heilende Sühnung für alle ihre Vergehen und Aufnahme in die Schar der guten Artusritter. Es wird sogar Perceval, nachdem er Gralsritter geworden ist, am Ende aller Abenteuer in den Fortsetzungen von Chrestiens Werk durch König Artus feierlich zum Gralkönig gekrönt. Eine der seltsamsten Gestalten in diesem Werk ist der Seneschall Keu, der Wahrer der guten Sitte, der so häufig über seine Befugnisse hinausgeht und dadurch seinen Herrn und König schädigt. Er hat eine scharfe Zunge, und sein Wort wird gefürchtet, zugleich aber wird er geliebt und von allen Hofleuten in seiner Stellung anerkannt. Ich glaube, daß das Geheimnis dieser Stellung in der Ehrfurcht vor dem Wort liegt, das in alten Zeiten in seiner doppelten Wirkung als Wort der Segnung und der Strafe erkannt wurde. Vor allem im keltischen Gebiet wurde der Druide und an den keltischen Königshöfen der Geschichtenerzähler in ähnlicher Weise wie Keu geehrt und gefürchtet. Sein Wort konnte Leben und Tod, Liebe und Haß, Heilung und Verletzung bringen.

Auf dem Entwicklungswege Percevals erleben wir als höchste Kraft der Verwandlung Percevals Verhältnis zur Tatsache des Todes. In vier Stufen nimmt Perceval das Todeserlebnis in sein Bewußtsein auf. Seine Mutter fällt bei seinem Ausritt aus der Heimat wie ohnmächtig, in Wahrheit tot zu Boden, dort am Brückenkopf, der die Grenze zwischen ihm und der Heimat bildet. Perceval blickt sich um, in ganz dumpfer Weise steht das Bild der gefallenen Mutter in seiner Seele, er aber schlägt sein Pferd mit der Gerte über das Kreuz und treibt es unbekümmert zu höchster Eile an. Er ahnt etwas vom Tod der Mutter und kehrt dennoch nicht um. Er weiß nicht, daß er von nun an eine Fürsprecherin in der geistigen Welt hat; das erfährt er erst am Ende seiner langen Fahrten vom Einsiedler, aber es ist dennoch eine Wirklichkeit, daß der Tod seiner Mutter den Charakter einer Opfertat hat. Auf einer zweiten Stufe führt Perceval selbst den Tod des Roten Ritters herbei, um die glänzenden roten Waffen zu erwerben. Die Tatsache des Todes ist ihm dabei völlig gleichgültig, ja er meint ganz ehrfurchtslos, er wolle den Leichnam stückweise aus der Rüstung heraushakken, um nur möglichst rasch in den Besitz der Rüstung zu gelangen. Eine dritte Begegnung mit dem Tode erlebt er nach dem Verlassen der Gralsburg an dem toten Ritter, den seine Base auf den Knien trägt. Wieder spricht er ganz ehrfurchtslose Worte: «Was nützt dich dieser Leichnam noch? Laß ihn liegen und komm mit mir! Die Toten den Toten, die Lebenden den Lebenden!» Er weiß noch nicht, daß aus dem bewußten Erleben der Majestät des Todes das ganze Leben des Menschen und vor allem sein Verhältnis zum geistigen Leben seine Weihe erhält, obwohl Gornemant, sein Lehrer im Ritterwesen, ihm eingeschärft hat, keinen Gegner im Kampf sinnlos zu töten. Erst bei seiner vierten Begegnung mit dem Tode öffnet sich sein Herz und empfindendes Gemüt vor der Gewalt und Wirkung des Todes. Es ist am Tag des Todes Christi selbst, am Karfreitag, da die Ritter im Walde in ernsten Worten ihm vom Sühnetode Christi auf Golgatha erzählen und ihm Vorwürfe machen, daß er an diesem Tage Waffen trage. Da öffnen sich die Schranken, die seine Seele und seinen Geist an der Erkenntnis des höchsten Seins hinderten, und die Tränen über seinen Fehler stürzen wie heiße Gießbäche aus seinen Augen. Wir glauben in dieser Tatsache die wahren, unausgesprochenen Gründe für sein Versagen vor dem Lichte des Grals zu sehen, und der Eindsiedler bestätigt es uns, wenn er Perceval verkündet, daß der Tod seiner Mutter, den er nicht geehrt habe, ihm die Zunge vor dem Grale lähmte und er deshalb die Frage nach den Wundern der Gralserkenntnis nicht tun konnte. Diese Erkenntnis, verbunden mit dem geheimen Gebet, das der Einsiedler ihm in die Seele prägt, befähigt Perceval, den Weg zum Gral von neuem anzutreten. Denn was geschieht, wenn der Mensch keine Beziehung zum Tode hat, zumal wenn es sich um das Urbild des sterbenden Menschen handelt? Er ist abgeschnitten vom Geistigen, abgetrennt wie durch einen Schleier von seinem eigenen Ich, von seiner geistigen Heimat – der Mutter, die ihn aus seinem Leben vor der Geburt in die Welt der Sinne führt. Sollte es einmal geschehen, daß alle Menschen das Verhältnis zum Tode verlieren, dann wäre die Erdenwelt selbst tot und die Erdenaufgabe, aus der Finsternis heraus selbst Licht zu werden, unmöglich. In dieser Abgetrenntheit ist aber Perceval noch auf der Gralsburg angesichts des Grals und der Lanze, und deshalb kann er nicht fragen.

Ein letztes Wort muß noch über eine Stileigentümlichkeit dieses Werkes gesagt werden, die einen deutschen Leser zunächst befremden wird: den Mangel jeder Zeitenfolge. Ich habe dies beibehalten, weil sich darin mehr ausdrückt als nur eine sprachliche Eigenart. Es zeigt sich daran, daß die Menschen von Chrestiens Zeit ein anderes Zeitgefühl hatten als wir durch die Uhr an Bürozeit, Pünktlichkeit und geordneten meßbaren Zeitablauf gewöhnten modernen Menschen. Wir wissen, daß noch heute der Orientale jenes geruhsame, gleichmütige Zeitgefühl hat, das ihm den nervösen Westmenschen so unbegreiflich macht. Uhrzeit gibt es im Osten nicht und gab es auch im Mittelalter nicht. Es waren vielmehr ein instinktives, durch den kosmischen Rhythmus von Tag und Nacht, Licht und Finsternis, Sonne, Mond und Sterne bedingtes Zeiterleben. Es war aber ein Gefühl von der Heiligkeit der Zeit damit bei jenen Menschen verbunden, ja man wußte, daß das Erscheinen des Christus in der Welt dem Zeitenlauf einen Angelpunkt gegeben hat, der unverrückbar die Welt hält. Und da man auch wußte, daß Christus das höchste Sonnenwesen ist – der heilige Bernhard von Clairvaux spricht davon voll Ehrfurcht –, so galt Christus wie die kosmische Sonne als Herr der Zeit. Der Zeitablauf richtet sich auf die heiligen Feste des Jahres aus, und dies erscheint in den Artusromanen, vor allem im «Perceval», so, daß jedwedes Ereignis auf Pfingsten, das eigentliche Artusfest, ausgerichtet ist. Bevor König Artus an Pfingsten sich zum Mahle setzt, muß sich ein Abenteuer ereignen. Da plötzlich, so heißt es immer, tut sich die Türe des Saales auf, und ein Ritter, Bote oder eine bedrängte Frau tritt herein. Etwas Neues beginnt: aus dem Raum des Gewordenen, dem Reich von Gott Vater, tritt ein neues Ereignis in die Zeit, das Reich des Sohnes, und wirkt in die Zukunft, wo sich der Heilige Geist auswirken wird. Ein Trinitätserlebnis äußert sich darin, da die drei Personen dreieinig sind. In dem Neuen ist man geeint und lebt beruhigt weiter.

Wenn wir nun alle Ereignisse des Percevalsromanes in bezug auf dieses Festeszeitgefühl hin prüfen, so zeigt sich etwas Überraschendes: Am Tag vor Pfingsten ist Perceval auf der Gralsburg, an Pfingsten selbst erfährt er seinen Namen. Die Percevalhandlung dauert bis zu dem Pfingstfest, an dem Clamadeu bei Hof erscheint, etwa zehn Tage, dann dauert das Fest drei Tage, hierauf erscheint die Gralsbotin und verflucht Perceval, der von da an fünf Jahre ohne Gotteserlebnis, d. h. aber ohne Zeit, umherirrt. Die fünf Jahre müssen als irrational betrachtet werden, denn sie fügen sich nicht logisch in den Rahmen der Geschichte. Mit dem Karfreitagserlebnis aber hat Perceval den Anschluß an die Christenzeit wieder gefunden, und so ist es ganz logisch, daß die letzte Fortsetzung und der Abschluß des Romans Perceval an einem Pfingstfest wieder am Artushof erscheinen läßt.

Mit der Gauwainhandlung ist es nicht anders. Er tritt seine Fahrt nach der Herausforderung durch Guinganbresil an, d. h. nach dem Pfingstfest, er kommt nach drei Tagen nach Escavalon, es bleibt unbestimmt, wie lange er reitet, um zu Orgeluse zu kommen; dann setzt die Orgeluse- und Wunderschloßhandlung ein, die wieder an einem Pfingstfest zu Ende ist. Beide Handlungen finden also durch Pfingsten ihre Orientierung.

*

Ein Wort des Dankes an diejenigen, die mich vor dreißig Jahren zu der ersten Ausgabe des «Perceval» anregten, die Herren Dr. Walter Johannes Stein und Ernst Uehli, meine Kollegen und Freunde, möge meine Ausführungen beschließen. Dank gebührt aber auch dem Verlag Freies Geistesleben, der die zweite, verbesserte Auflage des Buches ermöglicht hat.

Der Übersetzung liegt die alte Ausgabe von Charles Potvin, «Perceval le Galois ou le Conte du Graal», II, Band. 1 und 2, Mons 1866, zugrunde. Die neuere Ausgabe von Alfons Hilka, «Der Percevalroman» («Li contes del Graal»), Halle 1932, wurde sowohl zur Textrevision als auch in den Anmerkungen reichlich benützt. Die Ausgabe von William Roach, «Le Roman de Perceval ou le Conte du Graal», Genf und Lille 1956, gelangte erst nach der Drucklegung meines Textes in meine Hände, konnte aber in der beigefügten Konkordanz noch berücksichtigt werden.

Die in der ersten Auflage abgedruckten zwei Prologe, mit denen Potvin seine Ausgabe beginnt, haben wir in der vorliegenden zweiten Auflage nicht gebracht, da sie nicht von Chrestien stammen. Sie sollen jedoch in den geplanten Fortsetzungen des Chrestienschen Werkes wiedererscheinen.

Stuttgart, Pfingsten 1957 Konrad Sandkühler

ROBERT DE BORON

Die Geschichte des Heiligen Gral

Aus dem Altfranzösischen übersetzt von Konrad Sandkühler.
3. Aufl. 1979, 105 Seiten, Leinen

Robert de Boron, der um 1180 sein Versepos geschrieben hat, sagt ausdrücklich, daß er als erster die Geschichte des Grals geschrieben habe. Was er aber erzählt, ist die Vorgeschichte der Gegebenheiten, die Chrétien und die an ihn anschließende Tradition berichten. Er macht zum Mittelpunkt seiner Erzählung Joseph von Arimathia, der das kostbare Gefäß erhält, aus dem Christus das Abendmahl gespendet und in dem Joseph bei der Kreuzabnahme das Blut des Erlösers gesammelt hat. Joseph, in einen Turm eingekerkert, wird durch den Segen dieses Gefäßes am Leben erhalten. Nach seiner Befreiung zieht er mit seinen Getreuen in ein fernes Land und begründet um das Gefäß mit den Blute Christi den Dienst des Heiligen Gral.

ROBERT DE BORON

Merlin der Künder des Grals

Aus dem Altfranzösischen übersetzt von Konrad Sandkühler
2. Aufl. 1980, 192 Seiten, Leinen

Zu Ende des 12. Jahrhunderts schrieb Robert de Boron in altfranzösischer Sprache einen Roman um eine Gestalt, die die abendländische Geistesgeschichte als den Inbegriff des Zauberers und Wundermannes seitdem im Gedächtnis behielt. Dieser Merlin ist ein Wesen zwischen Mythos und Geschichte, ein Großer, der sich mit christlicher Kraft aus der unheilvollen Macht eines teuflischen Erbes befreit, als Erzieher wirkt und die Tafelrunde des Artus begründet.